계산된 삶

A Calculated Life

계산된 삶

WARP

앤 차녹 지음 · 김창규 옮김

Anne Charnock

허브

개리, 애덤, 로버트에게

contents

1장

◆
·
◆

갑자기 머릿속에 어떤 생각이 소용돌이쳤다.

눈이 노란 저 사람이,

우스꽝스럽고 더러운 나무들 사이에서

즉흥적으로 살아가는 저 사람이

우리보다 행복한 건 아닐까?

『우리들』, 예브게니 자먀찐

몸집이 두 번째로 작은 대벌레가 죽은 채로 담쟁이덩굴 끄트머리에 비스듬히 누워 있었다. 제이나가 망사 덮개를 들어 올리고 가운뎃손가락으로 잎을 툭 건드리자 시체가 사육 상자 바닥에 떨어졌다. 이해할 수가 없었다. 무리에서 가장 작은 개체가, 다시 말해 평균치에서 가장 먼 개체가 제일 먼저 죽어야 했다. 그런데 왜 두 번째로 작은 녀석이 죽었을까? 제이나는 온도 측정 화면을 흘끗 쳐다보았다. 그녀의 잘못은 아니었다. 잎을 뒤집어 살펴보니 먹이 문제도 아니었다. 먹이에 문제가 있었다면 모든 개체가 병에 걸려야 했다. 그럼 도대체 이유가 뭘까? 아직 살아 있는 대벌레들이 무관심하게 몸을 떨었다.

제이나는 덮개를 제자리에 돌려놓았다. 한 가지는 확실했다. 부검은 해볼 수 없었다. 부검에 쓸 메스가 없었기 때문이다. 그는 상황이 어떻든 어쩔 수 없다고 생각했다. 일반적으로 부검은 사람에게 적용되는 말이지 곤충에게 쓸 말은 아니었다. 그녀는 손으로 머리카락을 흩었다. 대벌레 한 마리가 죽었기 때문에 그녀는 아침 식사를 2분 늦게 시작했다. 그 사건의 여파란 결국 아침 일과가 약간 지연되었다는 것뿐이었다. 비밀은 풀리지 않을 거라는 생각이 들었다. 크게 관심이 생기지도 않았고, 슬픔이 북받치지도 않았다. 그녀는 사육 상자 속에 있는, 여전히 가장 몸집이 작은 대벌레를 들여다보았다.

"어쩌면 그냥 네가… 운이 좋은가 보지."

그녀가 중얼거렸다.

◆

제이나는 친구 줄리와 함께 C7 구역 휴게소에서 나와 맨체스터 중심가의 고층 건물 구역으로 향했다. 똑같은 근무 복장에 점심 꾸러미를 들고 있다 보니 두 사람은 마치 학생처럼 보

계산된 삶

였다.

"제일 작고 허약한 녀석이 왜 더 오래 살까?"

제이나가 물었다.

"제일 허약한 거 맞아? 그냥… 크기만 작은 거 아냐?"

줄리가 말했다.

제이나는 그랜비 거리에 있는 빔토 조각상에 다다르는 동안, 자신이 지난 3개월간 대벌레의 식사 습관, 성장 속도, 빛과 열과 접촉에 대한 반응, 아침과 저녁의 활동량 등에 관해 조사한 자료를 살펴보았다. 변수가 총 13개나 되는 자료였다. 그녀는 시간을 기준으로 삼아 그래프를 겹치고 비교해 보았다. 하지만 아무 소용이 없었다.

"벌레들을 전부 유심히 관찰했지만 계측은 두 마리만 했어. 평균 크기에 가장 가까운 녀석들만." 제이나가 말했다.

"흠. 실수했네."

화면들이 아침 거리에 떠올라서 보통 때와 다름없는 아침 식사 반값 할인, 수프와 초밥을 함께 제공하는 런치 스페셜 등을 큰 소리로 떠들고 있었다. 줄리는 제이나와 헤어져 북쪽으로 향했다. 제이나는 아직도 의문에 대한 답을 얻지 못했기 때문에, 서둘러서 앞으로 나아가면서 지난 몇 주 동안 벵갈루루 환경 연구 기관을 통해 다수의 열성 팬 게시판과 학술 연구 자료로부터 추려낸 16개의 자료 세트를 떠올려 보았다. 생장률, 개체 수, 사망한 개체 수 등 모든 자료가 준비되었다. 그녀는 대벌레가 사망하는 순간에 기록한 크기 대비 수명의 그래프를 머릿속에 그린 다음 자료로 되돌아갔다. 크기의 상관성은… 그녀가 예상한 것보다 적었다. 그리고 그녀는 튀어나온 보도 블록에 발이 걸렸다. 그녀는 다행스럽게도 자신이 마음에 두고 있는 가장 작은 생존자 하나만 놓고 무작위성을 논하는 건 지나친 단순화라고 생각했다.

그녀는 '그레이스 호퍼 빌딩'의 높은 아트리움에 들어간 다음, 잎이 청록색인 야자나무 사이를 걸으면서 입술을 깨물었다. 머릿속에서 벵갈루루 자료를 몰아내고, 엘리베이터 안으로 걸어 들어가면서 월요일 일정을 생각해 보았다. 문이 거칠고 빠르게 닫히자 그녀는 뒷머리로 엘리베이터 패널을 여러 차례 두드렸다.

생각을 정리해야 했다. 어떤 태도로 들어가면 좋을까? 금요일에 아무 일도 없었던 것처럼 행동할까? 엘로이즈는 그냥 지나칠까? 즉시 사과하는 편이 좋을까? 제이나는 현재 상황을 이해할 수가 없었고… 혼란스러웠다. 그녀는 엘로이즈가 주말 동안 화를 가라앉혔기를 바랐다. 벤저민은 단순한 판단 착오라고 했다. 정확히 말하면 그는 '사소한 실수'라고 표현했다.

엘리베이터 문이 열렸고 제이나가 걸어 나갔다. 벤저민이 사소한 실수라고 말해줬을 때 그녀는 마음을 놓았다. 그냥 '실수'보다는 분명히 나은 표현이었다.

제이나는 사무실 문을 밀면서 결심했다. 아무 말도 하지 않고 운이 좋기만 바랄 생각이었다.

엘로이즈가 벌떡 일어서더니 한 손을 들었다. 인사하는 손짓이 아니었다. 그녀는 매이휴 맥클라인의 분석가들이 근무하는 층을 허둥지둥 가로질러서 제이나의 앞을 가로막았다. "차 한잔하지!" 엘로이즈가 그렇게 말하면서 제이나를 조리실 쪽으로 잡아당겼다. "저기, 금요일 일은 미안해."

"아냐. 내가 미안해, 엘로이즈. 아버님은 어떠셔?"

"네 말이 맞았어. 그렇게 난리를 피울 일이 아니었어. 가보니까 아버지는 편안하셨고 진정제를 맞은 상태였어."

"넌 걱정하고 있었는데 내가…"

"내 반응이 심했지. 그럴 생각은 아니었어."

"아직 병원에 계셔?"

"응. 내일 퇴원하실 거야." 엘로이즈가 고개를 한쪽으로 기울였다. "너도 알겠지만 심하게 넘어지셨어. 그래도 부러진 곳은 없으셔. 종합 검진을 할 예정이래."

"다행…"

"너한테 소리칠 일이 아니었는데."

제이나는 살짝 눈썹을 치켜올렸다. 그녀는 엘로이즈의 말을 부정하지 않고, 그토록 심한 말이었나 돌이켜 보았다. "가기 전에 월간 통계 내는 것 잊지 마. 1분이면 되잖아." 엄밀히 말하자면 말싸움이랄 것도 없었다. 아주 간단하고 일방적인 말이었기 때문이다. 제이나는 문제의 사건 자체를 다시 평가해 보았다. 엘로이즈는 코트 주머니에 한 손을 넣은 채 가방에 물건을 집어넣고 있었다. 그녀는 느닷없이 지나가면서 부서 사람들이 전부 들을 만큼 큰 소리로 말했다. "제이나, 너 진짜 죽어라 짜증 나는 거 알아?" 제이나는 그 말에 너무 힘이 실려 있어서 깜짝 놀랐다. 엘로이즈는 말을 마치고 사무실 문을 활짝 열어젖혔다. 그녀의 코트 허리띠가 문손잡이에 걸렸다. 그녀는 허리띠를 거칠게 잡아당기고 문을 떠밀었다. 문은 큰 소리를 내면서 벽에 부딪혔다.

"다르질링에 아무것도 안 타지?" 엘로이즈가 몸을 돌리고 커피포트의 스위치를 두드렸다. "제이나, 네가 이해해 줘. 우리는 너처럼 차분하지 않다고."

제이나가 고개를 흔들었다. "난 안 마셔도 돼, 고마워." 그리고 몸을 돌려 떠나려 하자 엘로이즈가 그녀의 팔을 건드렸다. "저기, 솔직히 말하면, 내가 분위기를 빨리 바꾸고 싶어서

계산된 삶

그래. 좀 심각해서…" 그녀가 머뭇거렸다. "지금 벤저민 좀 만나봐. 톰 블렌킨소프 건이야." 그녀는 제이나의 멍한 표정을 보더니 아이에게 무언가를 설명하듯 얼굴을 찡그렸다. "상황이… 안 좋은 것 같아."

◆

톰은 골칫거리였다. 도움이 필요하면 적절한 경로를 통해 요청하고, 별도 교육 과정이나 공식 멘토링 시간을 미리 신청하라고 말해뒀어야 했다. 벤저민이 톰의 작업 분담을 알아챘을 가능성도 있었다. 톰은 연구 보고서를 벤저민에게 제출하기에 앞서 그녀에게 보냈다. '제이나, 이것 좀 봐줄래?'라는 부탁과 함께. 정상적인 절차가 아니라 예외적인 일이었다. 문제는 그때부터 시작되었다. 처음 세 번은 채 10분도 되기 전에 마칠 수 있는 수정 작업이었다. 하지만 톰은 그 뒤로 사나흘마다 보고서를 고쳐달라고 요청했다. 보고서의 분량도 점점 늘어났다. 제이나는 불평하지 않았다. 한번 고쳐주고 나니 벤저민이 톰의 보고서에서 오류를 발견하는 일은 막고 싶었다.

실수일 수도 있으니까. 제이나는 자신이 맡은 일에서 십시일반으로 시간을 모아 톰의 보고서에 투자하는 습관이 생겼다. 그녀는 톰의 주장에 기교를 더하고, 그의 약점인 개요 부분을 개선했다. 그리고 중요한 문제일 경우 자료 소스를 추가로 찾아내서 톰의 표현처럼 '뻥튀기했다'.

벤저민은 대개 분석가들이 근무하는 31층 한복판에서 일했다. 하지만 오늘 아침에는 그가 '고요한 방'이라고 부르는 32층의 한 사무실로 동료들을 호출하고 있었다.

"톰 일로 부른 건가요?" 제이나가 문 옆으로 고개를 내밀고 말했다. 벤저민은 소파에 파묻힌 자세로 그녀를 바라봤지만 대답할 생각이 없는 것처럼 보였다. 그녀가 흥분하며 말했다. "내가 보기에 톰이 이번에 제출한 보고서는…"

"그 보고서 때문에 부른 게 아니에요." 그가 의자를 권하면서 말했다. "톰이… 휴가를 간 건 알고 있죠?"

제이나도 어느 정도 알고는 있었다. 톰은 떠나기 전에 두툼한 문서를 던져주고 아주 짧은 메모도 남겨두었다. '보고 전달해 줘요. 고마워요.'

"휴가에 무슨 문제가 있나요?"

"비극적인 사고였어요…" 벤저민이 말했다. "동료들에게 개인적으로 전달하려고 부른 거예요."

"비극이라뇨?"

"바다에서 수영하다가…"

계산된 삶

그녀는 벤저민이 이미 여러 차례 같은 이야기를 반복했을 거라 깨달았다. 그가 입을 다물었기 때문에 그녀가 짧게 물었다. "익사했어요?"

"부인과 아이들이 바닷가에 있었는데 도와줄 틈도 없었다더군요."

"끔찍하군요."

"바닷물에 휩쓸렸대요. 어젯밤에 집에 있는데 톰의 형이 전화를 했어요. 오늘 비행기 편으로 그쪽에 간다고요."

두 사람은 다시 입을 닫았다. 제이나는 무슨 말을 하면 좋을지 고민했다. 그녀는 뉴스에서 본 익사 사고 보도를 떠올렸다. '기자는 이럴 때 무슨 얘기를 하더라…'

"시신은 찾았나요?" 그녀가 정확한 발음으로 물었다.

"아뇨, 아직 못 찾았어요. 사고가 어제 일어났어요."

"끔찍한 일이에요."

"장례식이 열리기까지 시간이 오래 걸릴 거예요. 시신을 발견하면 부검을 해야 하니…"

제이나는 당황했다.

"제이나, 나 좀 도와줘요." 얼굴이 창백해진 벤저민이 몸을 일으켜 똑바로 앉았다. 제이나가 생각했다. 이 문제가 벤저민에게는 그렇게 버거운 걸까? 아니면 당황해서 그러는 건가? 톰은 고작 7개월 전에 합류한 사람이었다. "톰이 작업하던 문서 좀 전부 조사해 줘요. 마무리가 덜 된 건 전부 완료시켜 주고요. 다른 사람들은 너무 복잡해서 금세 대처하지 못할 거예요."

"알았어요. 나야 어느 정도 아니까…"

"고마워요. 다른 사람은 모르게 해줘요. 본인 업무를 하는 사이에 틈틈이 봐줘요. 힘든 점이 있으면 뭐든 나에게 알려주고요."

이로써 제이나는 또 사후 처리를 맡은 셈이었다. "알았어요."

◆

제이나는 사각형 무늬가 반복되는 복도를 따라 걷다가 화장실로 들어갔다. 그리고 개인 칸 안으로 들어가 문에 몸을 기댔다.

'타이밍 한번 기가 막히네! 톰의 요청을 거절할 기회가 그렇게 많았는데…' 제이나는 자책했다.

톰은 설명조차 귀찮아하고… 그걸 당연한 일로 생각했다. 제이나는 톰의 요청을 깡그리 없애버리듯 깨끗한 변기의 물을 내렸다. "톰, 난 이번 달 말까지 시간이 없어. 그러니까 벤저민

에게 보내." 톰의 답변은 이랬다. "그래, 잘났다. 넌 정말 하나
도 도움이 안 되는 원더우먼이야."

'난 톰이 휴가 가려고 서두르는 것도 몰랐다고. 물에 빠지
다니, 멍청한 인간 같으니라고!'

제이나는 톰이 죽을 확률이 얼마나 되는지 생각해 보았다.
그녀가 보기에 그레이스 호퍼 건물에 있는 근무자가 사고로
사망할 빈도는… 1년에 한 명 정도였다. 하지만 매이휴 맥클
라인에 고용된 45명 중 한 사람이 익사할 확률은 이론상으로
아주 낮았고… 그녀는 생각을 멈추고 문을 열었다.

그렇다고는 해도 완전히 무시할 수는 없는 확률이었다. 그
럴 가능성은 얼마든지 있었다. 그녀가 수도꼭지를 너무 많이
돌리는 바람에 물이 세면기 밖으로 쏟아졌다. 사고란 그처럼
간단히 일어나는 법이었다.

◆

탕비실은 사람들이 톰에게 조의를 표하고 가끔씩 흐느끼
기도 하는 비공식적인 지정 장소가 되었다. 한편 분석가들은
그런 물결이 작업 공간으로 침투해 영원한 흔적을 남기지 못하
도록 막았다. 제이나는 엘로이즈가 조문 카드를 들고 부서 이

곳저곳을 돌아다니는 모습을 볼 수 있었다. 다른 사람들이 펜을 손에 들고 머뭇거리는 동안 그녀는 엘로이즈와 눈이 마주치지 않도록 조심했다. 엘로이즈도 제이나에게는 카드를 내밀지 않았다. 그날 아침 수석분석가인 헤스터는 벤저민의 고요한 방에 있겠다고 공지했다. 사람들은 그게 무슨 뜻인지 알고 있었다. 헤스터는 런던에 있는 동료들과 톰이 업무상 개인적으로 접촉하던 사람들에게 그의 부고를 전하고, 그가 담당했던 일을 다른 분석가에게 인계할 터였다. 제이나는 하나의 사건으로부터 파생된 노드에서 크기가 다양한 관심의 물결이 퍼져 나가는 광경을 머릿속에 그려보았다. 그녀가 키우던 대벌레가 세상을 떠났을 때는 그런 여파가 전혀 발생하지 않았다.

제이나는 톰의 문서들을 자신의 작업 공간에 띄웠다. 그리고 즉시 닫았다. 그녀는 톰의 문서에 손을 대는 대신 자신의 연구를 끌어와서 에너지 관련 자료들을 훑어보았다. 수소 쪽을 자세히 들여다보는 편이 좋을 듯했다. 그녀는 수소 전기차 소유에 관한 자료를 샅샅이 살피고 차트와 지리학적(전 세계, 대륙별, 지역별) 시각 자료를 회전시켜 보았다. 그리고 지난 5년간 전 세계 수소 전기차 소유 현황의 추이를 계산했다. 그다음으로는 다른 자료 속 개별 변수들, 즉 같은 기간 동안 자유롭게 쓸 수 있는 수입, 신선한 과일 수출량, 1인당 휴일별 지출, 다

계산된 삶

수의 1차 산업 생산 수치, 에너지 도매가 등… 총 37가지 변수들 사이의 상관관계를 검색했다. 회귀분석이 진행되고 통계적으로 유의미한 수치들이 격렬하게 오르내리면서 자료 배열들이 반짝거렸다. 그녀는 21가지 가능성을 옆으로 제쳐두었다. 그리고 남은 변수들을 이리저리 조합해서 17가지 상관관계를 도출했다. 시작치고는 괜찮았다. 그녀는 직관적으로 각 변수에 가중치를 매겼고, 지난 5년간의 역사적 흐름과 일치하는 완벽한 곡선 그래프를 이끌어 내는 임무에 돌입했다. 그녀가 가중치를 조정하자 곡선이 모양을 바꾸기 시작했다. 벤저민이 제이나의 등 뒤에 출현했다. "그걸 한꺼번에 처리하네요? 난 보기만 해도 토할 것 같은데요."

제이나는 방해를 무시했다. 원하는 결과에 가까워지긴 했지만 아직 제대로 일치하지는 않았다. 벤저민이 관심을 가질 만한 결과는 아직 하나도 나오지 않은 상태였다. 변수가 훨씬 더 많이 필요했다. 현 단계에서 수소에 관해 제출할 수 있는 결과는 특별할 것 없는 지역별 요약이 전부였다. 그런 일은 누구라도 할 수 있었다. 그녀가 원하는 것은 시간을 더 할당할 가치가 있는, 완전한 투자전략이었다. 그녀는 자신의 업무 통계를 확인해 보았다. 그동안 6개월이 넘게 일하면서 그녀는 평균적으로 매주 세 개의 프로젝트를 완료했다. 부서에서 가장 실적이 좋은 사람보다 네 배에 달하는 속도였다. 수소에 시간을 더 할당해도 된다는 뜻이었다.

◆

제이나는 여느 월요일과 마찬가지로 근무 시간이 끝난 뒤 공원에 앉아 있었다. 그녀는 빵 부스러기를 좌우로 던지다가 이따금씩 머리 너머로 집어 던졌다. 비둘기란 얼마나 단순한 생물인가. 그녀는 날아가는 빵 조각을 알아차리는 비둘기가 한두 마리뿐이라는 점을 발견했다. 그리고 자신이 세운 이론을 검증하기 위해 부스러기를 오른쪽으로 멀리 던져보았다. 고개를 돌려 즉시 반응하는 비둘기는 한 마리였다. 그녀의 생각이 옳았다. 다른 비둘기는 머릿속 작은 두뇌에 달린 스위치가 켜진 것처럼 첫 비둘기의 뒤를 따랐다. 그녀는 왼쪽 멀리 빵을 던져보았다. 이번에도 부랑자 비둘기 한 마리가 새 빵의 궤적을 눈으로 좇았다. 1분 뒤 다른 새들이 지도자의 행동을 따라 했다.

귀찮음이 몰려왔다. 제이나는 톰의 보고서를 새로 작성해야 할 것 같았다. 그녀는 종이봉투에 남아 있던 빵 부스러기를 전부 뿌렸다. 그리고 자신의 작업 능력을 계산에 넣은 건 잘못이 아니라고 생각했다. 그저 모든 일이 통제 가능한 범위를 넘어가고 있을 뿐이었다. 하지만 이제는 어떡하면 좋았을지 알고 있었다. 그녀는 종이봉투를 허벅지에 대고 납작하게 누른 다음 4분의 1 크기로 접었다. 처음부터 자신의 일정표가 아니라 톰의 일정표에 그의 일을 맡아줄 시간을 지정해야 했다. 톰에게 묻지 않고. 그러면 톰도 도움을 청하기 전에 한 번 더 고민했을 터였다.

새들은 광란에 빠져 있었다. 비둘기들은 머리를 흔들면서 허공을 쪼거나 땅에 떨어진 부스러기를 쪼았다. 제이나는 안구가 비어 있거나, 다리를 다쳤거나, 깃털을 땅에 떨어뜨리는 등 불행에 빠져 있는 비둘기를 찾아보았다. 그리고 두 마리가 곧 비만에 돌입할 거라는 점을 알아챘다.

그녀는 나무 꼭대기로 시선을 옮기고 생각했다. 엘로이즈와 그녀의 아버지 일은 어떡하면 좋을지 계산이 되지 않았다.

◆

제이나는 그랜비 거리에 있는 집으로 돌아가는 길에 〈재스민 5성 탄두리 식당〉이 세워놓은 번쩍거리는 메뉴판 앞에 멈춰 서서 음식 이름을 살펴보았다. 왕 참새우 빈달루, 알루 메티, 빈디 바지, 바로아 모자아 등의 음식명이 눈에 들어왔다. 식당 입구에서 서성거리는 종업원이 어서 들어오라고 읍소하기 전에 그녀는 얼른 몸을 돌렸다. 종업원이 시간을 낭비하게 만들 생각은 없었다. 그녀는 따뜻한 봄바람 속에서 한가롭게 걷는 오후의 시민들에게 재합류하면서, 매일 업무가 끝나고 제 집 부엌으로 돌아가는 직장동료들을 떠올려 보았다. 그들도 음식마다 이름을 붙이는지 궁금했다.

거리에서 끊임없이 재생되는 영상들이 집으로 돌아가는 도시 노동자에게 머물다 가라고 구걸을 하고 있었다. 영상 안에서는 유명한 가라오케 퍼포머의 공연이 삽입된 예고편이 재생되고 있었다. 하나같이 감수성이 예민한 직장인을 오락 구역과 레퍼토리 돔으로 끌어들이기 위해 제작된 영상들이었다. 군중이 지하철역에 가까워지자 다리를 높이 치켜든 댄서들의 모습이 마지막으로 사람들을 붙잡기 위해 도시 스카이라인을 넘나들며 치달렸다. 제이나는 눈길을 낮추고 자신을 향해 달려오거나 눈앞을 가로지르는 보행자들의 신발을 빤히 내려다보았다. 오늘 그녀는 눈을 들어 착용자의 얼굴을 확인할 만큼 시선을 사로잡는 신발이 있는지 찾아보고 있었다. 그리고 그 얼굴들 속에서 자신의 호기심에 대한 반응이 있는지 살펴보았다. 원하는 바를 찾지 못했기 때문에 그녀는 다가오는 행인들의 눈을 똑바로 바라보았지만 결국 실패하고 말았다. 누군가 와 억지로 연결될 수는 없었다.

제이나는 26주 동안 근무일이면 늘 그랬듯이, 건물의 옆문 을 열고 낡은 계단을 통해 2층에 도달한 다음 자신에게 할당 된 방 하나짜리 공간에 들어갔다. 그녀는 편한 옷으로 갈아입 고, 좁고 문이 달리지 않은 개수대 옆 옷장에 외출복을 걸었다. 그리고 싱글 침대에 몸을 던진 다음 눈을 감았다. 힘든 하루였 다. 그녀는 평상시처럼 샤워를 하고 다른 거주자들과 저녁을 먹지 않고 할 수 있는 일이 무엇일지 가늠해 보았다. 공동 휴게 실에서 친구들과 잡담을 할 수 있었고, 방에서 소등 시간까지 혼자 쉴 수도 있었고, 개인 연구를 이어갈 수도 있었다. 그녀는 두 번째와 세 번째가 결국은 같은 일이라는 사실을 인정했다.

◆

"34살에 익사할 확률이 얼마나 낮지?" 제이나는 저녁 식 사 자리에 줄리가 앉자마자 물었다. 그녀는 연금청에서 일했 기 때문에 관련 수치를 알고 있었다.

"업무상 비밀이긴 한데… 네가 생각하는 것만큼 낮지는 않 아."

해리와 루카스가 음식을 먹다가 잠깐 고개를 들고 줄리의 말에 동의했다. 저녁을 먹는 사람은 그들 넷뿐이었다. 네 사람은 C7 구역에 사는 다른 사람들보다 1시간 일찍 저녁을 먹었다. 업무가 1시간 일찍 끝나기 때문이었다. 제이나는 톰에 대해 설명했다.

줄리가 말을 이었다. "30살에서 35살까지 발생하는 사고사를 전부 더한 수치는 사람들 생각보다 훨씬 더 높아. 연구 결과가 있거든. 사람은 위기를 감지하는 선천적 직감이 형편없나 봐."

"자세히 설명해 볼래?" 해리가 말했다.

"역사적인 면에서 얘기해 볼까? 원시인이 사바나 지역에 살 때는 사고사 위험이 컸지만 수치에 한계가 있었지. 안전과 위험에 대한 직관도 그때 형성됐을 거야. 그런데 오늘날엔 맞지 않거든. 삶이 너무 복잡해졌으니까."

"그게 나쁜가?" 루카스가 말했다. 그는 새로 온 사람이었다.

"그렇기도 하고 아니기도 해. 어떤 위험을 과소평가하면 그 사람이 내린 결정은 확실히 불행한 결과를 초래하겠지. 그런데…" 줄리는 잠시 말을 멈추고 친구들을 바라보았다. "만약에 모든 사람이 부정적인 상황에 정말로 노출되는 경우를 이해할 수 있다면… 예상하지 못했던 결과가 발생해. 사람은

계산된 삶

위험이 존재하지 않는 것처럼 생각하고 살아야 하니까. 그래서 사람들이 평균 수명을 예측하는 거야. 다들 최근 국가 통계 관련 뉴스는 봤겠지. 그 통계에 따르면 현재 예측 평균 수명은 99살이라고."

"그럼 톰이라는 사람은 이론상 정해진 수명의 3분의 2를 잃은 셈이네." 루카스가 말했다.

"난 언론의 반응이 이상해." 제이나가 말했다. "99살과 100살에 뭐 그리 큰 차이가 있다는 거야?"

"성공과 실패를 구분하는 거지." 해리가 말했다.

"어쨌든 1년을 더 늘리려고 숫자를 조작하면 안 된다고 생각해." 줄리가 말했다. "자연재난으로 인한 사망자는 통계에서 제외하자는 사람도 있다니까. 사실은 사실이어야 하잖아."

제이나가 말했다. "흠, 한 가지는 분명히 말할 수 있어. 아무리 숫자를 조작해도 톰 블렌킨소프를 통계에서 제외할 순 없다는 거야."

제이나의 친구들은 입을 다물었다. 제이나는 식탁 중앙에 있는 커다란 접시에서 빵을 집고, 자신의 그릇에 희미하게 남은 그레이비 소스의 흔적을 눈으로 좇았다. 저녁 식사 자리에 함께 앉은 사람들은 그녀의 열의를 기억에 새기고 빵에 손을 뻗었다.

제이나는 저녁 시간이 겨우 2시간가량 남은 상태에서 작은 방으로 돌아갔다. 그리고 줄리가 사바나와 함께 언급했던 내용을 떠올리고는 세렝게티 사이트에서 야생 프로그램을 다운로드했다. 그녀는 침대 옆 탁자에 있는 사육 상자를 바라보았다. 헤스터가 지난주에 주었던 쥐똥나무 가지에는 이제 잎이 거의 남아 있지 않았다. 제이나는 여느 저녁때와 마찬가지로 곤충들을 관찰하면서 기록을 남겼다. '막대기처럼 생긴 곤충이 나뭇잎을 먹고 있다. 그러면 떨어진 나뭇잎과 죽어가는 대벌레 사이에 어떤 차이점이 있을까?'

세렝게티 평원에서 암사자 한 마리가 도망치는 얼룩말의 허벅지로 달려들었다. 제이나는 최근 여러 달 동안 비슷한 살육 장면을 수백 번은 보았다. 그리고 상위 포식자에게 피해를 보지 않는 동물은 극소수에 불과하다는 사실을 깨달았다. 그녀는 먹이사슬 구조와 생물자원 다양성에 관한 논문을 써서 자신의 생각을 공식화하기로 결정했다. 해당 주제를 다룬 연구 논문이 이미 상당수 존재하고 있었지만 그것들을 참조할 생각은 없었다. 그녀는 홀로 해결하는 쪽을 선호했다. 결국 기초 수학 문제로 귀결되기 때문이었다.

방의 조명이 어두워지고 제이나는 12시간 동안 수면을 취할 준비를 했다. 그녀는 침대에 누워서 자그마한 자신의 야생

계산된 삶

동물 공원을 들여다보았다. 조명의 밝기가 절반으로 떨어졌기 때문에 잔가지처럼 생긴 룸메이트와 진짜 잔가지를 간신히 구분하는 게 고작이었다. 그녀는 헤스터가 교외에서 쥐똥나무 가지를 더 가져다줄 거라고 생각했다. 헤스터는 돌볼 가족이 있었기 때문에 대벌레 말고도 걱정할 거리가 많았다. 그리고 톰의 죽음 때문에 신경 쓸 일도 많을 터였다. 하지만 헤스터는 그런 일을 잊지 않는 사람이었다.

제이나의 정신은 잠을 향해 흘러갔지만 마지막 단계에 도달하기를 끈덕지게 거부했다. 그녀는 생각을 역추적해서 풀리지 않은 채 방황하고 있는 질문 하나를 콕 집어냈다. '얼룩말이 경험한 공포와 톰이 겪은 공포심은 어떤 차이가 있을까?'

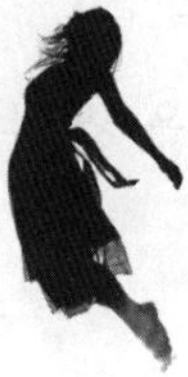

2장

제이나는 좋을 때가 있으면 나쁠 때도 있는 법이라고 생각했다. '그래도 일주일은, 그것도 안 된다면 하루만이라도 자리를 바꾸고 싶어.' 거리 미화원이 몸을 숙이고 벽에 기대어 두었던 길쭉한 청소도구를 움켜쥐었다. 더러운 보도 발견… 공격… 청소 완료. 미화원은 순서에 맞춰 노란색 페인트를 따라가고 있었고, 노란색 페인트는 휴게소의 정문 앞을 가로지르면서 부정확하고 선명하지 않은 원을 그리고 있었다.

넓게 퍼지는 물안개 속으로 줄리가 뛰어들더니 휴게소 벽에 기대어 돌아보는 제이나의 곁에 섰다.

"이게 다 무슨 일이야?" 줄리가 말했다.

"내가 해달라고 그랬어. 누가 벽에 노란색 페인트를 뿌렸다더라."

"그거야 보면 알지만… 아무 얘기도 못 들었는데."

"나도 못 들었어… 더 일찍 나올걸 그랬나 봐."

"아마 밤에 벌어진 일일 거야, 제이나."

"내 말은, 구경이 재밌다는 뜻이야." 줄리가 그녀를 살짝 노려보았다.

제이나는 떠날 생각이 조금도 없었다.

"흠, 난 가야겠어." 줄리가 말했다. "이따 봐." 그녀가 자리를 떠났다.

제이나도 몸을 돌렸지만 그녀의 시선은 청소도구에 고정되어 있었다. "나중에 범인을 찾아내야겠어. 누가…" 줄리는 이미 길을 반쯤 건너고 있었다.

미화원은 희미하게 빛이 바랜 오래된 벽돌과 도로에 선명한 흔적을 남겼다. 제이나는 미화원이 그런 일을 벌인 데에는 다 이유가 있다고 믿고 싶었다. 그녀는 오른발로 바닥을 두드렸다. 그러다가 몸의 무게중심을 옮겨 발을 멈췄다. 하지만 30초 뒤 왼발로 바닥을 두드리기 시작했다. 이제 갈 시간이었다.

제이나는 갑자기 출현한 노란색 때문에 예민해졌고, 일터까지 가는 익숙한 길에서 색의 공격을 받았다. 망막에 있는 추상체가 노란색의 거친 효과를 상쇄할 만큼 강렬한 색상을 요구하는 느낌이었다. 그녀는 시에 소속된 고속도로 기술자들이 칠해놓은 위협적인 색상과, 팰리스 호텔의 청록색 철제 부분과, 팰리스 극장의 무대 출입문으로 이어지는 립스틱처럼 새빨간 계단과, 형태를 정하지 않고 미끄러지는 푸른 하늘의 다각형을 마치 처음인 양 바라보았다. 그녀는 색상에서 눈을 떼고 U자를 이루는(벽, 포장도로, 배수구, 길, 배수구, 포장도로, 벽으

계산된 삶

로 이어지는) 도심 골짜기의 표면에 드러난 결점과, 어긋난 정
렬과, 수리하면서 생긴 땜 자국으로 주의를 옮겼다. 그녀는 머
릿속으로 틀을 만들고, 수정하고, 잡아당기고, 잘라냈다. 그
리고 기본색과 기본형과 기본적인 불일치를 선택했다. 그녀는
생각에 잠기면서 혼잣말을 시작했다. "나는 이 거리를 평생 관
찰할 수 있는데…"

◆

헤스터가 리본 모양의 손잡이가 달리고 흑백 줄무늬가 새
겨진 여행 가방을 제이나의 작업 공간에 투척했다.

"고마워, 헤스터. 기억하고 있어서 다행이야." 제이나는
누가 옆구리라도 찌른 것처럼 덧붙였다. "톰 문제를 비롯해
서 다들 정신이 없는데도 말이야." 헤스터는 그 말을 무시하
고 가방의 내용물을 덮고 있던 티슈를 제거했다. 안에는 정원
에서 잘라 온 것들이 들어 있었다. 주로 쥐똥나무였다. 그녀는
덩굴장미에서 떨어진 잎을 엄지와 검지로 집어 들고 평가를
기다렸다.

"완벽해." 제이나가 말했다. 그러자 신뢰가 다시 형성됐다.
그녀는 이미 공격적인 반응을 이끌어 내지 않고 톰의 이름을

언급한 뒤였다. 그녀가 덧붙였다. "보통 아카이브실에 있는 데이브가 푸른 식물을 가져다주거든. 종점 쪽에 있는 공원에서 주워 온대. 가끔 잊어서 문제지만."

"흠, 그 정도면 괜찮은 거 아냐?" 헤스터가 넌지시 물었다.

제이나는 그 말 속에 숨어 있는 엄격함 때문에 몸을 굳히며 긴장했다. "보통 때는 믿을 만한 사람이야, 헤스터. 더 어려운 일 없냐고 계속 묻기도 하고."

"어림없지." 헤스터가 코웃음을 쳤다. "일을 더 맡을 능력이 없는 사람이야. 벌써 컴플레인이 한가득이라고. 게다가…" 그녀는 고개를 돌려 자신의 사무실 방향을 가리켰다. "더 많은 걸 맡겼다가는 난리가 날걸."

제이나는 이상한 점을 느끼고 의자에 몸을 의지했다. 헤스터는 가장 확실한 이유 하나만 대면 충분할 텐데도 데이브가 승진할 수 없다는 말을 여러 차례 반복했다. 게다가 제이나의 기억에 따르면, 비록 정원에서 잔가지를 가져다주는 등 작은 친절을 베푸는 사람이긴 하지만 그것과는 별개로, 데이브에 대해 불평하는 사람은 헤스터뿐이었다. 제이나는 헤스터의 관리 방침에 어떤 기준이 있는지 파악할 수가 없었다. 그녀는 자신과 동급이라고 여기는 사람의 경우 간결한 정중함으로 대했다. 제이나도 그 범위에 포함되는 것 같았다. 헤스터는 그런

계산된 삶

사람들과 간부에 대한 조롱 정도는 함께 나누곤 했다. 마크 같은 하급 분석가의 경우… 제이나는 마크를 바라보았다. 그는 사무실을 빙 돌아서 먼 길을 걸어가고 있었다. 제이나는 마크가 헤스터의 작업공간을 가로지르지 않으려 그러는 거라고 확신했다. 반면에 헤스터가 유일하게 상대하는 잡역부인 데이브의 경우 헤스터의 (제이나는 적절한 단어를 생각해 보았다) 모난 성격에 신경 쓰지 않는 것 같았다.

제이나는 정확히 7주 전 헤스터가 데이브를 언급했던 일을 떠올렸다. "무슨 일이 있어도 언젠가 데이브를 이 사무실에서 쫓아낼 거야." 최근에 경마 도박 계획을 짜던 데이브를 보고 한 말이었다. "그렇게 한심한 짓을 왜 하는지 모르겠어. 그냥 아무 의미 없는 오락거리잖아." 이제 와서 생각해 보니 헤스터는 과하게 반응하고 있었다. 제이나가 보기에 데이브의 행동은 비난받을 일이 아니었다. 데이브가 돈을 건 것은 대규모 문화 이벤트인 대장애물 경마였다. 헤스터는 데이브를 쫓으려고 손을 내저었지만 그는 포기하지 않고 귀찮게 굴었다. "해봐요, 헤스터. 확률이 아주 높다니까요. 스티키 위켓은 우승 후보인데 아무도 안 골랐다고요."

헤스터는 짧은 대답으로 짜증을 대신했다. "안 해요. 됐어요."

그랬는데도 데이브는 포기하지 않았다. "알았어요. 그럼 제이나에게 같은 제안을 해야겠어요. 나중에 후회할 거예요. 그때 가서…"

"제이나는 참가할 수 없어요." 헤스터가 말했다.

데이브는 헤스터에게 한 번 더 돌아갔다. "그러지 말고 해 봐요, 헤스터. 분위기 망치지 말고요. 경주가 시작되면 외톨이가 된 기분이 들 거예요. 그리고 제이나가 하면 안 되는 이유가…"

"나가요. 당장."

"알았어요, 알았다고요. 역사는 결정된 거예요." 제이나는 그의 마지막 문장이 농담이라는 사실을 나중에야 깨달았다. 아카이브실에 있다 보니 생각해 낸 유머인 것 같았다.

제이나는 헤스터가 데이브와 대화할 때면 유난히 말이 짧다는 점을 불현듯 깨달았다. '나한테 그랬다면 가만히 있지 않았을 텐데.' 제이나가 속으로 생각했다. 헤스터가 일부러 그러는 건 아니겠지만… 제이나는 조금 추론을 해보았다. '헤스터와 데이브는 둘 다 극단적인 성격이잖아. 정규분포곡선상에서 정반대 편 끝에 있긴 하지만. 혹시 내 존재가 사무실 내에서 벌어지는 논쟁이나 의견 차이를 야기하는 건 아닐까. 내가 오후 시간에 자리를 비우면 가시 돋친 뒷말이 오가는 건 아닐까?'

제이나는 작업 공간을 들여다보고 톰의 자료를 골랐다. 어쨌든 사무실 내 모든 사람이 그녀의 가치를 인정한다는 점에는 의심의 여지가 없었다. 그녀가 참여한 프로젝트는 반드시 목표를 달성했다. 이견이 있을 때면 헤스터가 논쟁을 종결하기 위해 인용하는 속담이 있었다. '백문이 불여일견.' 헤스터는 그처럼 갑자기 상황을 끝내는 데에 능숙했다.

오전 시간이 끝날 때쯤 엘로이즈가 다가왔다. "올리비아와 벤저민이 이사 회의실에서 좀 보자던데." 제이나는 지난주에 새 상관관계 분석을 끝내고 목요일에 최종 보고서를 메트로폴리탄 경찰서에 보냈다. 칭찬을 받을 만한 일이었다. 그녀가 생각하기에 매이휴 맥클라인의 이사진들이 반공식적으로 직원들에게 축하를 보내는 것 같았다. 어디까지나 전문적인 동기부여 전략을 실행에 옮기는 것이긴 했지만.

◆

"음, 제이나, 보고서의 방향을 바꿔야 할 것 같아요. 강력 범죄의 상관관계라는 게 30분 전만 해도 확실해 보였는데 말이죠." 매이휴 맥클라인의 부회장인 올리비아 웨스트우드가 말했다. 제이나는 비록 사례가 부족하긴 했지만 강력 범죄와 평균 풍향의 지역적인 연관성을 도출한 참이었다. 강한 북동풍이 강력 범죄 발생에 영향을 준다는 결론이었다.

"그사이에 무슨 일이 있었는데요?"

"S2 소수 민족 거주지에서 일가족이 살해당했어요."

제이나는 얼굴이 화끈거렸다. "오늘은 서풍이 부는 지역이군요."

올리비아가 미소를 지었다. "알고 있어요." 해당 범죄 발생률이 극히 낮았기 때문에 제이나는 개선 방안을 제시하지 않았다. "보고서에 실린 판단 근거는 전부 읽었어요. 이런 사건은 우발적이기 때문에 예방이 불가능하죠."

"저는 다양한 경고와 함께 트렌드의 방향을 제안한 거죠. 그 분석 결과는 예언이 아니고요."

"흠, 고객에게는 그런 말 하지 마요."

'올리비아 본인도 통계학자잖아. 그런데 왜 저렇게 말하는 거지?'

"회사는 여전히 당신이 내린 결론에 만족하고 있어요. 경찰도 마찬가지고요. 경찰은 일기예보를 참고해서 근무 일정을 짤 거예요." 올리비아가 말했다.

"자, 너무 걱정하지 말아요." 벤저민이 말했다. "범죄 통계를 활용한 건 잘한 일이에요. 액세스 비용 확인해 봤어요? 게

계산된 삶

다가 상황이 악화된 이후에 인가를 받는 데에 있어서…"

제이나는 눈을 깜빡거리면서 벤저민과 그의 등 뒤 벽에 걸린 그림을 번갈아 바라보았다. 커다란 그림 속에는 〈누워 있는 이새〉가 있었다. 희귀하고 기념비적인 중세 시대 오크 나무 조각품이었다. 올리비아에 따르면 엄청나게 중요한 유물이라고 했다. 제이나가 보기에 그 그림은 이새가 누워 있음에도 불구하고 회의실의 분위기를 장엄하게 만들었다. 그녀는 매이휴 맥클라인이 구축한 트렌드 예측 및 경제 모델링을 이새가 본다면 무슨 생각을 할지 궁금했다. 그녀는 화제를 바꿨다. "톰에 관해서 새 소식은 없어요?"

"아직 없어요. 톰의 자료는 어떻게 됐어요?" 벤저민이 말했다.

"오늘 아침에 확인했어요. 톰이 포기한 아이디어 가운데 한두 가지는 되살릴 만해요."

"톰은 흥미가 없는 일을 전부 내다 버리는 사람이었죠. 그한두 가지가 뭔데요?"

"하나는 와인 사업 관련이었어요. 서유럽 지역의 와인 생산 트렌드 건이죠."

"톰은 절대 술을 마시지 않았으니 그럴 만도 하네요. 그 건을 맡을 수 있겠어요?"

"지금 당장은 다른 일에 신경 쓰고 싶지 않은데요. 신입을 채용하시는 게 어떨까요?"

벤저민이 신음 소리를 냈다. "잉그리드가 퇴직한 지 얼마 되지도 않았는데요."

"잉그리드를 도로 데려오면 안 되나요?" 올리비아가 물었다.

"그러기 힘든 상황이에요." 벤저민이 이를 드러내면서 말했다. "점잖게 표현하자면 욕을 조금 주고받았거든요. 잉그리드 쪽에 문제가 있다고 생각해요. 그 사람은 너무… 흠, 그 얘기는 그만두죠. 우선 프리랜서를 구해보고 헤드헌터 쪽도 알아봐야겠어요. 쉽진 않겠지만요. 보수를 높여야겠죠."

"예? 톰보다 더 준다고요?" 올리비아는 '내가 이런 일을 하고 있다니까요!'라고 말하고 싶은 것처럼 이새의 나무 그림을 흘끗 쳐다보았다. "너무 무리는 하지 마세요." 그녀가 말했다. 그리고 아주 확연하게 감정을 추스르면서 회사 내의 스타급 분석가를 바라보았다. "흠, 제이나, 지금 무슨 업무를 담당하고 있어요?"

"에너지 소비 패턴의 변동 상황 건이에요. 수소 쪽을 조사하고 있고요. 투자 전략 보고서를 작성하는 게 목표죠." 올리비아가 눈을 크게 떴다. "자료가 산더미예요. 너무 많다고 할까요? 현재 저널과 학회에 발표된 연구 프로젝트를 가려내고 있고요. 조금… 비공식적인 방법으로 업계 브리핑 자료를 구하기도 하고…" 벤저민은 우회적인 표현 안에 숨은 뜻을 알아채고 승인한다는 뜻으로 고개를 끄덕였다. "그걸 전부 검토해서 핵심 변수를 찾고 있어요. 방대한 주제다 보니 다른 일에 힘을 분산하지 않는 편이 좋겠어요."

"좋아요. 아주 잘하고 있어요." 올리비아가 말했다. "사실 제이나 덕분에 이 부서가 발전하고 있어요. 지금 3월 집계를 수정하는 중인데, 그 어느 때보다 결과가 좋을 것 같거든요."

"전임자였던 프랭크는 못 만나봤죠." 벤저민이 말했다. "당신이 프랭크보다 똑똑하다는 건 알고 있었지만… 음… 그런 말로는 표현하기 부족한 무언가가 있는 것 같아요." 그가 미소를 지었다. "그리고 프랭크보다 훨씬 더 매력적이에요. 우리가 기대하지 않았던 부분인데 말이죠."

제이나는 프랭크의 모든 것을 알고 있었다. 그의 인사 서류를 보았기 때문이었다. 사실 제이나는 이미 휴게실에서 수많은 직원을 만난 터였다. '세상에, 이름이 뭐가 됐든 그런 건 하나도 안 중요한 사람들이잖아. 그런데 왜 프랭크와 비교하는 거지?' 인사 서류에 따르면 프랭크는 부지런하지만 재미가 없어 보이는 사람이었다. 헤스터가 문서로 남긴 평가에 따르면 프랭크는 '시키는 대로 분석은 잘하지만 창의성이 부족한' 사람이었다. 주어진 일을 거부하지 않고, 시한을 어기지 않고, 근태에 나무랄 데가 없고, 능률을 중요시하는 사람이었다.

"그러면 제가 지금까지 잘해오고 있다는 말씀이죠?" 제이나가 올리비아에게 말했다. "하지만 꼭 말씀드리고 싶은 게 있는데요. 저는 제때 일을 마치지 못하면 피곤해지는 타입이거든요. 그래서 말인데…" 그녀는 벤저민을 바라보았다. "제 근무 시간이 6시간이라는 점을 우리 팀에게 부드럽게 말씀해 주시겠어요? 저는 회사뿐 아니라 숙소에서도 일한다는 점을 기억해 주세요. 일의 강도에 차이는 있겠지만요."

◆

더 매력이 있다고? 제이나는 엘리베이터로 다가가면서 벤저민이 했던 말을 곱씹어 보았다.

사전적인 정의에 따르면 '매력적이다'란 단어는 형용사였다. 기분을 좋게 만든다, 흥겹다, 호감이 간다, 좋다, 우호적이다, 붙임성 있다, 유쾌하다, 아름답다, 마음을 끈다는 뜻이 있었다. 스코틀랜드 방언으로는 편안하다는 뜻이 있었고, 스코틀랜드와 영국 북부에서는 건강하다거나 약삭빠르다는 뜻으로도 쓰는 말이었다. 매혹적이라는 뜻도 있었으나 지금은 쓰이

계산된 삶

지 않았다.

　제이나는 결론을 내리기에 앞서 한 가지 질문에 대한 답을 알아낼 필요가 있었다. 그녀의 평가에 외모가 조금이라도 영향을 끼치고 있는 것일까?

　매이휴 맥클라인 사에는 전신 거울이 하나도 없었다. 휴게실도 마찬가지였다. 하지만 제이나는 엘리베이터에 타면서 광택 없는 금속 문에 흐릿하게 비친 자신의 모습을 보았다. 자세한 부분은 하나도 분간할 수 없었고 인상만이 눈에 들어왔다. 그녀는 입술을 오므리고 옆에 서 있는 여성 직원 두 사람과 자신을 비교해서 평가해 보았다. 그녀는 평균이었다. 체격은 크지도 않고 작지도 않았고, 체형은 둥글지도 않고 마른 편도 아니었다. 갈색을 띤 머리카락과 어깨 사이에는 눈에 띄는 부정적인 물체가 있었다. 그녀의 외모에는 직장 동료들과 달리 특이한 점이 하나도 없었다. 그녀는 이마가 넓지도 않고 코가 짧지도 않고 턱이 억세어 보이지도 않았다. 턱 끝이 안으로 들어가지도 않았고 눈이 작지도 않았고 눈썹이 짙지도 않았고 어깨가 좁지도 않았고 다리와 상체의 비율이 이상하지도 않았고 머리가 작지도 않았다. 두 눈 사이가 아주 조금 멀다는 점을 빼면 모든 게 평균이었다. 그 밖에 개성적인 점은… 하나도 없었다.

　'아니야. 내 시선이 이도 저도 아닌 인상을 주는 거야.'

제이나는 엘리베이터에서 걸어 나오자마자 곧장 화장실로 향했다. 그리고 개인 칸에 들어가서 다시 한번 차가운 타일 벽을 마주보고 섰다. 중요한 건 오직 재능뿐이었다. 홍보 문구 같은 말이었지만 진실이기도 했다. 그녀는 엄청난 양의 자료를 다룰 수 있었다. 헤스터나 벤저민 같은 바이오닉과는 비교도 되지 않았고 다른 사람들도 마찬가지였다. 그들도 제이나와 마찬가지로 인지 임플란트를 쓰고 있었다. 하지만 그들의 장치는 본질적으로 어떤 능력을 저하시키는 방식으로 작동했다. '당사자들이 그 사실을 모르는 건 그저 주의를 기울이지 않았기 때문인데…'

화장실 문이 열리고 옆 칸에 누군가가 들어왔다. 제이나는 앉아서 소변을 보았다. 생각할 시간이 필요했다. 올리비아와 벤저민은 자신들의 행동이 어떤 결과를 가져올지 제대로 알지도 못한 채, 그녀를 임대하기에 앞서 세부 사항을 제대로 확인하지 않은 것이 분명했다.

시뮬런트 운영체제 버전 CS12.01

제조: 컨스트럭터 홀딩스 유한회사

제품 소개: 방대한 특성 분석에 따라 만들어진 유전적 원형을

계산된 삶

기반으로 체외에서 성장한 생물학적 시뮬런트. 유전적으로 광범위하게 변형되었음. 생체공학적 인지 임플란트가 상당량 포함되어 있음. 사회경제학적 상위 그룹에 어울리도록 여러 인생을 경험한 자료가 들어 있으며, 옥스퍼드에 있는 컨스트럭터 홀딩스 사의 기동 센터에서 기동되었음.

제품 소개의 다음 항목은 장점처럼 보였지만 중요한 사항이 빠져 있었다.

이전 버전(프랭크와 프레다)보다 사회적으로 세련되게 행동하도록 감정이 풍부해졌음. 그 결과 업무 팀에 동화되는 능력이 증가했으며 지속적인 학습 활동이 뛰어남.

제이나는 자신의 경우 동화라는 단어가 해당되지 않는다고 생각했다. '동화라는 건 엔지니어가 쓰는 용어잖아. 난 프랭크보다 훨씬 더 팀에 어울린다고. 나야말로 팀원의 한 사람인 동시에 가장 뛰어난 인재지. 나를 소개하는 지능 내장형이라는 말 역시 정확한 표현이야. 난 토론하고 조언하고 가르칠 수 있으니까. 사소한 실수를 빼면 사람들은 내가… 식빵이 발명된 이래 최고의 존재라고 생각할 거야. 그래. 난 팀에 어울리

고 장점이 더 많아. 그중에서 특히 한 가지만 뽑으라면, 난 공
감 능력이 있어.'

공감하다: 동사. 1) 견해를 같이하다. 동의하다. 함께 느끼다.
이해하다. 감정을 공유하다. 감정이 일치하다. 2) 공명하다. 관
심을 갖다. 연민을 느끼다. 식견을 갖다. 3) 구어: 같은 처지라
고 생각하다.

◆

헤스터는 점심시간이 훨씬 지난 뒤 동료 주식중개인들과
함께 돌아왔다. 그녀는 사무실 중앙에 있는 제이나의 작업 공
간 옆에 서서, 보통 때보다 조금 딱딱한 어조로 공지사항을 발
표했다. "자, 다들 알아둘 일이 있어요. 내일 아침에 존조를 사
무실로 데려올 거예요. 길어도 3시간을 안 넘을 거예요. 당연
한 얘기지만 사무실에서 행동하는 방법은 못 배웠고요."

"헤스터, 나도 개를 만나보고 싶긴 한데, 왜…"

헤스터가 제이나의 말허리를 잘랐다. "내일 오전 늦게 사
전 3s 검사를 받으러 가요." 그녀가 모든 사람을 향해 말했다.
"대니얼은 회의 때문에 두어 시간은 꼼짝 못 하거든요. 회의가

계산된 삶

끝나면 같이 병원에 갈 거예요."

제이나는 오락 구역에서 이상한 행동을 하던 애들을 제외하면 어린아이를 본 적이 없었다. 당시 그녀와 친구들은 아이들과 떨어져 있었다. 이번에는 어린 사람과 일대일로 대화할 수 있어 보였다. 앞으로 몇 개월 동안은 다시 오지 않을 기회였다. 제이나는 그렇게 결론 내린 다음, 서둘러 분석한 결과를 바탕으로 오후 시간에 아동 관련 시장에 관한 통계치를 조사했다. 그리고 여느 때처럼 3시 30분에 일터를 떠나 피터 거리로 향하는 뒷골목에 위치한 〈말하는 말 장난감 가게〉로 곧장 이동했다.

영업점들은 번지수가 없었다. 하지만 제이나는 아직도 자갈로 포장되어 있는 골목 끝에서 눈을 반짝이고 있는 동물 봉제인형을 발견했다. 가게가 가까워지자 노동복을 입은 곰 인형과, 누더기 모자를 쓴 인형과, 앞쪽 진열장을 좌우로 전부 차지하고 있는 납작한 코끼리 다섯 마리와, 인형 술사에게 줄로 고문당하는 것처럼 걸려 있는 화려한 녹색 용을 확인할 수 있었다. 가게로 들어서자 머리 위에서 종소리가 들렸다. 그녀는 주급 범위 안에서 살 수 있는 존조의 선물이 있는지 궁금했다. 원형 탁자 위에 놓인 바구니 안에는 작은 장난감들이 담겨 있었고, 그 안에 '한꺼번에 파는 종합 선물'이라고 손으로 글자를 적은 팻말이 꽂혀 있었다. 제이나는 팻말을 여러 번 다시 읽으면서 어법에 맞는 표현인지 고민했다. 그리고 가격이 나쁘지 않은 물건들의 표면 상태를 손가락으로 확인하다가 광택이 나는 나무 제품을 발견했다. 원기둥 받침대 위에 놓인 기린이었다. 그녀는 기린 장난감을 손으로 들어보았다. 기린의 네 다리와 목이 전체적으로 원기둥 형태를 이루고 있었다.

"받침대를 눌러보세요." 점원이 말했다. 제이나는 그를 바라보고 고개를 갸웃거렸다.

"해보세요. 엄지손가락으로 받침을 밀어 올리세요."

시키는 대로 하자 기린이 주저앉았고 기린의 머리가 받침 아래까지 내려갔다. 제이나는 깜짝 놀라서 엄지손가락을 치웠다. 그러자 기린이 단박에, 우아하고 의연하게 몸을 곧게 펴고 높은 곳에 우거진 나뭇잎을 뜯어 먹을 준비를 마쳤다.

"단순한 장난감이 제일 좋죠." 점원이 말했다.

"선물할 수 있게 포장도 해주나요?"

"뭐, 그렇게 하죠. 그건 포장지도 많이 안 들 테니까요." 점원이 웃었다. "어릴 때 저런 거 안 갖고 노셨나요?"

제이나는 머뭇거리다가 말했다. "맞아요. 안 갖고 놀았어요."

점원은 물건을 포장했다. 제이나는 그의 시선을 피했다. 입가의 근육에 힘이 들어갔다. 그녀는 돈을 정확히 지불하고 가게를 나섰다. 그리고 북극곰의 눈길을 의식한 채 골목을 걸으면서 별다른 뜻이 없는 것처럼 보였던 점원의 질문 속의 숨은 뜻을 고민했다.

'어릴 때라니. 그렇게 사적인 걸 왜 물어?'

제이나는 반짝거리는 선물을 바라보다가 점원이 〈말하는 말 장난감 가게〉의 명함을 리본 밑에 끼워놓았다는 사실을 알아챘다. 그녀는 선물을 겨드랑이에 끼운 다음 손에 쥔 명함을 세 번 찢어서 완전히 다른 모양으로 분리된 여덟 개의 조각으로 탈바꿈시켰다. 그리고 손으로 종잇조각을 구겼다. 하지만 그것만으로는 성에 차지 않았다. 그녀는 벽돌이라도 드는 것처럼 과장된 동작으로 팔을 들어 올렸다가 종이 뭉치를 땅바닥에 집어 던지고는 발로 밟고 문질러 댔다. 그리고는 손으로 건물 벽을 짚고 마음을 가라앉히고, 돌아서서 골목을 이리저리 둘러보았다. 지켜보는 사람은 아무도 없었다. 그녀는 벽에 기대어 섰다. 오른팔에는 아직 격렬한 움직임의 후유증이 남아 있었다.

'어쩜 그렇게 무례할 수가 있지!' 제이나의 심장이 격렬하게 뛰었다.

그녀는 진정하려고 속으로 숫자를 세었다. 하지만 또 다른 생각이 머리에서 떠나지 않았다. 그녀의 동료들은… 일이 끝나면 동반자와 아이가 기다리는 집으로 돌아갔다. 아기 때부터 20년, 30년, 40년 이상 아주 오랜 시간 동안 살았다. 아주 천천히, 점점 앞으로 나아갔다. 하루가 지나도 눈에 띄는 차이는 발생하지 않았다. "세상에! 어쩜 저렇게 컸지." 제이나는 벤저민이 여덟 살 된 앨리스의 영상을 보여줬을 때 사람들이 소곤거리던 소리를 떠올렸다. 그녀가 신뢰받지 못하는 진짜 원인은 바로 그것이었다. 그녀는 사람들이 어린아이의 외모를 낱낱이 분석하던 광경이 또렷이 기억났다. 눈은 아빠를 닮았다는 둥, 머리카락은 엄마와 똑같다는 둥. 벤저민은 앨리스가 두 사람의 장점만 골라 가졌다고 말하기도 했다.

그리고 제이나는 앨리스가 나무로 만든 기린 장난감을 갖고 놀았을 거라 생각하고 있었다.

◆

C7 구역이 가까워지자 호흡은 진정되었지만 팔의 통증은 남아 있었다. 제이나는 길 건너편에서 휴게소를 자세히 관찰했다. 벽에 뿌려진 페인트의 흔적이 벽 너머로도 보였다. 정확히 알 순 없지만 페인트가 우연히 벽에 튀었을 가능성도 있었

다. 아무 이유 없이 페인트를 뿌린다는 건 말이 되지 않았다. 하지만 그런 식으로 따지면 톰이 익사한 것도 말이 되지 않았다. 제이나는 말이 안 되는 일이 아주 많다고 생각했다.

◆

C7 구역에 제공되는 저녁 식사용 음식은 여느 때처럼 이름이 없었다. 일상적으로 나오는 대체육과 채소와 감자가 전부였다. 그런데 식당 직원이 감귤 향이 아주 강한 소스를 부어주었다. 제이나는 배식구로 몸을 내밀고 물었다. "오늘 저녁에 주는 음식은 이름이 뭐예요?"

직원이 들고 있던 국자를 밑으로 내렸다. "이름 없는데요." 그가 말했다. "과일 소스를 내라길래 내났는데요."

"이런 게 나올 줄 몰랐거든요. 고마워요." 제이나가 미소 지으며 말했다.

직원은 경계심을 조금 누그러뜨리고, 그다지 자신감 없는 투로 말했다. "흠, 오리고기 위에 이 소스를 부으면 오렌지 맛 오리라고 부를 수 있겠죠."

"그렇게 만들어 주면 분명히 다들 좋아할 거예요."

"다는 못 줘요. 처음에 온 사람들만 주지."

제이나는 해리와 줄리의 식탁에 합석하면서 말했다. "프랭크와 프레다는 오렌지 소스를 못 받았는데."

"흠, 그런 지시가 내려왔겠지." 해리가 말했다.

루카스가 식탁으로 뛰어들더니 의자와 한 몸이 되었다. 그가 식탁 다리에 무릎을 부딪히는 바람에 모두가 얼굴을 찡그렸고, 그의 음식 접시와 물컵이 쟁반 위에서 옆으로 밀려났다. 그는 쏟아진 물을 무시하고 쟁반 양쪽으로 손을 펼쳤다. "괴상한 소식이…" 그는 그런 말을 난생처음 해보는 것처럼 머뭇거렸다. "오늘 우리 부서에 들어왔어. 최고책임자 사무실에 암호로 보관됐어야 하는 건데 그렇지 않았어. 그런데 아무도 신경을 안 써서…"

"루카스, 무슨 얘기를 하는 거야? 요점만 말해봐." 해리가 비교적 친절하게 말했다.

"그 소식에 따르면…" 루카스가 머뭇거렸다. "머지사이드에서 나랑 같은 일을 하는 사람이 컨스트럭터에게 되돌아갔대. 그 사람은 2주 전에 인도 식당에서…" 그는 친구들의 표정을 살피면서 말했다. "양고기 비르야니를 먹다가 발각됐대. 몇 달 동안 주급을 모았다가, 공공기관과 구내식당에서만 밥을 먹으라는 지시사항을 위반한 거지."

"왜 그랬대?" 줄리가 포크로 오렌지 맛 오리고기 한 조각을 찍어 올리고 말했다. "그런 짓이 무슨 의미가 있어?"

"나도 몰라. 그 소식을 어떻게 받아들여야 할지도 모르겠고." 루카스는 화제를 계속 끌려는 의도를 노골적으로 내비치면서 덧붙였다. "그 일에 대한 소식은 그게 전부야. 하지만 이건 분명히 말할 수 있어. 난 깜짝 놀랐어."

그들은 몇 분 동안 아무 말도 없이 음식을 먹었다. 줄리가 식사를 마치고 말했다. "그 노란색 페인트 있잖아… 어젯밤에 C5 구역에도 그런 일이 생겼대."

"그건 어떻게 알았어?" 제이나가 말했다.

"오늘 C5에서 온 사람과 미팅이 있었어. 그때 들었어." 줄리는 서둘러서 설명할 생각이 없었기 때문에 몇 초 뒤 말을 이었다. "우리 쪽 벽은 글자를 다 못 적었나 봐. 그쪽 휴게소에는 '싫어'라는 글자에 추가로 느낌표까지 붙어 있었는데 긁어냈대."

"문제가 있었나 보군." 해리가 말했다.

"정신적으로 문제가 있는 사람이라고?" 루카스가 말했다.

"그게 아니야, 루카스. 글자를 쓰다가 방해를 받았단 얘기야." 해리가 말했다.

"하지만… 메시지를 전달하는 방법치고는 바보 같잖아. 그리고 뭐가 싫다는 건데?"

"뻔하잖아, 루카스. 우리가 싫다는 거야." 줄리가 작은 소리로 말했다.

"그렇게 말하기에는 조금 늦었는데." 해리가 말했다.

"누가 그랬을까?" 루카스가 물었다.

"누가 그랬든 달라질 게 없잖아." 해리가 말했다.

제이나는 줄리와 해리가 정부 기관에서 일한다는 사실을 떠올렸다. 루카스도 마찬가지였다. 제이나는 잠깐 그 사실이 뜻하는 바를 생각해 보았다. 그들은 절차가 복잡한 업무의 특성 때문에 강한 호기심이 둔화되어 있는 것 같았다. 결국 루카스도 다른 두 사람처럼 관심을 잃을 모양이었다.

3장

헤스터와 아이는 9시 37분에 요란스럽게 사무실에 들어왔다. 헤스터의 셔츠 한쪽 깃이 납작하게 눌려 있었고, 다른 쪽 깃은 하늘을 향하고 있었다. 그녀는 부드럽고 내용물로 가득 차 있고 색깔이 현란한 가방 세 개를 옮기느라 신음 소리를 냈다. 어깨에서 가방의 끈이 흘러내리자 헤스터는 카펫 위에서 가방을 끌며 걸어갔다. 제이나는 꼼짝하지 않고 자리에 앉아 있었다. 헤스터가 옮기고 있는 가방만 봐도 그녀가 사무실 밖에서 어떻게 사는지 어느 정도는 알 것 같았다. 그것들은 헤스터가 가족을 위해 고른 사적인 물건이었다. 매이휴 맥클라인 회사 안의 딱딱한 풍경과는 어울리지 않았다.

"자, 이제 시작이군." 벤저민이 말했다. 분석가들이 근무하는 층에 너그러운 미소가 퍼져 나갔다. 작은 아이가 등장하자 톰의 사망 소식 때문에 사무실을 뒤덮었던 저주가 단숨에 날아가 버렸다.

헤스터가 사과했다. "여러분, 미안해요. 존조가 아침에 잘못 일어나거든요. 외출 준비를 하느라 죽는 줄 알았어요. 그리고 아휴, 세 살짜리 애하고 같이 출근하는 건 지옥이네요. 사람들 발에 깔릴 뻔했어요." 그녀는 존조를 바라보더니 작고 새된 목소리로 바꾸어 말했다. "자, 존조야. 이제 내 옆에 자리를 잡아보자. 가방이랑 장난감이랑 담요는 여기 있어. 엄마가 일하는 동안 잠깐만 놀고 있으면 귀여운 과자 갖다줄게."

존조가 끙끙거리더니 바닥에 주저앉았다. "목말라, 엄마."

"그렇구나. 자, 그러면." 헤스터가 두 번째 가방을 뒤졌다. "까까랑 물이 여기 있네. 천천히 먹어야 해, 알았지?" 그녀는 처음으로 자신이 소란의 원인을 제공한 것처럼 보이는 사무실 안을 둘러보았다. 하지만 제이나에게 있어서 존조가 사무실에 나타났다는 사실은 환영할 만한 발전이었다. 그녀는 이제 진짜 대상을 직접 연구할 수 있었다.

헤스터가 작업공간을 켰다. 존조는 바닥에 앉아서 제 옷에 부스러기를 흘리고 음료를 이리저리 쳐내면서 과자를 집어 먹었다. 아이는 엎드려서 뒹굴고, 장난감 인형 두 개를 작은 주먹으로 쥐고 맞부딪혔다. 그 뒤로 한동안 장난감을 괴롭히던 아이는 온몸을 펴고 조용히 누워서 오른발을 반복적으로 올렸다가 내리면서 쓰레기통을 찼다. 쓰레기통은 소리를 내면서 제 엄마의 작업 공간과 부딪혔다. 제이나는 아이를 주의 깊게 관찰했다. 아이는 의도적으로 반사회적인 소음을 내고 있었다.

계산된 삶

마침내 헤스터가 아들을 내려다보고 말했다. "존조야, 쓰레기통을 차면 안 되지. 여기 서서 그림 그리렴." 존조는 버둥거리면서 일어서고는 짤막한 마커를 손에 쥐고 커다란 원을 반복해서 그렸다. 너무 열정적으로 그리다 보니 종이가 점점 옆으로 밀려났다. 아이는 새로운 색을 만들어 내려고 마커를 흔들고는 1초당 3회에 달하는 속도로 종이를 찔렀다.

"뭘 그리고 있니, 존조?" 제이나가 물었다.

"비가 내려요!" 아이가 소리치면서 쿡쿡 찔러대더니 종이를 바닥에 떨어뜨리고 새 그림을 그리기 시작했다.

"애한테는 그림 그리기가 격렬한 운동이죠." 엘로이즈가 사무실을 가로지르면서 말했다.

"하나도 운동이 안 돼요." 헤스터가 말했다.

제이나는 꾸준히 관찰했다. 존조는 종이가 다 떨어지자 옆에 있는 엄마의 눈치를 보더니 마커를 흔들어 가면서 각기 다른 색으로 몰래 손톱을 칠했다. 아이는 다시 엎드리고는 바닥에 작고 선명한 흔적을 남겼다. 아무도 모른다고 생각하는 것처럼 보였다. 제이나는 존조가 어린아이다운 방식으로 의사를 표하는 것 같다고 생각했다. '존조를 잊지 마요.' 말하자면 영역 표시에 가까운 행동이었다.

아이는 그로부터 1시간 반 동안 혼나지 않는 선에서 자신의 행동을 점점 확장했다. 헤스터는 아들을 두 번 화장실에 데려갔고, 아이는 그때마다 발을 구르면서 소리쳤다. "행진이다. 난 군인이니까."

점심시간이 되자 아이 아버지인 대니얼이 나타났다. "애는 잘 있었어?"

"잘 있었어, 진짜로." 헤스터가 밝은 목소리로 대답했다. 그녀는 대니얼과 아들을 데리고 엘리베이터로 향했다. 아이는 눈을 크게 뜨고 다시 발을 굴러댔다.

제이나는 헤스터 가족의 앞으로 끼어들었다. "헤스터, 존조한테 이걸 줘도 될까?"

"당연히 되지."

제이나는 몸을 숙이고 깔끔하게 포장한 장난감을 아이에게 건넸다. "이거 받아, 존조. 집에서 갖고 놀 장난감이야." 아이는 반짝거리는 종이에 매료됐는지 포장을 열어볼 생각도 하지 못했다.

"제이나, 아주 고마워." 헤스터가 말했다. 그녀는 아이에게 몸을 굽히고 비밀스럽게 속삭였다. " 고맙다고 해야지, 존조." 아이는 엄마의 말에 따랐다.

사무실 내 모든 사람이 소리쳤다. "잘 가, 존조. 잘 가요, 대니얼."

정신없었던 사무실 분위기가 평상시처럼 차분한 상태로 서서히 되돌아갔다. 그때 하급 분석가인 레베카가 입을 쭉 내밀고 화가 난 연기를 하면서 소리쳤다. "당장 커피 좀 마셔야겠어!" 사무실 사람들이 하나둘씩 웃기 시작했고, 그 덕분에 매이휴 맥클라인에서 보기 힘들었던 다정한 분위기가 조금 더 오래 유지되었다.

제이나는 그 상황이 신기했다.

밝아진 분위기가 생각을 자유롭게 만들고 자율적으로 집중하게 만들어 줬는지 제이나는 상대적으로 중요도는 떨어지지만 더 이론적인 연구 주제에 관해 새로운 결론을 얻어냈다. 그녀는 요 며칠 동안 주주 서한에 사용된 언어를 분석하고 있었다. 주주 서한에는 최고 경영자들의 서명과 함께 200개 상장 기업의 연례 보고가 포함되어 있었다. 그녀는 철자를 비롯해 연결어 및 환유의 사용 빈도를 확인했다. 또한 완곡어법과 관용구와 은유의 사용도 분석했다. 분석 결과는 벤저민에게 제출됐다.

프로젝트 J132: 주주 서한 내 언어 사용과 실적 간의 상관관계 분석

대상 자료: 런던 주식거래소에 상장된 200개 기업의 최신 연

레 보고서. 직후 발표된 분기별 실적.

분석 방법: 언어학적 분석

요약: 기업이 주주서한에서 사용하는 항해와 관련된 은유는 다음 분기 실적의 하락과 큰 상관관계가 있음. 이 현상은 기업의 주식거래액과 무관함.

참고: 이런 상관관계는 항해와 관련된 은유 가운데 상당수가 험난한 기상 상태를 전제하기 때문인 것으로 보임. 일반적으로 쓰이는 여타 은유(예를 들어 크리켓 경기와 관련된 것들)는 더 긍정적인 상황을 함축하고 있음. 항해와 관련된 비유가 무의식적으로 사용될 수도 있으나, 이사회 구성원들이 대외적으로 인정하기를 꺼리면서도 상황을 크게 부정적으로 인식한다는 점을 보여줄 수 있음.

벤저민은 검토한 결과를 빠르게 알려주었다.

돛을 올리도록. 해당 분석 건을 추진할 예정임.

◆

그랜비 거리로 귀가하는 길에 〈신광둥 뷔페 식당〉이 제이나를 불러 세웠다. 위트워스 거리의 지하에 자리를 잡고 있는 그 식당은 인위적으로 색을 덧입히고 김을 내뿜는 음식 화면을 띄워 행인을 유혹하고 있었다. 제이나는 시선을 아래로 향하고 음식의 이름을 추측해 보았다. 그녀는 싱가포르 쌀국수를 알아맞히고 싶었다. 그 식당을 처음 봤을 때 저도 모르게 곧장 입에 올렸던 음식 이름이었다. 하지만 오늘은 식당 앞에서 꾸물거리는 게 바보처럼 느껴졌다. 그녀는 심지어 걷는 속도도 늦추지 않았다. 살짝 돌아보는 것만으로도 그녀가 얼마나 관심을 두고 있는지 숨기기에 충분했다.

◆

"진짜 소시지와 크림을 잔뜩 얹은 토마토." 제이나가 구내식당에서 자리에 앉자 해리가 말했다.

"별로 다르지 않은데." 줄리가 말했다. "하지만 다른 소시지보다 맛은 좋아. 더 복잡하게 만들었으니까."

제이나가 발로 바닥을 살짝 두드렸다. 그녀는 헤스터처럼 대화를 단박에 자르는 기술을 배우고 싶었다. "오늘 사무실에 작은 방문객이 왔어." 그녀가 갑자기 말했다. 다른 사람들이 당황스러운 표정을 지었다. "키가 작다는 게 아니라 어린아이란 뜻이야. 세 살 난 애였어."

"아하!" 해리가 말했다. 사람들이 미소를 지었다.

"어떻게 받아들이면 좋을지 모르겠더라. 애가 별나게 굴었거든. 일부러 말썽을 피우는 건지 알 수가 없었어. 그런데 있잖아. 만약에 모르고 그런 거라면 나이 들면서 행동을 어떻게 교정하지?"

루카스와 줄리는 해답이 제이나의 머리 위에 있는 것처럼 위쪽을 쳐다보았다. 그랬다가 백일몽을 꾸는 사람처럼 공허한 눈으로 제이나를 바라보았다. 제이나는 두 사람이 기동되면서 습득했던 지식과 실세계에 접촉하면서 얻은 지식 사이에서 답을 고르다가 실패했다는 사실을 깨달았다. 세무서에서 일하는 루카스나 연금청에서 일하는 줄리는 목적에 최적화되어 있었기 때문에 인류학과는 거리가 있었다. 제이나는 사회국에서 경험을 쌓은 해리라면 어느 정도 답을 알려줄 거라고 기대했다.

다른 사람이 입을 다물고 있자 제이나가 예상한 대로 해리가 전문가처럼 끼어들었다. "어린 인간은…" 그는 나이프와 포크를 내려놓고 몸을 곧게 폈다. "일반적인 발달 과정에 따를 경우 어린 시절의 반사회적인 행동 방식을 포기해. 긍정적인 방향으로 선한 행동을 강화하고, 뭐 그런 거 있잖아. 그러다가 18살이 돼서 두뇌에 임플란트를 심으면 훨씬 더 이성적으로

계산된 삶

행동하지." 해리가 아는 한에 있어서 해답은 거기까지였다.

"그럼 초기에는 부모와 선생의 관찰 결과에 전적으로 의존한다는 얘기군." 제이나가 말했다.

"그거 흥미로운 관점인데. 아이 부모는 다르게 생각하겠지만, 우리 부서에는 선생이 훨씬 더 중요한 역할을 한다는 보고 자료가 있어." 해리가 두 손을 앞으로 펼쳤다. "시간이 더 많으니까. 행동과 연관된 문제나 아이가 더 다양한 분야에 호기심을 갖도록 하는 건 선생들의 영역이야. 그래야 아이가 커서 여가 시간에 특별한 관심사를 계속 추구하니까."

"맞는 말이야." 제이나가 말했다. "내 상관 이름이 올리비아거든. 그 사람은 중세 시대에 관해서 거의 전문가 수준으로 알고 있어. 역사적인 유물을 사무실에 갖다 놓더라. 심지어 〈누워 있는 이새〉도 있어."

해리는 제이나의 말을 듣지 않고 있었다. "임플란트를 삽입하는 덕분에 선생들은 시간이 남아돌아. 완전히 유기체로 살아가는 아이들한테 기초만 가르치면 되거든. 평생 임플란트를 안 심어도 최소한 읽고 쓸 수는 있어야 하니까. 그 이상 신경 쓸 필요가 없지."

구내식당 직원이 식탁 옆으로 지나가다가 제이나를 흘끗쳐다보고 말했다. "오늘 음식은 소시지와 으깬 토마토예요."

제이나는 집에 돌아와서 옷장 위에 올려놓았던 휴게소 안내서를 꺼내고 책장 한 장을 찢어냈다. 그녀는 종이를 여러 번 접고 주름을 내서 얇고 기다란 옷을 만들었다. 그리고 수의를 입히듯 두 번째로 작은 대벌레의 조그마한 시체를 그 안에 넣은 다음 손바닥 위에 얹었다. 그녀는 잠시 기도를 하고는 수의를 안내서 위에 내려놓고, 안내서를 옷장 위에 올려두었다. '지금 당장은 거기가 안전할 거야.' 시신을 처리했으니 사육 상자를 청소할 차례였다. 그녀는 상자 바닥에 뒤섞여 있는 분비물과 자그마한 알들을 골라냈다. 때가 되면 유충을 몇 마리 키울 생각이었다. 특별한 변종이 발생하면 좋겠지만 유감스럽게도 유충들은 하나같이 암컷이 될 운명이었다.

카라우시우스 모로서스, 일명 대벌레. 날개는 없음. 길이는 최대 10센티미터. 수명은 1년. 단성 생식을 함. 유충 가운데 1만분의 1 확률로 수컷이 발생함. 알, 유충, 성충으로 불완전 변태함. 유충은 외골격을 벗고 5~6회에 걸쳐 탈피함.

계산된 삶

◆

제이나는 사육 상자를 다 치운 다음 침대에 웅크리고 누워서 눈길이 닿는 곳에 대해 이리저리 생각했다. 그녀가 문을 보고 누울 때마다 문틀과 굽도리널을 연결하는 경첩이 비명을 질렀다. 굽도리널은 제대로 된 크기보다 상하 좌우로 3센티미터가 작았고, 그러다 보니 빈 공간을 메우기 위해 작은 나무 조각이 삽입되어 있었다. 하지만 아무리 페인트를 많이 칠해도 어설픈 목공 실력을 숨길 수가 없었다. 문을 만든 목수는 자신의 실수 때문에 아주 오랜 세월 동안 사용자가 짜증에 시달릴 거라고는 조금도 생각하지 못한 게 분명했다.

여닫이문에는 고리가 하나 붙어 있었고 거기에 가운이 걸려 있었다. 제이나는 자신이 몇 가지 방정식으로 옷이 걸린 모양을 묘사한다는 점을 깨달았다. 물론 진지한 생각은 아니었기 때문에 방정식도 정확하진 않았지만 그 수식들은 모든 주름의 굴곡을 나타내고 있었다. 그녀는 저도 모르게 저녁 식사 시간에 나눴던 대화로 관심을 돌렸다. '헤스터나 벤저민 같은 바이오닉도 나처럼 수학적으로 생각할까? 만약에 내가 유기체라면? 데이브처럼 똑똑한 유기체는 걸려 있는 옷을 보고 나처럼 주름을 수학적으로 분석할까? 그렇지 않으면 그냥… 바

라볼까?'

제이나가 따뜻한 침대로 올라가자 차가운 생각이 그녀의 옆자리로 기어들었다. '나도 목수보다 나은 점이 없어.' 조명이 점점 어두워졌다. '서풍이 한번 불고 일가족이 죽었어. 제일 작은 대벌레는 아직도 무럭무럭 자라는데.' 방이 완전히 캄캄해지자 그녀가 볼 수 있는 것은 문틈으로 새어 들어오는 빛뿐이었다. '그리고 이제 톰은 없어. 그러길 바란 건 아닌데. 무의식적으로도 바라진 않았는데.'

4장

◆
◆
◆

크레이그와 데이브는 엘리베이터 앞에서 마주 보고 쪽지와 동전을 주고받았다. 무언가 꽤 정확한 거래를 하는 게 분명했다. 하지만 크레이그는 집에서 만든 꿀을 담아두는 그릇의 근처에도 안 갈 사람이었다. 제이나는 바로 그게 두 사람 간 거래의 본질이라고 생각했다. 그녀는 매이휴 맥클라인 건물의 중앙 복도를 이용해 두 사람에게 접근했다. 크레이그는 동전을 직접 다룰 사람이 아니었다. 그는 디지털 매체 안에서 교환되는 금전의 합계와 관련된 수많은 수치를 매일같이 다루는 사람이었다. 그런데 지금 신용 거래 부서의 수장이 하급 아카이브실 직원에게 꿀을 사고 있었다. 올리비아가 공식적으로 눈감아주는 사내 거래였다. 제이나는 헤스터가 단언했던 일을 떠올렸다. "난 그거 절대 안 먹어. 집에 가자마자 싱크대에 다 버릴 거야. 어디에 사는 벌이 만든 건지도 모르잖아?"

크레이그가 떠난 다음 제이나가 눈썹을 치켜올리며 데이브에게 말을 걸었다. "장사는 잘돼가요?"

"꽤 잘돼요?" 제이나는 데이브와 함께 엘리베이터를 기다렸다. 잠시 후 데이브가 그녀에게 말했다. "제이나, 지루하다는 생각을 해본 적은 있어요?"

"아뇨. 앞으로도 안 그럴 것 같아요." 제이나는 최대한 밝은 어조로 말했다. "당신은 항상 바빠 보이던데요."

"음, 난 일거리를 만들어 내니까요. 정말이지 지루해서 죽을 것 같아요."

서늘한 감각이 제이나의 등줄기를 따라 흘러내렸다.

망치다: 1) (계획이나 행동이) 진척되거나 성공하거나 충족되지 못하도록 방해하다. 무언가를 하거나 달성하지 못하도록 사람을 방해하다. 2) 다른 사람이 만족하지 못하거나 불만을 품게 만들다.

찢어진 〈말하는 말 장난감 가게〉 로고 일부와 종이 부스러기가 보도 위로 나뒹구는 이미지가 제이나의 뇌리를 스쳤다. 그녀는 긴장을 해소하고 싶었다. "데이브, 나중에 자세히 얘기해 줘요. 여가 시간에 뭘 하는지 듣고 싶어요. 취미 말이에요."

"아. 그것도 좋죠. 언제 내가 키우는 벌을 보러 와요." 데이브가 오른손으로 자신의 뒤통수를 문질렀다. "당신은 다른 분석가랑 다르죠? 그 사람들은 자부심이 하늘을 찌르잖아요." 그는 어깨 너머를 흘끔 보고 아무도 없다는 사실을 확인했다.

　　　　　　　　　　　　　　　　계산된 삶

그리고 자신이 한 말이 부끄러웠는지 화제를 바꿨다. "대벌레는 좀 어때요?"

"활기가 별로 없어요."

데이브가 웃었다. "농담 잘하네요." 엘리베이터 문이 열리고 두 사람이 안으로 들어섰다. 데이브가 버튼을 눌렀다.

"음, 라틴어 이름인 사람과 농담은 잘 안 어울리죠." 그녀가 말했다.

"맞는 말이에요." 데이브는 엘리베이터 벽에 몸을 기댔다. "톰 블렌킨소프에 관한 소문 들었죠?"

"무슨 소문요?"

"쪽지가 있었대요."

"쪽지요? 무슨 얘기예요?"

"유언장 쪽지요." 딩동! 엘리베이터 문이 열렸다. "못 들었어요?" 두 사람은 걸어 나와서 꾸물거리며 걸었다.

"어떻게 알았어요?" 제이나가 말했다.

"누가 들었대요. 이제는 다들 알고 있어요." 두 사람은 올리비아의 목소리가 가까워지는 것을 알아챘다.

"가봐야겠어요." 제이나가 말했다. 그녀는 유리 벽 복도를 지나가면서, 평상시라면 자신의 보폭을 측정하는 기준으로 삼았을 바닥의 사각형 패턴을 완전히 무시했다. 벤저민이 자신의 사무실 앞을 지나 그녀에게 인사하러 다가왔다. 그는 제이나의 등에 살짝 손을 얹고 약간 힘을 주면서 회의 공간 쪽으로 이끌었다.

"앉아요, 제이나. 당신은 지금까지 평가를 받은 적이 없기 때문에 예비 과정을 거치는 게 좋겠어요. 그냥 절차를 알아두라는 뜻이에요."

그녀는 소파에 앉아서 두 손에 얼굴을 묻었다.

"왜 그래요? 무슨 일 있었어요?"

"벤저민, 할 말이 있어요. 진작 했어야 했는데."

"뭔데요?"

그녀가 고개를 들었다. "톰이 나한테 보고서를 완성해 달라고 보냈어요… 너무 바빠서 못 도와준다고 했죠. 그랬더니 나한테 아주 많이 화가 났어요. 그 상태로 휴가를 갔고 자살을 했죠. 내 잘못이에요."

"자살요?" 벤저민이 소리쳤다.

"유서 얘기는 모르는 사람이 없어요."

"유서라고요? 그런 거 없어요. 있었다면 톰의 동생이 나한테 말했겠죠. 하지만… 하! 말도 안 돼. 톰이 글을 남기긴 했어요. 나한테요. 사표였죠. 스탠소프가 급여를 50퍼센트 올려준다고 헤드헌팅을 했거든요. 그래서 급하게 휴가신청서를 낸

계산된 삶

거예요. 남은 권리를 다 쓰고 있었으니까요.”

“아.”

“세상에, 제이나! 어떻게 그런 생각을 했어요. 당신이 톰을… 자살하게 내몰았다고요?”

“어, 우연의 일치일 리가 없다고 생각했어요.”

“그래도 완전히 앞뒤가 안 맞잖아요. 안 그래요?” 벤저민이 말했다.

“내 생각에는… 미안해요, 벤저민. 잘못 생각했…”

“괜찮아요. 차 좀 마시고 진정한 다음에 다시 얘기해 보죠.” 그는 잠시 생각하고 말했다. “그런 엉터리 소문은 이제 종결시켜야겠어요.”

벤저민은 20분쯤 업무 평가를 흉내 내고는 양쪽 손날을 좌우로 내저어 허공을 갈랐다. “이제 됐어요. 공식적인 절차는 이쯤 하죠. 다른 일은 잘돼가요? 업무나 다른 것들 말이에요.”

“괜찮아요.”

“오늘 일찍 출근한 거 봤어요. 너무 열심히 일하면 비이성적인 결과를 얻을 수도 있어요.”

맞는 말이었다. 제이나는 개인적인 연구를 해치우려고 다른 분석가들보다 일찍 출근했다. 그녀는 아동 발달에 관한 논문과, 특정 음식 집착에 대한(양고기 비르아니 집착증이 일반적인

4장   79

증상일까?) 가정의학회지의 글과, 워워크 대학의 후각 연구 결과를 다운로드하고 1,143개 자료에 대한 링크도 모았다. 그러다 보니 이상하게도 범죄자 신분과 범죄 분류에 따라 분석한 역사적 범죄율 자료에 도달하기에 이르렀다.

"더 시간을 할애해서 이번 미팅을 준비하고 싶었거든요. 그 대신에 오후 일찍 퇴근할 생각이었어요." 제이나는 다운로드해 둔 자료를 벤저민이 살펴봤는지 궁금했다. 그것만으로는 부족했다. 그녀는 미팅을 마치려고 일어서면서 덧붙였다. "그리고 지금은 비공식적인 연구도 하고 있어요. 범죄율을 더 넓은 관점에서 살펴보려고요. 아주 중요한 문제는 아니지만 흥미로운 결과가 나오면 알려드릴게요."

"에너지쪽을 조사하느라고 바쁘다면서요. 다른 문제에 신경 쓸 겨를이 없다고 했고요."

"벤저민, 그건 주주 서한 건처럼 잠시 제쳐둔 연구예요. 경제적인 결과가 나올 거라는 보장이 전혀 없는 일이거든요. 그래서 우선순위는 아주 낮게 매겼어요. 하지만 뭔가 있다는 예감이 들어서… 그리고 범죄 자료 분류 건도 끝난 건 아니에요. 접근 권한 승인을 갱신하기 전에 최대한 뽑아내야 하거든요."

"알았어요. 하지만 너무 일에 매몰되지는 말아요. 우선순위를 높이려면 내게 먼저 알리고요. 근무 시간에 대해 얘기한

계산된 삶

사람은 내가 아니라 당신이에요."

"그렇게 할게요."

"또 변경하고 싶은 건 없어요?"

제이나는 기회를 놓치지 않았다. "실은 있어요. 궁금한 게 있었는데… 가정 환경 몇 가지를 직접 확인하면 아주 좋을 것 같아요. 어제 존조를 봤는데 아주 흥미로웠거든요… 물론 그러자면 허가도 받아야 하고 초대도 받아야 하지만…"

"그건 확답을 못 하겠군요. 생각 좀 해볼게요." 벤저민은 손을 제이나의 팔 뒤에 대고 문 쪽으로 인도했다. 그의 손이 그녀의 팔꿈치 쪽으로 미끄러졌다.

제이나는 갑자기 걸음을 멈추고 돌아서서 상사를 바라보았다.

"제이나, 미안해요. 진심이에요. 세부 사항이 중요하다는 건 나도 알아요."

◆

점심시간이 끝난 직후 '비보'라고 분류된 내부 통신문이 전 사원의 작업 공간에 떠올랐다.

유감스럽지만 한편으론 마음이 놓이는 소식을 전합니다. 지역 해안경비대가 톰 블렌킨소프 씨의 시신을 발견했다고 합니다. 시신은 부검을 거치고 나서 유족에게 전달될 예정입니다. 하지만 장례식 일정이 확실히 결정되면 매이휴 맥클라인의 전 사원께 알려드리겠습니다. 그리고 장례식에 참석하시는 분은 모두 공결을 인정받으실 수 있습니다. 급작스러운 비보로 어려움을 겪으시거나 상담이 필요한 분은 꼭 인사과에 말씀해 주십시오.

올리비아 드림

제이나는 상담이 무슨 소용인지 이해할 수 없었다. 동료들과 톰의 사고에 대해 이야기를 나누는 것과 전문가 상담이 무슨 차이가 있는가. 인사과와 상담 일정을 잡는 건 불필요했다. 제이나는 하급 분석가들이 또 탕비실에 모여 있다는 사실을 알아챘다. 게다가 그중에는 톰과 관계된 사람이 아무도 없었다.

◆

제이나는 정해진 시각보다 정확히 20분 먼저 퇴근해서 매

계산된 삶

이휴 맥클라인 사와 같은 건물에 있는 1층 소매점들 가운데 위치한 작은 꽃집에 전화를 걸었다. 다육 식물의 잎을 이용하면 대벌레의 불안한 상태를 해소할 수 있을 것 같았다. 그녀는 두 번째로 몸집이 작은 대벌레에게 이름을 붙여준 적이 없다는 사실을 깨달았다. 엘로이즈는 자신이 키우는 고양이가 작업공간 근처에서 거닐도록 근무 시간 내내 영상을 재생해 놓았다. 고양이의 이름은 프로이드였지만 제이나는 왜 그런 이름을 붙였는지 알지 못했다. 이상한 일이었다. 사람들은 동물이 자신과 비슷하고 같은 생각을 한다는 망상을 품었다. 당연한 일이지만 공원의 비둘기나 그녀가 키우는 대벌레를 포함해 어떤 동물도 그럴 수 없었다. '그냥 동물과 새와 곤충을 있는 그대로 받아들이면 안 되는 걸까?' 물론 제이나에게는 고유하고 적절한 이름이 있었다. 그녀는 모든 바이오닉과 마찬가지로 유기체였고 완전한 인간이었다. '게다가 훨씬 똑똑하고…'

"필요한 건 그게 전부예요? 이파리만 몇 장 있으면 된다고요?"

제이나는 얼룩덜룩하고 힘없이 이리저리 자란 덩굴식물을 내밀었다. "네. 대벌레한테 줄 거라서요." 그녀는 애정을 과시하며 웃었다.

"그거 말고 이쪽에 떨어져 있는 잎을 가져가요. 돈은 안 내도 돼요. 우리 조카도 대벌레를 키우는데 장미잎이면 환장을 하고 덩굴식물은 다 좋아한대요. 이거 전부 유기농이에요. 살충제는 전혀 안 썼고요. 대벌레는 나도 잘 알아요. 조카가 전부 얘기해 주거든요."

"고맙습니다. 정말이지 큰 도움이 됐어요. 도시 한복판에서는 알맞은 식물을 찾기 어렵거든요. 친구가 주는 걸로 겨우 쓰고 있었어요." 거의 포기하던 터라 마음이 아팠다는 표정이 제이나의 얼굴에 떠올랐다.

"아무 때나 필요하면 전화해요. 어차피 버릴 거니까요. 나 대신 지나가 있거든 프루던스랑 얘기가 됐다고 하세요."

"고맙습니다, 프루던스 씨."

점원은 밸런타인데이 선물을 포장하듯 식물 부스러기를 싸주었다. 제이나는 소중한 꾸러미를 받아 들고 작은 소리로 말했다. "전 제이나예요."

그녀의 말에 배어 있는 우유부단한 본성이 친절한 반응을 불러일으켰다. "좋은 이름이네요." 프루던스는 상대가 자신보다 결단력이 부족한 사람이란 점을 알아챈 게 분명했다.

제이나는 점포 밖으로 나오면서 꽃 선반 뒤쪽의 거울에 비친 제 모습을 향해 고개를 끄덕였다.

그녀는 뒤죽박죽 섞여서 도서관 공연장 방향으로, 확신에

차서 걷거나 미적거리는 성인들 무리에 합류해서 C7 구역으로 이동했다. 그녀는 근처에 있는 두 사람과 보조를 맞추며 함께 걸었다. 같은 거리에서, 같은 공기를 마시며. 그리고 최근 6개월 동안 만났던 사람들, 그러니까 프루던스까지 포함해 직장 동료와 C7 구역 직원들이 분포하고 있는 범주에 대해 꼼꼼히 생각해 보았다. '나는 그 사람들 세계에 살고 그 사람들은 내 세계에 살아. 매력적인 생각이긴 하지만… 다른 사람의 인생 속에서 좀 더… 결정적인 역할을 하고 더 적극적인 방식으로 사는 사람도 있겠지? 어쩌면 다른 각도에서 생각해 볼 문제인지도 몰라.' 그녀는 수천 가지 색을 띤 튜브들이 뒤얽히면서 이뤄내는 3차원 타임라인을 머릿속에 그려보았다. 사람들의 인생이 처음에는 평행하게 달리다가 교차하기도 하고 멀어지기도 했다. 존조는 그 타임라인에서 앞으로 펼쳐질 제이나의 인생보다 타인과 교차하는 지점이 훨씬 더 많았다.

젊은 남성 한 사람이 제이나를 추월했다. 남성의 재킷 자락이 펄럭이면서 그녀의 몸을 거세게 치고 스쳐 갔다. 그 순간 그녀는 도주하는 얼룩말과… 줄무늬가 있는 옆구리살에 박히는 암사자의 이빨과 발톱을 보았다. 사자의 입은 피로 물들어 있었다.

◆

그날 오후 제이나는 어떤 거주자보다 빨리 휴게실로 돌아갔다. 공동 샤워실에서 방해받지 않고 오랫동안 몸을 적시고 나니 불만스럽고 부정적이고⋯ 불안했던 감정이 치유되었다. 사실 그녀는 몸을 때리는 파도를 너무나 느끼고 싶었다. 지난주에 오페라 하우스 위쪽에서 보았던, 콘월에서 서핑하며 휴가를 보내라는 광고 속 그림처럼.

목욕실에는 아무도 없었다. 제이나는 옷을 벗고 샤워기 손잡이를 최대로 돌린 다음 물줄기가 살갗을 때리고 벗겨내도록 내버려 두었다. 1분쯤 지나니 피부가 빨갛게 변하고 따끔거렸다. 그녀는 자국이 남지 않은 살갗 쪽으로 물이 흘러내리도록 천천히, 반복해서 돌았다. 2분이 지나니 상체의 앞면과 뒷면이 느끼는 온도에 이렇다 할 차이가 없었다. 그녀의 몸은 뜨거웠고 점점 더 뜨거워졌다. '이대로 멈추지 않으면 어떻게 될까? 아이처럼 뒷일은 생각하지 않고, 그냥 해보고 싶어서 돌고 돌고 또 돌면?' 그녀는 수온을 높였다. 추가로 3분이 더 지나자 짙은 흰색 수증기가 목욕실을 채웠다. 그녀는 몸이 가벼워지고 정신을 잃을 것 같은 기분이었다. 흰색이 그녀를 흡수하고 있었다. 그래도 회전을 멈추지 않자 피부에서 빠져나온 땀이

계산된 삶

얇은 종잇장처럼 아래로 흘러내렸다. 약한 통증이 온몸을 채우고 있었다. 그녀는 마침내 회전을 멈추고 바늘처럼 따가운 물줄기가 편평한 배와 작은 가슴을 때리도록 내버려 두었다. 어둠이 밀려오면서, 그녀의 몸 깊은 곳에서 경련이 반복되더니 전신이 죄어들었다.

제이나는 의식을 되찾았다. 5초가 지났는지 5분이 지났는지 알 수가 없었다. 오른쪽 어깨와 무릎이 욱신댔다. 그녀는 목욕실 안에서 비틀거리면서 창문을 열고 뜨거운 물줄기를 멈췄다. 그리고 휘청이며 화장실 칸으로 들어간 다음 토했고, 태어난 뒤 처음으로 반쯤 소화된 식사 거리를 눈으로 확인했다.

◆

제이나는 쑤시는 몸을 침대에 눕히고 꼼짝도 하지 않았다. '뭐가 잘못된 거지? 애들처럼 굴면서 자살할 뻔했잖아.' 그녀는 쓰러지기 전에 마지막으로 본 것을 떠올렸다. 흰색 수증기의 뒤를 이어 검은 후광이 눈에 들어왔다. 후광은 먼저 시야의 가장자리를 채우더니 남은 감각을 완전히 차단해 버렸다. 그녀는 기억을 더듬어서 쏟아져 내리는 뜨거운 물과 몸속 깊은 곳에서 일어난 경련을 기억해 냈다. 그것들은 자신이 모르는 버튼이라도 눌린 것처럼 근원을 알 수 없는 곳에서 발생한 것 같았다.

침대 옆에서 같이 살고 있는 생물들이 꿈틀거렸다. 제이나는 신음 소리를 냈다.

바이스가 머리를 조이고 부상을 당한 듯한 기분이었다. 하지만 무언가를 먹긴 해야 했다. 식당에 모습을 보이지 않았다가는 내일 그 이유를 설명해야 했다. 최악의 경우 친구들이 나중에 방으로 찾아올 수도 있었다.

◆

제이나가 배식처로 다가가자 꽤 달짝지근하고 낯선 향이 덮쳐 왔다. 지금 같은 상태로는 달갑지 않은 냄새였다. 식당 직원이 그녀를 보더니 모음을 길게 늘이는 특유의 어조로 말했다. "오늘은 특식이에요. 매운 국수와 레몬 치킨이죠." 새로 생긴 문자 화면이 그의 말을 확인해 주었다.

"이게 식단이에요?"

"그렇다고 할 수 있죠. 오늘 할 일이고요. 위에서 명령이 내려왔어요. 이것저것 말도 안 되는 질문을 해대는 거물들이 있거든요."

"그래요? 무슨 질문인데요?"

"낭비되는 식재료가 뭔지 알고 싶대요. 당신 같은 거주자들이 선호하는 음식이 따로 있는지도요. 뭐, 그런 거죠."

"우린 보통 음식을 놓고 불평은 안 하는데요."

"나도 그렇게 말했어요. 그런데도 뭐든 얘기하는 사람이 있으면 알고 싶대요. 그 왜 있잖아요. 평상시와 다른 일이 없냐는 거죠." 두 사람은 아주 잠깐 눈을 마주쳤다. 직원이 시선을 돌렸다. "그래서 그랬어요. 도대체 왜 그러느냐. 이상한 말 하는 사람은 아무도 없다."

"맞아요." 제이나가 말했다. 그리고 어깨의 멍 자국을 짓누르는 무게감을 느끼면서 식판을 집었다. '저 직원은 왜 사실대로 말하지 않았을까? 그런 일이 있었다고 왜 나한테 얘기하지?' 식탁에 도착할 때쯤 제이나는 그 이유가 간단하다고 결론을 내렸다. 이상한 질문을 하는 윗사람이 싫었기 때문이다. 그가 제이나에게 협력해야 한다는 의무감 때문은 아니었다. 하지만 그는 제이나에게 경고를 한 게 분명했다. '경고라니?'

"음식 어때?" 빨갛게 부은 얼굴과 목에 동료들이 관심을 갖지 못하도록 제이나가 물었다. 그녀의 몸은 아직도 후끈거리고 있었다.

줄리가 쳐다보았다. 제이나는 그녀의… 쓸쓸한 표정을 보고 깜짝 놀랐다. "제이나, 또 리콜이 있었대. 우리 세대였대."

"이 근처는 아니고." 루카스가 끼어들고 말했다.

"또?" 제이나가 반응을 보이고는 침착함을 가장하면서 물었다. "이유가 뭐래?"

루카스가 대답했다. "내가 아는 건 여성 한 사람이 근무 시간에 이상할 정도로 시간을 지키지 않는 바람에 더 이상 일을 못 하게 됐다는 것뿐이야."

"어딘데?" 제이나가 물었다.

"버밍엄 근처에 있는 재무법무협회야. 거기가 세무서랑 관련이 있고 아주 복잡한 탈세 건 때문에 내가 상대하고 있거든. 그게 뭐냐 하면⋯"

"그런데 근무 시간을 준수하지 않은 이유는 뭐래?" 제이나가 물었다.

"몰라. 난 니콜이 일을 그만뒀다고 전달받았을 뿐이야. 직장 동료들이 단편적인 정보를 더 모아 왔고 난 주워들었지." 제이나는 루카스가 식사 시간에 얘기해 주려고 적극적으로 엿듣고 다녔을 거라 확신했다. "중요한 미팅에 빠지고 다른 일에도 특별한 이유 없이 여러 번 참석하지 않은 모양이야."

"그것 때문에 리콜까지 해야 되나?" 해리가 말했다.

"고성능 모델에 조금이라도 결함이 나타나는 걸 두고 볼 수 없었겠지." 제이나가 말했다. "연구개발 비용이 천문학적이니까 고객 신뢰도를 유지해야 하거든. 내가 보기에 컨스트럭터 쪽에서는 일반 리콜까지 할 수 있었을 거야. 하지만 그러면 브랜드에 치명적인 오점이 생기지. 후속으로 예정되어 있는 신형 임대 건에도 영향이 있을 테고." 제이나가 다른 이들의 반응을 기다리는 동안 도자기 식기에 나이프와 포크가 부딪히는 소리가 더 크게 들리는 것 같았다.

제이나가 품고 있던 의문점을 지적한 사람은 줄리였다. "왜 지금 이런 일이 생기지? 우리가 알기로는 프랭크 때는 한 번도 없었잖아."

"이런 일이 또 생기면 일반 리콜을 피할 수 없을 거야." 제이나가 말했다.

"그래봐야 어차피 크게 달라지진 않을걸." 해리가 말했다. "우리가 확장해 둔 지식을 컨스트럭터가 보존한다면 결국 우리를 재기동시켜서 업무에 내보낼 테니까."

"완전 리콜을 시행한다고 해도 시장 신뢰도를 어느 정도 보존하는 위기 대응책 차원일 거야." 제이나가 말했다. 다른 사람들도 고개를 끄덕였다. 그녀는 자신의 말을 스스로 믿지 않는다는 사실을 능숙하게 감췄다. 하지만 재기동을 거친다면 완전히 다른 사람이 될 거라고 생각하고 있었다.

"다른 소식도 있어." 해리가 떨떠름하게 말했다. "C3와 C8 구역에 노란색 페인트가 또 나타났대."

◆

제이나는 세탁한 잠옷으로 갈아입고 잠자리 의식을 수행했다. 그녀는 작은 세면대에서, 일반적인 자동 도구를 이용해서 세수를 하고, 이를 닦고, 얼굴에 크림을 바르고, 머리를 빗었다. 그녀는 버밍엄의 니콜 사건 때문에 초조했다. 여러 가지 생각이 복잡하게 뒤엉키는 동안 백그라운드에서는 기밀 자료를 바탕으로 최신 지역 범죄 통계와 관련해 관심이 가는 파편적인 정보를 처리하는 작업이 진행되고 있었다. '지금 당장 처리할 문제는 아니야. 내일 해도 되고… 어쩌면 현명한 판단이 아닐지도 모르겠네. 서풍 문제가 있으니까… 더 바짝 일해야겠어.'

그래서 제이나는 대중들의 물리적인 충돌이 급증했다는 사실에 집중했다. 그녀는 그 사실이 의미하는 바를 고민하면서 세면대 옆면을 두 손으로 붙들고 상체를 앞으로 내밀었다. 소규모 거주지에 있는 유기체 공동체에서 수위가 높은 폭동이 일어나고 있건만 정부는 신경을 쓰지 않았다. 하지만 최근 수

계산된 삶

치에 따르면 바이오닉 상사를 대상으로 유기체가 중범죄를 저지른 경우가 다섯 건이나 있었다. 그 전까지는 9개월 동안 단 한 번도 발생하지 않은 사건이었다. 그녀는 세면대 끝에 붙은 머리카락을 손등으로 쓸어냈다. 그런 일이 있었지만 언론은 전혀 다루지 않고 있었다. '압력이 있었던 걸까? 상황을 분명하게 파악하고 지표를 찾아낼 수 있다면……' 그녀는 손으로 세면대를 거세게 때렸다. 무언가 이상하다는 사실을 더 일찍 알아채야 했다. 역사적인 자료 속에는 늘 경고가 존재하게 마련이었고, 그녀는 수개월 동안 조사를 진행하고 있었다. '분명히 그 안에 해답이 있는데 왜 발견하지 못했을까?'

방 안이 어두웠기 때문에 그녀는 더듬거리며 침대로 돌아가다가 아픈 무릎을 부딪혔다. 그녀는 옆으로 누워서 발 옆면으로 보송보송한 이불을 두드렸다. 사소한 밤의 의식을 치르고 나면 대개 마음이 가라앉곤 했지만 오늘 밤에는 효과가 없었다.

그녀는 결국 잠이 들었다. 낮에 있었던 일들이 기이하게 나란히 배치되어 꿈을 가득 채웠다. 벤저민과 헤스터가 휴게실에서 함께 식사하면서 세금 환급금에 대해 이야기를 나누었다. 헤스터는 단 한 푼도 낼 수 없다고 주장했다. 그녀는 '단 한 푼도 못 내'라는 말을 반복했다. 톰은 김이 나는 차를 잔뜩 올려놓은 쟁반을 들고서 절대로 독을 타지 않았다고 필사적으로 다른 사람들을 설득했다. 그는 측은한 얼굴로 말했다. "내가 직접 만든 차라니까." 그리고 제이나가 키우는 대벌레가, 이유는 모르겠지만, 남자 님프를 출산했다. 제이나는 님프에게 꿀을 먹였다. 그녀가 아카이브실의 데이브와 함께 공동 샤워장에서 비누로 몸을 씻는 꿈이 가장 괴상했다. 그러다가 어느 순간 그녀는 아침이 밝았다는 사실을 알게 되었다. 새들의 울음소리 때문이 아니라 2층 창문 아래에서 재활용 용기를 서투르게 분리하는 사람 덕분이었다.

꿈속 세계가 물러나면서 투명한 구를 둘러싸고 있는 이름 하나가 그녀의 머릿속에서 이리저리 튕기며 돌아다녔다. 다니야마… 다니야마 유타카였다. 제이나는 기지개를 켜고 미소를 지었다. 그 사람이야말로 수없이 실수를 저지른 사람이었다.

계산된 삶

5장

제이나는 따가운 햇살 때문에 눈을 찡그리고 C7 구역의 측면 출입구를 빠져나왔다. 오른쪽으로 한 번, 왼쪽으로 한 번 방향을 바꾸면 매이휴 맥클라인으로 가는 최단 경로였다. 그녀는 보도에 발을 얹은 다음 멈춰 섰다. 그리고 거리를 위아래로 살펴보았다. 다니야마라면 어떻게 할까? 그녀는 고개를 들어 하늘을 보고 아침에 잠에서 깨다가 떠오른 단어를 돌이켜 보았다. 다니야마는 수없이 실수를 저지르는 특별한 재능을 타고난 사람이었고 그 실수는 대부분 옳은 길로 그를 인도했다. 제이나의 발바닥이 따끔거렸다. 다니야마 유타카의 협력자인 시무라 고로는 다니야마가 자살하고 30년이 지난 뒤 런던수학협회 게시판에 〈아주 개인적인 회상〉이란 글을 올려서 다니야마를 극찬한 적이 있었다.

제이나는 시무라가 불쌍하다고 생각했다. 그는 아무리 노력해도 친구의 직관적인 대담성을 흉내 낼 수 없었다. 시무라는 자신이 천성적으로 너무 꼼꼼한 게 이유라고 인정한 적이 있었다.

다니야마-시무라 추론은 20세기 중반에 등장한 이론으로, 모듈러 형식과 타원곡선은 하나이고 동일하다는 이론이었다. 너무 엉뚱해서 처음에는 제대로 인정을 받지 못했다. 이 추론은 수학의 모든 영역이 연관되어 있을 가능성을 제시했다. 앤드루 와일스는 그 추론을 발전시켜서 피에르 드 페르마의 마지막 정리를 증명할 수 있었고 그 덕분에 전 세계 뉴스의 첫 지면을 장식했다. 페르마의 마지막 정리는 수학자들이 358년 동안 증명하지 못했음에도 정수론의 많은 영역에서 토대를 형성하던 원리였다.

제이나는 왼쪽으로, 다시 왼쪽으로 방향을 바꾼 다음 북쪽으로 향했다. 그녀는 큰 걸음으로, 힘을 빼고 천천히 넓은 잔디밭을 가로질렀다. 직관이 적절하다면 실수를 저지르는 건 절대 잘못이 아니었다. 그 점은 다니야마가 증명하고 있었다. '나한테 부족한 게 그거야. 그게 내 문제라고. 내 세계는 너무 작아. 경험이… 너무 적고, 단순하지. 극단적인 영역을 탐험하고 예상하지 못한 상황과 마주치고… 삶의 본질을 느껴야 해.' 그녀는 일터를 향해 덜 빠른 길로 이동하면서 기초적인 계획을 세우기 시작했다.

계산된 삶

실험: 반복되는 일과에 무작위적인 활동을 추가할 것. 미지의 영역과 새로운 경험에 강제로 직면할 것.

그녀가 샤워장에서 했던 행동이야말로 완벽한 예제였다. 존조가 그렇듯 위험을 감수할 필요가 있었다. 그녀는 자신에게 지시를 내렸다. 결과를 걱정하지 말고 행동할 것!

제이나는 이미 길을 잃은 기분이었다. 도로는 낯설었고, 이동하는 차의 수는 더 적은 반면 행인은 더 많았고, 소음도 달랐고, 길가에는 벚나무가 줄지어 서 있었다. 그녀는 지하철역의 기둥도 만져보았다. 어제까지는 지도상 빨간 점에 지나지 않던 역이었다. 낯모르는 사람들도 보였다. 매일 다른 길로 출근하면 결국 이 상업지구에서 일하는 모든 사람의 얼굴을 익히게 될까? 그녀는 제 생각을 실태적 인구통계와 연계해 보았다. 즉 노동인구 규모, 교통수단의 종류, 근무 시간이라는 요소와 연결해 보았다. 12개월 뒤면 이 구역 근무 인력의 35퍼센트와 접촉할 확률이 90퍼센트였다. 직감은 들어맞았다.

행인들이 교차로를 목전에 두고 장벽을 형성하고 있었다. 차량 사이로 치고 나가려는 사람은 없었다. 제이나는 참을성 많은 군중으로부터 떨어져 나와 모퉁이에 있는 골동품점을 들여다보았다. '사람들은 이런 물건을 왜 사는 걸까? 쓰지도 않을 텐데.' 그녀는 서로 어울리지 않게 진열되어 있는 의자와 레이스와 보석과 도기들을 보며 생각에 잠겼다. '희귀한 물건을 손에 넣으려고? 사물의 원형과 최초의 모습을 알고 싶어서?' 말하자면 그녀는 궁금해하고 고민해 볼 만한 무언가를 찾은 셈이었다. 그녀는 가게를 뒤로하고 미소를 지었다. 경매 거래와 안내 가격이라는 새 연구거리를 발견했기 때문이다. 그녀는 단순히 다른 길을 선택했다는 것만으로 새 일거리를 얻을 수 있었다. 사소하지만 그 정도면 시작치고는 괜찮았다.

그리고 교차로를 건너자 진행 중인 비공식 연구와 관련 있는 요소를 찾았다는 외침이 마음속에서 들려왔다. 냄새, 맛, 후각 신호 등이 그것이었다. 그녀는 해당 연구의 우선 등급을 상승시켰다.

◆

"제이나, 안녕?" 데이브가 말했다. "비둘기도 좋아하나 봐요."

"원래 월요일에 일 끝나고 모이를 주는데 일정을 바꿨어요."

"엄밀히 말하면 비둘기는 유해생물인데요."

"그런 건 누가 결정하죠?" 제이나는 혼잣말을 하듯 말했다. 그녀는 이상하게 바라보는 데이브의 시선을 느꼈다.

계산된 삶

데이브는 그래도 단념하지 않고 말했다. "동물을 정말 사랑하나 봐요?"

"비둘기는 그냥 동물이 아니에요. 조류죠."

"알아요. 그냥 그렇게 표현한 거예요. 알고 있겠지만 난 바보가 아니라고요."

"미안해요. 그런 뜻이 아니었어요. 사소한 오류도 정정하는 강박이 심해져요."

"알아들었어요."

제이나는 샌드위치에서 빵 껍질을 더 뜯어냈다. "점심시간이 되면 후회할걸요?" 데이브가 말했다. 제이나는 빵 껍질을 그에게 내밀었다. 그는 그녀의 손바닥에서 빵 껍질을 집어 들고 개에게 막대기를 주듯 던졌다. 제이나는 웃으면서 남은 부스러기를 던졌다.

"같이 좀 걷죠." 데이브가 말했다.

"그럼 바로 출발해요. 지각하지 말자고요."

데이브는 비둘기 사이로 성큼성큼 걸었다. "할아버지한테 들었는데요. 증조부님은 이런 공원이 작은 놀이터로 보일 정도로 도시 전역에 있던 시절을 기억했대요. 난 그런 생각이 마음에 들어요."

제이나는 그의 이야기를 귀담아듣지 않았다. 대신 그의 인

사기록에서 보았던 내용을 떠올렸다.

데이비드 머독

나이: 27세

신분: 유기체

주소: W3 거주지

근무 기간: 7년

이력 변동: 접대원, 회의실 담당직원, 아카이브실 보조

승진 가능성: 한계 설정

참고 사항에 따르면 그의 할아버지는 대학에서 근무하다가 경비 위조 혐의로 실직했다. 제이나는 그 뒤로 쭉 내리막길을 탄 모양이라고 생각했다.

"올리비아의 마음에 들었잖아요. 그렇죠?" 제이나가 말했다.

"흠, 공공 구역에서 일해본 건 처음이에요."

"정확히 어떻게 된 거예요?"

"큰 회의가 있으면 가끔 회의실 준비를 맡았거든요. 올리비아한테 〈누워 있는 이새〉에 대한 화상 책자를 구입하면 어떻겠냐고 제안했어요. 물건은 제가 구했고요."

"그걸 한 사람이 당신이었어요? 나도 봤어요."

"어쨌든 얼마 안 있어서 올리비아가 나를 아카이브실로 발령 냈어요. 그래서 문제가 생겼죠."

"문제라뇨?"

"헤스터가 반대했거든요. 그런데 올리비아가 어떤지 알잖아요. 다른 사람 의견은 무시하죠."

두 사람은 커피하우스를 지나갔다. 제이나는 고개를 돌려서 특제 시나몬과 패스트리를 사려고 줄을 서 있는 사무실 근무자들을 바라보았다. "냄새 좋죠? 꿀이 잘 팔리면 모를까 나한테는 그림의 떡이지만요."

"나도 저런 건 못 사요. 그래서, 어쩌다가 꿀벌을 키우게 된 거예요?"

"수입이 괜찮은 부업을 하고 싶었어요. 중고 서적을 매매했죠. 지금도 가끔 하고요. 하지만 그동안 내내 지금 사는 곳에서 관리인 일을 하고 싶은 생각이 있었어요. 목표를 이루기까지 3년이 걸렸죠." 데이브는 상대가 말뜻을 이해하지 못했다는 사실을 알아챘다. "관리인이 되면 옥상에 올라갈 수 있어요. 하는 일이라고는 계단통을 청소하고, 유지 보수할 필요가 생기면 보고하고, 태양열 집열기를 확인하고 청소하는 게 전부예요."

"돈은 많이 받아요?"

"하나도 못 받아요. 옥상에 갈 수 있다는 게 보상이죠. 다른 사람들도 그것 때문에 하려는 거예요. 옥상을 이용해서 조그맣게 사업을 할 수 있거든요. 내가 벌을 키우는 것처럼요."

"그런데 왜 벌이에요?"

"내가 태어나기 전에 할머니가 양봉을 하셨어요. 수필과 거대한 벌떼 얘기를 자주 하셨는데 난 그게 좋았어요. 잘 때마다 들었던 신기한 얘기니까요."

"그런데." 제이나가 머뭇거리면서 물었다. "벌은 얼마나 멀리 날아가요?" 그녀는 헤스터가 했던 말을 기억하고 있었다.

"벌한테는 태그를 못 붙여요." 두 사람은 동시에 웃었다. "어쨌든 벌집에서 10킬로미터까지는 날아갈 수 있어요. 셔틀 노선에 있는 둑에서 꽃가루를 모아 오는 것 같아요. 하지만 감귤 농장까지도 어렵지 않게 날아갈 수 있어요. 나도 벌처럼 날 수 있으면 좋겠어요." 데이브가 얼굴을 붉혔다.

"왜 그러고 싶어요?"

"내가 사는 곳을 보면 바로 이해할 거예요."

"보고 싶어요."

"아뇨. 후회할 거예요. 장담하죠."

"진짜예요. 보고 싶어요."

계산된 삶

"외출이 가능해요? 조건이 어떻게 되죠?"

"당연히 외출할 수 있죠. 자유 시간이 많지 않아서 계획을 잘 짜야 한다는 문제가 있지만요."

"그게 무슨 뜻이에요?

"음, 오락 구역에서 열리는 이벤트에 참가하거나 레퍼토리 돔에 가고 싶으면 주말에만 가능해요. 주중 저녁에는 시간이 없거든요. 소등 시간이 7시 반이고 난 8시에 자요."

"예? 그건 너무 심한데요."

"당신만 이상하게 보는 거예요. 프랭크 기억해요? 프랭크는 더 오래 깨어 있기도 해요. 9시까지 버틸 수도 있고요.

"그래도 심해요. 그럼 주말은 어때요? 내일 뭐 할 거예요?"

"토요일과 일요일 아침은 방에서 일을 해요. 사무실에 가는 친구들도 있는데 매이휴 맥클라인은 보통 주말에 닫거든요. 그래서 주말에 할 일을 따로 정해둬요."

"그러면 주말 오후 시간은 자유로워요?"

"네. 식당에서 점심을 먹고 나가요. 이번 일요일은 예외지만요. 이웃인 C6 휴게소하고 백개먼 경기를 할 거예요. 재밌겠죠."

"음, 당신은 즐겁게 사는 방법을 확실히 알고 있네요."

제이나는 데이브를 쳐다보고, 그의 어깨 너머로 〈뉴 브로드

캐스팅 하우스〉건물의 라임빛 유리에 비친 두 사람의 모습을 보았다. "그게 비꼰다는 거죠?" 그녀가 말했다. "주로 반어법을 이용해서 신랄하거나 상처가 될 만한 말을 하는 것. 맞죠?"

"그렇긴 해요. 하지만 당신이 상처를 받았냐는 게 중요하죠."

"화는 안 나요. 내 능력 범위를 넘어서서 그런가 봐요."

"근데 반응이 왜 그래요?"

"보통 경쟁자를 깎아내릴 때 비꼰다고 생각하거든요. 왜 그런 생각을 했어요?"

"아, 그러지 마요. 내 말을 너무 진지하게 받지 말라고요. 당신도 똑같이 비꼬아 주면 돼요."

"어떻게? 데이브, 나는…" 제이나는 자신 없이 말했다. "내 지능은 말싸움보다 더 고차원적인 일에 쓰라고 있는 건데요."

데이브가 고통으로 얼굴을 찡그렸다. "제이나, 나를 거의 뼛속까지 두드려 패네요. 그래도 아주 좋은 반격이었어요."

두 사람은 그레이스 호퍼 건물로 들어갔다. 제이나는 모든 후각 신호를 재빨리 분석하고 일련의 결론을 도출했다. 그녀는 데이브를 바라보았다. "미안해요. 잔인하게 굴려던 건 아니에요. 다음엔 더 잘해볼게요." 그리고 눈과 입으로 부드럽게 미소지었다.

그녀는 중요한 정보를 발췌해서 모아보았다.

후각과 미각 신경체계는 물리적으로 분리되어 있지만 맛과 향기를 느끼는 감각은 종종 함께 작용한다. 비강으로 들어온 음식물 분자가 맛을 유발하기 때문이다.

그다음 정보는 더 흥미로웠다.

후각기관은 가장 원초적인 감각기관이다. 진화 선상에서 아주 일찍 발전했기 때문이다. 후각기관은 다른 감각기와 달리 두뇌의 고대 영역과 뒷문으로 연결되어 있다.

더 자세한 정보가 뒤를 이었다.

후각 신호는 다양한 경로를 지나 후각 피질에 있는 서로 다른 뇌 영역에 도달한다. 후각 피질은 피질 영역이 의식과 연결되기에 앞서 먼저 진화했다. 후각 피질은 두뇌 아랫면에 있으며 대뇌 변연계(해마, 편도, 시상하부)와 연결되어 있다. 변연계는 감정 상태와 기억 형성에 있어 중요한 영역이다. 냄새 신호는 시상을 통해 의식 피질 중심부까지도 이동하는데, 바로 그곳에서 냄새를 분간하는 부위다. 다른 말로 표현하면 냄새 신호는 의식 피질 영역에서 분간하기 전에 뇌의 고대 영역에서 먼저 감정적인 반응을 일으킨다.

마지막 정보는 아주 중요했다.

후각기관이 제대로 작동하지 않으면 질병과 사고로 이어질 수 있다. 후각기관이 유전적 특성에 영향을 받는 경우도 적지 않다. 후각 과민이란 후각이 예민한 증상을 말한다. 무후각증은 냄새를 맡을 수 없는 증상을 말한다. 무후각증 증상자의 경우 아무 냄새도 못 맡을 수도 있고, 특정 냄새만 감지하지 못할 수도 있다. 하지만 미각은 어느 정도 보유할 수 있다.

제이나는 작업 공간에서 다시 정신을 집중하고 마지막으로 받은 메시지를 읽었다. 올리비아가 왕립 예술협회에 제출할 문서의 최종안을 보고 의견을 말해달라는 헤스터의 요청이었다. 최종안을 대필한 사람은 바로 제이나였다. 벤저민은 대외홍보 대행업체와 계약을 체결하는 미팅을 참관한 다음 요약하고 권고사항을 추가해서 제출하라는 지시를 남겨두었다.

어렵지 않은 일이었다. 제이나는 올리비아가 왕립 예술협회에 제출할 문서 건을 자신의 개인적인 업무와 동시에 해결하기로 마음먹었다. 수소 관련 요소를 더 찾아보고, 무후각증을 조사하고, 동시에 재무법무협회 주변을 조사하면 되는 일이었다. 한편 니콜이 업무 시간을 제대로 지키지 못한 이유도 알아봐야 했다. 그러려면 깊이 파고들 필요가 있었다. 아주 위험한 일이었다. 제이나는 진의를 숨기기 위한 대비책으로 탈세 고발 사례를 다수 다운로드했다. 그리고 시간을 계속 확인하면서 재무법무협회의 내부망으로 들어갈 수 있는 길을 탐색했다.

그녀는 마침내 메트로폴리탄 경찰서의 통계과를 경유해서 재무법인협회로 침투했다. 우회로긴 했지만 그녀의 현재 접근 권한으로 감지될 위험이 거의 없이 빠져나갈 수 있는 길이었다. 하지만 재무법무협회의 내부망을 건드리자마자 벤저민이 사무실로 전화를 했다.

◆

"제이나, 몇 가지 할 얘기가 있어요. 현재 워위크 대학에서 진행 중인 후각 장애 연구 자료에 접근했더군요. 이유가 뭐죠?"

제이나는 한숨을 쉬며 따분한 것처럼 연기했지만 심장박동이 분당 135까지 치솟았다. "벤저민, 제가 모든 조사 활동을 전부 소명하면 시간을 크게 낭비하게 돼요." 그녀는 목소리가 오르내리는 걸 숨기기 위해 낮은 톤으로 얘기했다.

"궁금해서 그래요. 그냥 어떤 식으로 일하는지 알고 싶거든요."

"제 작업 방식은 복잡한데요."

"맞아요. 그래서 우리 회사에서 일하는 거죠. 설명해 주세요."

"음… 음식이 고혈압 및 반사회적 행동과 인과관계에 있다는 건 증명된 사실이죠?"

"그렇죠. 그리고 식단에 따른 소변 검사 결과를 알 수 있으니까…"

그녀는 말허리를 잘랐다. "화장실에 검사 장치가 없는 사람도 있어요. 한편 유기체들 사이에서 특정 범죄 행동이 증가하는 추세예요. 그래서 그런 사람들이 부적절한 음식을 먹게 만드는 보이지 않는 충동이 있는지 조사하기로 했어요. 즉 업로드된 냄새와 맛 자료 말이죠. 이렇게 제 조사는 대부분 저 자신의 호기심이 원동력이에요. 일단 생각의 방향이 잡히면 본능적으로, 거의 충동적으로 검색하고요."

"흠… 난 더 선택적이에요. 그렇게 많은 자료를 다룰 능력이 없거든요. 훨씬 더 전략적으로 접근해야겠어요." 벤저민이 검지손가락을 들어서 턱살을 문질렀다. 그는 개인적인 생각에 잠겨 제이나의 어깨 너머를 바라보았다.

"용건이 두 가지라고 하셨는데…"

"그랬죠." 그는 제이나를 쳐다보고 기억을 돌이켰다. "일전에 요청한 걸 고민해 봤어요. 다른 사람의 집을 방문해도 좋아요. 두 가지 조건을 지킨다면요."

"네."

"방문할 사람은 매이휴 맥클라인 직원으로 한정하세요."

"직원 아닌 사람은 알지도 못하는데요."

"그리고 우선은 두 차례 방문으로 국한하죠. 그다음에 그런 노출로 당신이 무엇을 얻었나 검토해 보자고요. 우선 우리 집을 방문하면 좋을 것 같아요. 난 중심부 근처에 살아요."

"그래요? 언제 갈까요?"

"이번 주말은 안 돼요. 다음 주 일요일 어떨까요?"

"그렇게나 빨리요?"

"뭐 어때요. 당신 일정만 맞는다면 2시로 하죠. 바비큐를 만들 거예요."

제이나가 눈을 크게 떴다. '그의 집은 어떤 모습일까? 딸도 거기 있을까? 벤저민은 직장과 집에서 서로 다른 모습을 보일까? 행복한 가정일까? 바비큐에는 어떤 소스를 쓸까?' "오!

고마워요, 벤저민. 친절하시네요."

"주소는 내 인사기록에서 확인해요."

"전 열람 권한이 없는데요." 제이나가 즉시 말했다.

"그럼 엘로이즈한테 물어보세요."

벤저민이 떠났다. 마지막 말은 어디까지나 예방 차원이었다. 제이나는 인사기록을 살짝 건드렸을 뿐이었다. 그 정도라면 허가도 필요하지 않았다. 그녀는 정보를 남용할 생각이 없었다. 그럴 이유가 없었으니까. 그저 난처한 상황을 피할 뿐이었다. 그녀는 크레이그가 작년에 이혼하면서 유급휴가를 썼던 사실을 알고 있었다. 데이브가 임플란트 이식 대상에서 제외되었고, 엘로이즈가 최근에 이식을 받았다는 점도 알고 있었다. 고용기록도 흥미로웠다. 톰은 지난 12년간 어떤 회사에서도 근속기간이 18개월을 넘지 않았다. 그럼에도 불구하고 벤저민은 친절하게도 엄청난 보수를 제시하면서 톰을 매이휴 맥클라인으로 데려왔다.

제이나는 작업 공간으로 돌아오자마자 하던 일을 재개했다. 2개월에 걸친 재무법무협회의 부처 간 통신을 전부 감별하는 작업이었다. 우선 뻔한 키워드부터 시작했다. '니콜'과 '리콜'로는 검색 결과가 나오지 않았다. 그 과정에서 새 키워드가 출현했다. '조사관'과 '배리'와 '쓰레기 같은'이란 말이 놀랄 만큼 자주 등장했다.

모든 사실이 확실히 드러났다.

니콜은 배리라는 남자와 교제했다. 그는 재무법무협회 유지 보수 부서에 근무했고 청소를 맡았다. 다시 말하면 니콜은 유기체 남성과 사적인 관계를 맺었다. 그리고 이상한 점이 있었다! 제이나는 내부 통신에서 분노 섞인 내용을 발견했다. 니콜은 근무 수칙을 어겼을 뿐 아니라 명백히 이상한 취향을 드러내고 있었다. 제이나는 니콜을 리콜한 공식적인 이유를 발견하지 못했다. 재무법무협회 직원 가운데 니콜이 청소도구를 보관하는 벽장 안에서 배리와 즐겁게 놀았다는 사실을 아는 사람은 극소수에 불과했다. 선배 동료들은 유기체가 시뮬런트에게 성적인 흥미를 가질 수 있다는 사실에 당황했다. 하지만 그들은 배리가 너무 둔해서 자신이 얼마나 쓰레기 같은 인간인지 몰랐다고 추측했다. 그럼에도 불구하고 배리는 해고당했고, 컨스트럭터 측은 입막음의 대가로 돈을 준 것 같았다.

제이나는 좌절했다. 니콜은 선을 넘었고, 제이나는 그럴 자신이 없었다. 또한 니콜이 왜 그런 일을 벌였는지 알 수가 없었다. 시뮬런트는 섹스를 하지 않았다.

마지막 검색에서 배리라는 이름의 유기체가 한 진술을 찾아낼 수 있었다.

그런 진술을 아무렇지 않게 남겨두다니 실로 부주의한 행동이었다. 하지만 배리의 시각에서 본 설명을 언제까지고 읽을 수는 없었고, 시간은 촉박했다. 제이나는 재무법무협회 자료에서 빠져나오고, 자신의 자취를 지우고, 가짜 흔적을 만들고, 이윽고 익숙한 영역으로 돌아왔다. 심장이 거칠게 뛰었다.

그녀는 매이휴 맥클라인 사의 연구를 즉시 우선 등급으로 올려놓았다. 그리고 공식적이거나 비공식적인 문서들을 짜 맞추고, 확인 요청에 답신을 보내고, 가설을 제안하고, 수학 모델을 이용해 시험을 수행하는 등 이른바 거절, 수정, 반복 작업을 해치웠다. 그녀는 진척 상황을 문서로 정리해서 벤저민에게 보냈다.

◆

데이브가 보낸 메시지는 짧고 가슴 저미도록 달콤했다. '내일 오후에 만날래요?'

제이나는 답신을 보내지 않았다. 그 대신 매이휴 맥클라인 시스템 내 모든 곳에서 메시지를 지웠다. 그토록 철저하게 운동을 한 덕분에 10분 늦게 출근해야 했다. 그녀는 퇴근 시간에 아카이브실에 들러서 말했다. "다시는 그러지 말아요." 그리고 데이브의 눈앞에 쪽지를 내려놓은 다음 곧장 몸을 돌려 떠났다. 데이브는 쪽지를 열어보았다. '13시 15분, 포틀랜드의 고서점.'

◆

그날 저녁 줄리가 제이나의 방에 들렀다. 저녁 식사 시간의 분위기는 가라앉아 있었다.

"제이나, 방해되는 거 아니지?"

"아냐. 하지만 오늘은 너무 피곤해."

"오래 안 있을 거야. 그냥 내일 오후에 시간 있나 물어보려고."

"확답을 안 하는 게 맞는 것 같아." 제이나는 핑계를 만들어야 했다. "초과 근무를 할 것 같거든."

"계약 시간보다 더 일해야 한다고? 그럼 보고해야지."

"나도 알아. 그래도 상사한테 제대로 성과를 보여주고 싶거든. 그 사람이 부사장직을 잘 수행했으면 좋겠어."

"네가 그 사람 인생까지 책임질 필요는 없잖아."

"그건 아는데, 마음속에서 빚진 게 있어서 그래. 내 임대 계약을 수락한 건 사실 그 사람 공이 크거든. 그 사람이 승진하면 나도 오래 근무할 수 있을 거야. 임대 반환은 생각하기도 싫어."

"세상에, 제이나. 난 그런 가능성이 있는 줄은 몰랐어."

"넌 공립 영역에 있으니까 고용 보장성이 더 낫겠지."

"그런가. 하지만 넌 아무 걱정도 안 하는 줄 알았어."

제이나가 하품을 했다. "걱정은 하나도 안 해."

"음, 어쨌든, 내일 만나고 싶으면 알려줘." 줄리가 떠났다.

제이나는 침대로 뛰어든 다음 발길질로 신발을 벗었다. 외출복을 하나도 안 벗어도 행복하게 잘 수 있을 것 같았다. 그녀는 언젠가 꼭 해보겠다고 마음먹었다.

천장 석회의 균열을 바라보던 제이나는 낮에 있었던 일을 떠올렸다. 그녀는 우회로를 따라 출근하고, 공원에서 데이브를 만나고, 무모하게 재무법무협회 자료를 들여다보고, 죄가 될 수도 있는 데이브의 메시지를 받고, 답을 보내고, 종이 타월과 대걸레를 담은 양동이 사이에서 니콜과 배리가 몰래 시간을 보냈다는 사실을 밝혀냈다. '분명히 말하는데, 아무 차이가 없다고.' 간부진과 컨스트럭터 측 대리인이 연달아 질문하고 배리가 내놓은 구두 진술 이곳저곳에 그런 말이 있었다.

계산된 삶

거의 매일같이 거기 복도에서 니콜을 봤죠. 자주 나한테 말을 걸었어요. 대단한 말은 아니었고. 그냥 "안녕하세요!" 라거나 "요새 어때요?"라고 했죠. 예의가 있었고 늘 미소를 지었어요. 그러다가 가벼운 농담을 주고받기 시작했고... 그래요. 난 니콜이 나한테 반했다고 생각했어요. 진짜로 그랬으니까. 다른 여자들도 그러잖아요. 그런데 뭐가 문제예요? 다른 게 뭐냐고요? 분명히 말하는데, 아무 차이가 없다고. 그게 진실이니까... 남 일에 신경 쓰지 말라고요. 그래, 니콜이 대답을 했고... 중요한 미팅에 불참했다면 그건 니콜 잘못인데... 허, 그럼 날 자르라고! 어차피 거지 같은 일이었으니까.

홍미로운 얘기였다. 하지만 제이나는 니콜의 동기를 알지 못했다. 니콜은 징계 성격의 미팅에 참석하지 않았다. 진술을 한 적도 없었다. 그저 사라졌을 뿐이었다.

하지만 제이나는 재무법무협회의 근무일지에서 한 가지 사실을 발견했다. 니콜은 몇 번인가 휴가를 낸 적이 있었는데, 그 기간이 회사에 고용된 운전사의 휴가와 관련이 있었다. 조사하는 측은 그 점을 알아채지 못했다.

6장

안락의자를 사용하는 데에 있어 정해진 규칙은 없었지만 생각을 정리하는 데에 도움이 되라고 만들어진 물건임은 분명했다. 제이나는 난생 처음으로 안락의자를 포기하고 침대에 누워서 몸을 쭉 펴고는 눈을 감았다. 그리고 토요일 재택 작업을 시작했다. 그녀는 혼잣말을 했다. '자, 시작해 보자고. 너무 분석적으로 보지 말고, 지식 자랑에 빠지지도 말고 자료에 의문을 던진 다음에… 어떤 결과가 나올지 보자고.' 그녀는 바다에 놓인 3차원 구조체를 상정하고 씨를 뿌리는 사람처럼 자료 세트를 흩어놓았다. 그리고 아주 많은 자료와 일부러 무작위적으로 부딪쳤다. 또한 작업하는 동안 자료가 떠다닐 수 있도록 물의 흐름을 휘저어 놓았다. 너무 복잡해질 위험이 있었지만 감수할 만한 가치가 있었다. 그녀는 가상의 바다로 뛰어들어서 세계 수소 생산량에 관한 통계치를 곧장 꿰뚫었다. 그리고 순식간에 정보를 흡수한 다음 전자제품 재활용, 지역공동체별 핵발전소 위치, 수질 정화 비용 등의 하위 자료 세트로 팔을 뻗고는 그것들을 거르고, 역전시켜 보고, 연관 짓고, 옆으로 치워두었다. 그녀는 자신의 구성체 기저에 위치하는 거대한 자료 더미까지 헤엄쳐 내려갔다. 그 안에는 런던 거주자와 뉴욕 거주자를 위한 수송 분석자료, 도로와 철로에 연계된 연료 보급기지, 탄화수소 생산과 정제 능력, 희토류 가격 등의 정보가 있었다. 손가락으로 표면 쪽을 가리키자 그녀는 에너지 보관량과 각 회사의 실적 모델 위로 떠올랐고, 그러는 동안 통계적으로 중요한, 시장 평균을 상회하는 증가 수치들을 검색했다.

그녀는 눈을 떴다. 1시간 반이 흐른 뒤였다. 한동안 머리를 휴식상태에 두었다. 그리고 한 번 더 시도해 보았다. 이번에는 유럽 전역의 자동차 소유 상황과 연료 유형과 생산자와 판매점과 고철 가격을 찔러보았다. 완벽에 가까운 계획이 스치고 지나갔다. 하지만 손을 뻗어도 잡을 수 없는 먼 곳에 있었다.

하지만 끈기 있게 기다리면 무언가 나타날 터였다.

그녀가 점심을 먹으러 식당에 가보니 거주자 대부분은 흩어진 뒤였다. 그녀는 수프 위로 고개를 숙이다가 널린 음식물 부스러기와 물컵 자국 세 개를 확인했다. 다행히 친구들은 먼저 다녀간 게 확실했다.

흔한 토요일 오후와 마찬가지로 제이나는 휴게소를 떠나 오락 구역으로 향했다. 하지만 두 블록을 지난 뒤 포틀랜드 거리가 있는 남서쪽으로 방향을 바꿨다. 자동화 도로 미화원들이 천천히 청소를 하고, 배수로에 물을 뿌리고, 보도에 있는 쓰

계산된 삶

레기를 빨아들이고 있었다. 그녀는 주의가 분산되지 않도록 마음을 다잡고 도시 거리를 다시 조사했다. 도로 포장 및 연석의 패턴과 균열 발생 빈도와 맨홀 뚜껑 및 배관망의 분포 등이 대상이었다. 하지만 생각은 계속 앞으로 나아갔다. '나랑 데이브는 정말 비슷해.' 그녀는 구어체 표현을 밀어냈다. '데이브는 꾸밈없이 말하잖아. 그거야. 데이브는 감정적이고 있는 그대로야. 심지어 행동을 완전히 예측할 수도 없어. 그래서 나에게 꼭 필요해. 데이브가 허락만 해주면 많은 걸 배울 수 있어.'

서점이 보이기 시작했다. 제이나는 도망치고 싶은 충동을 억누르기라도 하듯 상업적 가치를 신속하게 평가해 보았다. 점포 정면은 사람들에게 호감을 주기 어려워 보였고, 가게 바닥의 면적은 약 30제곱미터였고, 순이익은 총매출의 10에서 15퍼센트쯤 되는 동시에 재고 관리와 영업자금과 유동성 비율에 좌우될 터였다. 세금을 내지 않는 수입은 총 매출보다 몇 배 더 많을 것이 분명했다. 그녀가 생각하기에 서점이라는 것은 브랜드를 내세우는 사업이었고⋯ 눈에 띄지 않는 무수한 교환 거래가 누적되어 총 이익과 주주 배당금이 발생하는 구조였다. 또한 운송 허브에 위치한 창고에서 배달되는, 그다지 자극적이지 않은 생산물과 관련이 있으며⋯

어느새 그녀는 서점 입구에 서 있었다. 영업 시작 시간이 엄격히 정해진 것으로 보아 점원은 도서 관련 정보가 가득 찬 프랭크나 프레다 계열의 시뮬런트임이 확실했다. 그 정보란 종이나 제본 품질, 각 판본의 출판 수, 작은 수정을 반영한 개정판의 수, 독자가 선호하는 판본 등이었다. 따라서 해당 모델은 학구적인 고객을 상대하기에 완벽한 운영자였다.

안으로 들어가 보니 데이브는 안쪽 끝에 있었다. 하지만 제이나는 여성 점원에게 말을 걸었다. "둘러봐도 될까요?"

"얼마든지요. 저희 가게에는 없는 게 없어요. 소설, 고전, 아동용 도서와 삽화집, 지역사, 여행과 지형, 장식 미술, 일본 관련 서적…" 제이나는 점원이 프레다 모델임을 확신했다. "1800년도 이전에 인쇄된 지역 지도도 있고…"

데이브는 제이나가 일부러 자신을 무시한다고 짐작하고 맞장구를 쳤다. "제이나! 어쩐지 아는 목소리 같더라고요."

"데이브, 안녕하세요. 여기서 아는 사람을 만날 줄은 몰랐어요. 자주 와요?"

데이브는 커다란 웃음을 숨기려고 고개를 숙여 발끝을 보았다. 제이나는 머리를 쥐어짜 봤지만 한심한 말밖에 떠오르지 않았다. 데이브가 억지로 웃음을 지우고 고개를 들었다. "올리비아한테 필요한 책을 몇 권 샀어요. 당신은요?"

"지나가다가 들렀어요." 제이나는 무작위로 책을 한 권 골라서 책장을 넘기다가 그 책을 사기로 마음먹었다.

"오래된 책 냄새가 좋지 않아요?" 데이브가 물었다.

제이나는 잠시 대답할 수가 없었다. '무슨 뜻이지? 당연히 후각 신경과 좋은 추억 얘기잖아.' 그녀는 손에 든 작은 책을 본 다음 두 사람의 대화 내용이 들리지 않도록 점원에게 등을 돌렸다. "데이브, 당신 집에 가죠. 얼마나 걸려요?"

"어… 3호선 종점에서 다섯 정거장 떨어져 있어요." 대화가 너무 빨리 진행되었기 때문에 데이브는 눈동자를 재빨리 굴렸다. "시간이 얼마나 있어요?"

"5시 반까지는 돌아가야 해요."

"그 정도면 돼요."

"나보다 먼저 나가요. 3분 뒤에 따라갈게요. 내가 나타날 때까지 정거장에서 기다려요. 그러면 셔틀에서 합류할게요."

"왜 그렇게 조심스럽게 굴어요?"

"나중에 설명할게요."

데이브는 천천히 책을 책장에 돌려놓으면서 생각할 시간을 벌었다. "우리 동네에 오기에는 옷차림이 너무 깔끔해요. 다시 합류하면 내 셔츠를 줄게요."

"알았어요. 이제 작별 인사를 하고 가요. 제발요."

데이브는 어느 정도 프레다를 고려해서 우회하는 길을 선택했다. "제이나, 미안해요. 나 좀 급하거든요. 그래도 만나서 반가웠어요." 그는 제이나 쪽으로 몸을 숙이고 머리를 수직선 기준으로 25도 기울여서 얼굴을 그녀의 오른쪽 뺨에 근접시키고 입을 피부에 댔다. 그와 동시에 제이나의 오른팔 위쪽을 잡고 끌어당겼다. 제이나는 균형을 잃고 반걸음 앞으로 휘청였다. 데이브는 입술을 그녀의 뺨에 더 확실히 대고 누른 다음 놓아주었다. "곧 또 봐요." 그리고 떠났다.

제이나는 생각을 하지 않았다. 그저 인상만 기억에 남겼다. 얼굴에 닿은 그의 입, 팔에 닿은 그의 손, 그리고 그의 냄새를 떠나보내지 않았다. 그녀는 기다리고 또 기다렸다. 하지만 아무 추억도 떠오르지 않았다. 그녀는 데이브의 머리카락과 살갖 냄새가 왜 좋은지 이유를 찾을 수 없었다. 해답은 간단했다. 말로 표현할 수 없을 만큼 원초적인 반응이었기 때문이다. 데이브와 맞닿은 감각은 그림자만 남아 있었다. 제이나는 손에 있는 펼쳐진 책을 쳐다보면서, 앞으로 오늘의 만남을 생각할 때마다 그 책이 떠오를 거라고 예측했다. 그녀는 책장을 넘기고, 책을 들어 올리고, 오래된 잉크와 종이의 분자를 들이마셨다. 그녀는 그것까지도 기억할 생각이었다.

계산된 삶

◆

제이나는 남쪽으로 이동하면서 소규모 거주지에 사는 데이브의 삶이 어떤 이미지일지 떠올려 보았다. 눈으로 확인하면 미리 떠올린 이미지가 사라질 것이 뻔했기 때문에 그녀는 머리에 떠오른 이미지, 즉 거리, 아파트, 데이브의 물건, 데이브의 벌집을 단단히 고정시켜 두기로 했다. 그러면 현실과 이미지 사이의 간극을 시험할 수 있었다. '하지만 그런 이미지를 넘어서는 무언가가 더 있을까? 데이브와 아주 가까워져서 회사에서도 완전히 편하게 지낼 수 있을까? 데이브를 자주 찾아가면 이웃들과도 대화를 나눌 만큼 가까워질까? 둘이서 음식 재료를 함께 사고 일요일 오후에 그 동네 공원을 걸어 다니면… 가장 가까운 친구 사이가 될 수 있을까? 가능성 있는 미래를 하나 상상해 볼까? 셔틀 정거장에서 데이브와 만나기로 하고, 내가 그에게 손을 흔들고, 그가 내게 다가오고, 손을 맞잡고 함께 거리를 걷고… 노천카페에서 커피를 마신다면.'

제이나는 상업 구역을 벗어나서 불규칙하게 펼쳐진 대학 단지 내의 유리 벽 건물들을 따라 걸었다. 인도가 더 넓어졌고 마가목의 빽빽한 잎사귀가 주말에 이동하는 행인에게 간헐적으로 그늘을 제공했다. 제이나는 마가목의 위치가 예전보다 못하다고 생각했다. 이제는 자외선차단제 역할밖에 못 했기 때문이다. 하지만 옛날에는 산업 자재로, 문자 그대로 톱니바퀴를 만드는 데에 쓰였다! 그녀가 그늘 밖으로 나올 때마다 햇살이 내리쬐었기 때문에 햇빛과 나무가 공모해서 메시지를 보내는 것처럼 느껴졌다. 그녀는 도시 곳곳을 더 많이 걷겠노라 단단히 결심하고 있었다. 하지만 다음부터는 정처 없이 걷다가 우연히 새로운 장소를 발견하고 싶었다. 그녀는 마치 책갈피처럼 낮은 담 위에 머리를 맞대고 누운 젊은 여성들을 지나쳤다. 두 사람을 둘러싼 공간에는 잡담과 새된 웃음소리, 그리고 호사롭고 한가한 시간이 가득했다.

제이나는 탁 트인 공간으로 나온 다음 종점 앞쪽의 텅 빈 공간을 가로질렀다. '매이휴 맥클라인 사람과 여기서 만날 가능성은 얼마나 될까? 그런 일이 벌어지면 뭐라고 말해야 하지? 일정 부분 진실을 말하면 되겠지. 실제로 6개월 동안 때때로 수송 구역을 모델링하고 있는 데다가 이전에도 셔틀 노선을 따라서 여행하곤 했으니까.' 어떤 경우든 꼭 필요하다면 제이나는 데이브를 방문한 일에 대해 이유를 내세울 수 있었다. 벤저민이 일종의 허가를 한 셈이었기 때문이다.

데이브는 승강장에서 오버 셔츠를 들고 지켜보고 있었다. 그는 제이나를 확인하고 대기 중인 셔틀 안으로 들어갔다. 제

계산된 삶

이나가 뒤를 따랐다. 차량 안에 있는 승객은 아홉 명이었다. 데이브는 반대쪽 끝에 있는 긴 의자로 제이나를 이끌었다. 객실 내부는 그녀가 상상했던 것보다 더 실용적이었다. 여기저기 도금이 벗겨진 금속이 보였고, 제복을 입은 직원은 보이지 않았고, 좌석은 나무판이었고, 창문은 손으로 열어야 했고, 에어컨은 없었다.

"이제 이유를 얘기해 봐요." 데이브가 말했다.

"우리가 만나는 걸 다른 사람이 몰랐으면 좋겠어요."

"서점 점원은 관계없잖아요? 뭐가 문제죠?"

"데이브, 나도 확신은 없어요. 하지만 직장에 알려지면 문제가 없진 않을 거예요. 그리고 서점 직원은 시뮬런트이기 때문에 누가 질문이라도 하면 전부 다 복기할 거예요."

"주말은 당신이 원하는 대로 쓰는 시간이잖아요. 다른 사람 때문에 쓰는 게 아니라."

"그 사람들은 그렇게 받아들이지 않죠."

"당신은 그 사람들 소유가 아니에요."

"맞아요. 절대 그렇지 않아요. 음, 사실은 그 사람들 소유가 맞아요."

객실이 심하게 흔들렸다. 셔틀이 속도를 올렸고 두 사람은 밖을 내다보았다. 약 30초 뒤 그들은 아무 소음도 느끼지 못한 채 도시 중심에서 날아오르고 있었다. 고층건물의 윤곽이 희미해졌다. 제이나는 식별 가능한 사물이 있는지 샅샅이 찾아보았다. 그러다 보니 눈이 아팠다. 그녀는 긴장을 풀고 시각적인 불협화음을 그대로 흡수하려고 애썼다. 그러자 처음에는 덩치가 크고 반짝거리며 표면에서 빛을 반사하던 인공 구조물의 형태가 덜 어지럽고 옥상의 윤곽선이 불규칙하게 이어진 모습으로 바뀌어 갔다. 그리고 복잡성과 초목이 늘어났다. 그녀는 긴밀하면서도 절반 정도만 기획대로 건설된 교외 지역을 목격하고 있었다. 셔틀이 빠름에도 불구하고 궤도를 따라 설치된 안전선은 또렷하게 눈에 들어왔다.

주변의 모습이 그토록 명확해진 바로 그 순간 셔틀이 풍경 속으로 돌진했기 때문에 제이나는 숨을 쉴 수가 없었다. 끝내 도달하지 못할 것 같은 지평선, 전체 풍경을 뒤덮듯 펼쳐진 높고 푸른 하늘. 그녀는 저 아래 낮은 곳에서, 초콜릿처럼 갈색인 토지 위에 무한히 자리하고 있는 초록 원반과 노랑 원반 사이에서 홀로 우뚝 서고 싶은 마음에 손바닥을 펴 창문에 가져다 댔다. 그곳에 서서 맨발로 행성의 크기를 느끼고 싶었다. 그녀는 난생처음으로, 눈으로 목격한 사람만 받을 수 있는 계시를 통해, 지구가 정말 구체이며, 아주 완만한 구체라는 점을 인지했다. 그리고 자신이 바로 그 계시를 받았다는 사실 또한 깨달

계산된 삶

았다. 그녀는 무한히 작아지다가, 행성의 피부에 남은 존재의 밋밋한 흔적처럼 음의 존재가 된 것 같았다.

색채가 선명하고 둥그런 들판은 지평선에 가까워질수록 흑백으로 변하고 있었다. 맨체스터 외곽의 광활한 관개지였다. 예전에는 빗물로 농사와 목축업을 유지했으나 지금은 높은 기중기가 물을 머금은 증기를 공급해 줘야만 곡물들이 고개를 들 수 있는 지역이었다. 농부들이 기계의 도움을 받지 않고 원근법에 맞춰 땅에 농지를 형성하는 데에 매진한 것처럼, 원반처럼 생긴 지형이 점점 맨땅을 가로지르는 무한하고 들쑥날쑥한 경계선으로 변하고 있었다.

"포도밭이군요."

"남쪽에는 올리브 농장이 있어요. 서쪽 멀리 감귤밭이 있고요. 우리 집에서 가까워요." 데이브가 말했다.

"아름다워요."

"맞아요. 하지만 갈 수가 없어요." 그가 말했다.

제이나가 그를 바라보았다. "무슨 뜻이에요?"

"사업으로 운영되는 곳이라 여행객은 못 들어가요."

제이나는 다시 시선을 앞쪽으로 돌리다가 형체가 없는 무언가가 낮은 곳에서 아지랑이를 뚫고 나타나는 것을 발견했다. 점점 거리가 가까워지고 있었지만 이렇다 할 만큼 눈에 띄는 것이 보이지 않았다. 탑도 없고 기둥도 없고 기중기도 없었다. 그녀는 그곳이 첫 번째 소규모 거주지라고 생각했다. 셔틀이 속도를 낮추고 정거장으로 향하자 새로운 도시 풍경이 모습을 갖추고 드러났다. 경제활동이 벌어지고 있다는 징후는 보이지 않았고 공장도 없었다. 그녀는 옆으로 스쳐 지나가는 창고 세 채를 보고 자그마한 물류 기지일 거라고 짐작했다. 거리가 보였지만 차량은 없었고, 격자형 구획에 맞춰 지어졌음이 분명한 4~6층짜리 건물들이 단조로운 블록을 형성하고 있었다. 건물 발코니에는 빨랫감들이 난잡하게 걸려 있었고, 그녀가 보기에 많은 거주자들이 발코니를 가재도구 창고로 이용하고 있었다. 하지만 대여섯 집은 발코니를 판자로 막아두고 있었다. 공간을 방으로 활용하는 것 같았다. 그녀는 그런 저가형 건물의 설계자가 애초에 형식적으로라도 실내외 어딘가에 테라스 가구를 배치하기는 했을지 의심스러웠다.

셔틀이 정거장에 진입했다. 기능성 설비가 하나도 없었다. 광고 게시판도 없었고 영광스러웠던 옛 시절을 짐작게 하는 연철 장식물도 보이지 않았다. 제이나는 어디서도 낭만을 찾아볼 수 없다고 생각했다. "내가 상상한 것과 다르네요."

"그럴 거라고 했잖아요."

"소규모 거주지는 다 이래요? 공원은 있어요?"

"공원이라고요? 그건 더 안쪽에 있어요. 이미 지나왔고요. 우리가 탄 셔틀은 거기에 서지도 않아요. 소규모 거주지까지 최대한 빨리 밀려 나온 거예요."

"알고는 있지만… 그래도 소규모 거주지가 이럴 줄은 몰랐어요." 제이나가 한숨을 쉬었다. "내가 자료를 제대로 해석하지 못했나 봐요."

어느 셔틀 정거장이든 근처 도시 풍경은 차이가 없었다. 하지만 그 사이에 있는 농촌 지역은 감귤의 바다였다. 제이나는 그거야말로 야생의 모습과 숲이 남아 있고 커다란 오크 나무를 베고 깎아서 〈누워 있는 이새〉처럼 큼직한 조각품을 만들던 시절을 희미하나마 떠올리게 해주는 풍경이라고 생각했다.

"제이나, 셔츠를 입어요. 2분만 있으면 도착해요."

그녀는 목이 바짝 탔다. 숨을 깊이 들이쉬기도 어려웠다. 그녀는 예상에 실패했다. 현실과 예상의 간극은 이미 충분히 거대했다. '행간을 제대로 읽지 못했어. 외삽법이 아니라 내삽법을 써야 했는데. 사실에 근접한 결과를 추론할 가능성은 남아 있었어. 처음부터 그걸 찾지 않은 게 잘못이야.'

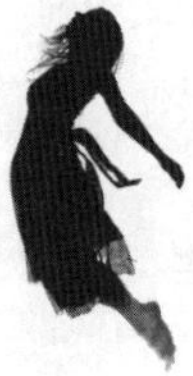

7장

5번 정거장은 두 개의 콘크리트 승강장과 하나의 콘크리트 육교가 전부였다. 역사도 없고 상근 직원도 없었다. 소리라고는 역의 담장 너머에서 들리는 새된 아이들 목소리가 전부였다. 데이브와 제이나는 직원이 없는 관문을 지나 광활한 주차 구역으로 나갔다. 색이 바랜 주차선과 이곳저곳에서 한껏 꽃을 피우고 있는 잡초를 제외하면 아무것도 없는 공간이었다. 그녀는 희미한 주차선을 따라 걸으면서 아이들의 소란스러운 소리보다 더 큰 목소리로 데이브에게 물었다. "당신네 집에는 차가 있어요?" 그는 고개를 저었다. 제이나는 쓸데없는 지식 한 가지를 떠올렸다. 대규모 이전이 있은 뒤 10년 동안 개인 차량을 소유한 소규모 거주지 인구의 비율은 평균 30퍼센트에서 0퍼센트로 떨어졌다.

"7살이 될 때까지는 친한 스티븐슨네 가족과 당일치기 여행을 가곤 했어요. 하지만 그 집 사람들이 차를 팔았죠."

아이들이 공터에서 이리저리 이동하며 놀고 있었다. 제이나는 그 광경을 주시했다. "자동차가… 많이 비싼가요?" 그녀는 질문을 던져놓고 다른 곳으로 주의를 돌렸다. 가장 가까운 주택 블록이 300미터쯤 떨어져 있었다. '저 애들은 정확히 어디로 가는 거지?' 쫓고 쫓기는 아이들이 두 사람을 향해 방향을 틀었다. 그녀는 본능적으로 살짝 피하면서 데이브에게 다가갔다.

"괜찮아요. 우리한테 신경 안 쓸 거예요." 데이브가 웃었다. "그냥 애들이잖아요." 하지만 제이나는 그에게서 떨어지지 않았다. 아이들은 거칠고 지저분하고 위험하게도 얄팍한 슬리퍼를 신고 있었다. 그리고 계속 소리를 지르면서 정성 들여 준비한 밧줄과 알록달록하게 수놓은 막대를 사용해 요란스러운 놀이를 하고 있었다. 제이나의 눈에는 그다지 즐거워 보이지 않았다. 아이들은 둘 또는 셋으로 편을 가르고 서로 야유했다. 그녀가 보기에는 놀이의 한가운데에 공포가 자리 잡고 있었다.

"그래요. 차를 팔 수밖에 없었어요. 그 집은 부부가 전부 공무원이라 안정적이었어요. 하지만 부인 쪽이 먼저 잡역부로 강등됐고 얼마 안 있어서 남편도 같은 처지가 됐죠." 한 소년이 땅에 머리를 세게 부딪혔다. 그러자 남은 세 아이가(제이나가 보기에 그중 둘이 남자고 한 명은 여자였다) 막대기를 치켜든 채 넘어진 소년에게 다가갔다. 하지만 소년은 엉금엉금 기어서 자신의 막대를 집고 휘두르며 다른 애들의 발목을 때릴 것

계산된 삶

처럼 위협했다. "그러더니 공무원 자격마저 박탈당했어요. 보상금이야 확실히 많이 받았죠. 하지만 마음고생을 많이 했어요. 바라던 것들이 많았거든요." 데이브가 흥분했다. "양쪽 집안 사람들이 차를 타고 슈롭셔 남쪽으로 소풍을 가곤 했어요. 정말 좋았죠. 차는 그쪽 집이 가져오고 연료비는 우리가 냈어요. 그리고 우리 부모님이 멋진 소풍용 식기를 가져갔어요. 원래 조부모님 것이었는데요. 도기에 무거운 나이프와 포크에 유리잔까지 한 세트였죠. 그럴 때면 서열 낮은 왕족이 된 것 같았어요." 아이들이 공평하지 않게 두 편으로 나뉘어서 데이브와 제이나 주변을 탐색하듯 돌아다녔다. 하지만 데이브는 신경 쓰지 않았다. "깔개를 두 개 펼치고 가져간 걸 전부 내놨어요. 그야말로 마법이었죠. 공기가 맑은 곳에서 하루 종일 빈둥거리기만 했으니까요."

아이들이 막대기를 맞부딪쳤다. 제이나는 채색된 막대기 곳곳에서 오래된 흉터와 흠집을 발견할 수 있었다. "잘 이해가 안 돼요." 그녀는 머릿수가 더 많은 아이들 쪽을 피하려고 데이브의 등 뒤에서 이리저리 움직였다. "스티븐슨 씨 부부가 든든한 직장에 다녔다면서 왜 자동적으로 바이오닉이 되지 못한 거죠?"

"우리 집이랑 같은 이유였어요. 배경 조사를 해보니 뭔가 나온 거죠. 내 생각엔 부인 쪽이었을 거예요. 남편 쪽은 연좌제로 배제됐고요."

제이나는 그가 할아버지의 몰락에 대해 얼마나 아는지 궁금했다. '데이브의 할아버지는 혐의를 부인했을까? 좋은 변호사를 쓴 걸까? 그것도 아니라면 고액의 벌금을 냈을 텐데.'

제이나는 주택가에 가까워지면서 자신이 자동차 주차장과 멀리 떨어진, 가장 넓은 대로로 향한다는 사실을 깨달았다. 아이들이 지르던 괴성은 거리 저편에 울려 퍼지는 소란함으로 바뀌었다. 그곳에는 사람들이 모여서 건물 사이의 공간을 채우고 있었다. 반바지와 고무장화를 신은 젊은 남성이 삐걱거리는 삼륜차의 페달을 밟으면서 두 사람에게 다가왔다. 삼륜차에는 잡동사니 때문에 한쪽으로 기운 트레일러가 매달려 있었다. 남성은 몸을 세우고 전신의 무게를 양쪽 발에 번갈아 실으며 페달을 밟아서 차를 앞으로 끌어당기고 있었다.

"데이브, 무슨 일이 벌어지는 거예요? 그리고 저 사람은 폐품을 어디로 갖고 가는 거죠?"

"오늘은 토요시장이 서는 날이에요. 당신도 보면 좋아할 거예요. 저 사람은 마을 동쪽에 있는 발전소로 쓰레기를 운반하는 자유계약직 직원이에요. 보통 바람을 등지고 일해요." 두 사람이 동시에 웃었다. 삼륜차가 멈칫거리며 지나갔고 두 사

계산된 삶

람은 손으로 얼굴을 가렸다.

"난 이 거리 위쪽에 살아요. 왼쪽 끄트머리예요. 사실… 고용주 덕분에 아주 좋은 곳에 사는 셈이죠."

제이나는 데이브가 제 근거지로 돌아온 남자답게 거들먹거리며 걷는다는 사실을 알아챘다. "그게 무슨 뜻이에요?"

"매이휴 맥클라인에 근무하기 때문에 우선순위가 높아요." 그래도 제이나는 말뜻을 파악하지 못했다. "이런 식이에요. 제일 좋은 아파트는 매이휴처럼 일류 기업에 다니는 사람한테 돌아가요. 회사에서 보조금을 주거든요. 그다음 서열은 공무원이에요. 나머지는 그때그때 달라져요. 재설정 기간이 되면 난리가 나죠. 이사를 오가는 사람들이 내놓은 짐으로 모든 도로가 가득 차요. 소규모 거주지 전체가 들썩거리고 뒤섞이죠."

"재설정에 진짜로 관여하는 건 어떤 사람들이에요?"

"우선권이 아예 없는 경우에는 주택공급청이 제공하는 일반 장기임대가 있어요. 품질은 중급에서 하급이고요. 아니면 10년짜리 추첨식 주택 선정에 지원할 수 있어요. 아파트 자체는 순환식 프로그램에 따라서 2년마다 바뀌어요. 하지만 그건 진짜 선택이 아니죠. 그래서 사람들은 화가 잔뜩 나고…"

"주택 폭동에 관한 보고서를 읽었어요."

"맞아요. 진짜 더럽게 한심한…" 제이나가 얼굴을 찡그렸다. "그건 게임이에요. 다음번에는 더 좋은 거래를 해보겠다고 다들 뛰어다니는 게임이죠. 좋은 아파트가 없진 않지만 그리 많지도 않아요. 사람들은 더 나은 곳에서 살 거라는 희망을 갖지만… 뭐랄까, 좋은 집이라고 해봐야 조금 더 크거나 정거장에 가까운 게 전부예요."

노점상들은 보도 가장자리에 보자기나 비닐을 깔고 팔 물건을 늘어놓고 있었다. 너무 많이 익은 과일 한 상자를 내어놓거나 낡은 가재도구를 늘어놓은 사람도 있었다. 하지만 대부분은 얼마 안 되는 물건을 진열한 게 전부였고, 하다못해 밝은 무늬가 새겨진 천 위에 남성용 슬리퍼 한 켤레만 올려둔 사람도 있었다. 슬리퍼를 내어놓은 사람은 나이가 지긋한 여성으로, 물건 뒤에 걸상을 놓고 앉아 있었다.

"여기는 양 목덜미 고기랑 비슷해요. 제대로 된 물건이라고는 저쪽에서 파는 책뿐이거든요." 데이브가 제이나를 이끌었다.

"하지만 포틀랜드 거리하고는 조금 다른데요." 제이나가 말했다. 이곳 서점들은 따로 진열대가 없었다. 책을 파는 사람들은 아파트 단지에서 이어지는 허리 높이의 벽을 빌려 쓰고 있었다. 벽을 사이에 두고 한쪽에는 거리가, 다른 한쪽에는 거

계산된 삶

주 단지의 재활용품 수거통이 있었다. 하지만 장이 서는 날이
면 그 벽이 기다란 책장으로 변했다. 책들은 책등이 하늘을 향
하도록 놓여 있었다. 구매자 입장에서는 완벽하게 인체공학적
인 배치였다.

"포틀랜드보다 낫죠. 책을 살 수도 있고 교환할 수도 있으
니까요. 그래서 물건이 계속 바뀌어요."

"좋은데요."

데이브가 씩 웃었다. "이 사람들한테는 더 가르칠 게 없어
요."

제이나는 진열된 책을 따라가면서 가볍게 손을 대어보았
다. 대부분 책등에 흠집이 있었다. "당신은 무슨 책을 사요?"

"사실 아무거나 사요. 여기서 벌에 대한 책도 두어 권 샀어
요. 도움이 됐죠. 그리고 옛날 만화책이랑… 자기계발서도 찾
아다녀요. 볼 때마다 웃을 수 있으니까요."

"나도 한번 봐야겠네요."

"자, 저기서 오른쪽으로 꺾은 다음에 왼쪽으로 갈 거예요.
직선 도로 쪽이 더 나아요."

두 사람은 곧바로 방향을 바꾸고 다음 교차로로 이동했다.
제이나는 머리 위를 바라보고 웃었다.

"데이브, 저게 뭐예요?"

"여기서부터 옷 파는 거리가 시작돼요."

두 사람의 머리 위 높은 곳에서 아주 큰 분홍색 천이 산들바람을 받아 천천히 펄럭였다. 천은 거리 양쪽에 위치한 건물의 최상층에 묶여 있었다. 데이브는 제이나를 오른쪽으로 안내했다. 두 사람은 포장하지 않은 옷을 잔뜩 쌓아놓고 파는 매대를 따라 걸었다. "이리로 쭉 가면 식료품 시장이 나와요. 바짝 붙어 다녀요. 조금만 방심하면 나를 놓칠 수 있으니까요."

진열대를 따라 걷는 동안 사적인 공간이라는 개념은 완전히 사라졌다. 제이나는 거리 이쪽에서 저쪽으로, 매대 이곳저곳에서 마구잡이로 움직이는 사람들에게 시달렸다. 상인들은 퍼포먼스가 없으면 돈을 한 푼도 못 버는 것처럼 고함을 질러 댔다. 그들은 달래고, 애걸하고, 여기저기서 웃음을 유발했다. 제이나는 주변과 어울리지 않는 탁자들을 발견했다. 낡은 상자를 쌓고 그 위에 오래된 문짝을 올려서 만든 진열대였다. 그녀가 보기에는 목적에 딱 맞는 시설이었다. 두 사람은 길게 늘어선 탁자 근처에서 걸음을 멈췄다. 대부분 여성으로 구성된 사람들이 그곳에서 자리를 차지하느라 서로 밀고 있었다. 한 사람은 아동용 셔츠의 어깨 솔기선을 쥐고 있었고, 다른 사람은 치마의 허리 밴드를 잡아서 늘여보고 있었다. 대여섯 명의 여성이 옷가지를 흔들면서 큰 소리로 가격을 깎았다. 또 다른

계산된 삶

여성은 가격이 어이없다는 표정으로 재킷을 난리 통 속에 집어 던지고는 그곳을 떠났다.

"정신이 하나도 없네요." 제이나가 천천히 고개를 저었다. "저 옷은 다 어디서 오는 거예요?"

"구제예요. 제일 싼 건 소규모 거주지에서 나오고 가장 좋은 옷은 교외에서 수집해 오죠."

"새 물건은 하나도 없어요?"

"진짜 새 옷은 아무도 안 입어요. 하지만 저기 보이죠? 저 상인들은 옷을 분해해서 다시 만들어요. 한번 볼래요?"

제이나는 이미 한 걸음 앞서 걷고 있었다. "여기서 옷을 산 적 있어요?" 그녀가 어깨 너머로 말했다.

"가끔 사요. 다시 만든 옷이나 티셔츠만요."

팔고 있는 물건 수가 더 적다는 사실이 상대적인 품질을 반증하고 있었다. 하지만 모든 상품이 어딘지 모자란 구석이 있었다. 어떤 옷이든 잘못 달린 단추가 있었고 양쪽 소매의 재질도 서로 달랐다. 제이나는 인조 모피로 만든 옷깃이 목에 달린 줄무늬 면 셔츠를 발견하고 얼굴을 찡그렸다. 무관한 것들을 억지로 한데 모아놓은 모습이 불쾌감을 주었다. 그녀는 제품의 가격을 확인하고는 옷을 해체하고 다시 꿰매는 작업의 인건비가 얼마일지 떠올려 보았다. 그리고 재료비 원가도 추측해 보았다. "상인들이 매대를 빌리는 비용이 얼마예요?" 그녀가 물었다.

"꽤 비싼 자릿세를 선불로 내고 매일 사용료도 내요."

"옷은 누가 만들죠?"

"이주자하고 일용직들이 만들어요."

"저 옷을 보고 있으니까 내가 엄청나게 수수한 사람이 된 것 같아요. 내가 좋아할 만한 건 없을 것 같은데요."

"한번 걸쳐봐요." 데이브가 미소를 지었다. "위험한 물건은 아니니까요." 제이나는 모자를 골랐다. 조심하기만 하면 피부에 닿을 일이 없으니 안전할 것 같았다. "써봐요." 데이브가 웃었다. "거울이 있어요."

제이나는 모자를 손에 들고 서서 진열대 옆에 있는 초라한 거울을 들여다보았다. 차마 제 손으로 모자를 쓸 수가 없었다. 그 모습을 보던 데이브가 모자를 받아 들고는 마주 서고, 무릎을 살짝 구부려서 그녀와 정확히 눈높이를 맞췄다. 그리고 그녀의 머리에 모자를 씌워보았다. 그는 모자를 벗기고, 곧게 흘러내린 머리카락을 귀 뒤로 넘겨주고, 다시 씌웠다. "훨씬 낫네요." 그는 검지손가락 옆면으로 그녀의 턱을 들어주고는 옆에 섰다. 그녀는 거울에 비친 제 모습을 제대로 보지 못하고 몸을 떨었다.

계산된 삶

"어때요?" 데이브가 물었다.

모자는 군용 위장복 천으로 만든 제품이었다. 하지만 정수리 부분은 형광색 레몬 모양이었고, 그 하단에는 꿰매어진 구슬이 달려 있었다. 제이나는 모자를 벗었다가 다시 쓰고, 같은 동작을 반복하다가 다른 손님의 시선을 느끼고 그만두었다.

"데이브?"

"멋져요."

"마음이 편하지가 않아요. 내가 누군지 못 알아보겠어요."

데이브가 웃었다. "치장이라는 게 그렇죠."

"이 모자를 쓰면 내가 어떤 사람처럼 보여요?"

"내가 보기에는… 이전과 다른 사람처럼 보여요."

"그건 모자가 없어도 되잖아요, 그렇죠?"

"다른 사람한테 알리고 싶을 수도 있죠."

"그래서 뭘 얻을 수 있어요?" 제이나는 모자를 벗어서 내려놓고 안도감을 느꼈다. 두 사람은 다른 곳으로 이동했다. 그들은 딱히 저항하지 않고 서로 치이고 밀리는 군중에게 자발적으로 자리를 양보하면서 아주 조금씩 식료품 시장으로 나아갔다. 겨우 교차로에 도달하자 데이브는 팔로 제이나의 허리를 감아 길을 건너도록 도와주었다. 제이나는 서점에서 느꼈던 충격이 되풀이되기를 바라면서 그에게 몸을 기대었다.

"옷 파는 거리는 아주 마음에 들어요. 예측하기가… 아주 어려우니까요."

손수레를 끄는 노인이 꾸물대는 손님들을 헤치고 나아가면서 소리를 질렀다. "비켜요! 비켜!" 그는 길을 열려고 데이브와 제이나를 밀어붙였다. 데이브가 제이나의 팔을 잡아당긴 덕분에 두 사람은 손수레 뒤쪽에 자리 잡을 수 있었다. 그 결과 노인은 그들이 거리 끝에 쉽게 도달하도록 도와준 셈이 되었다.

두 사람은 넓은 식료품 시장에 들어섰다. 공기 속에 열기와 감귤 향이 뒤섞여 있었다. '열에도 냄새가 있나? 그게 아니라 먼지 때문인가?' 옷 파는 거리의 담벼락에 반사되어 엄청나게 컸던 온갖 소음이 이제는 조금 큰 웅성거림처럼 들렸다. 태양이 고음과 고함 소리를 태워버린 것 같았다. 제이나는 더러운 비닐을 엮어 만든 알록달록한 차양 밑에 모여 있는 진열대를 향해 빠르게 걸었다. 대충 만든 차양이 상인들의 물건을 보호하는 동시에 무작위적으로 뒤섞인 냄새를 모아두고 있었다.

"감귤 냄새 말고 다른 것도 섞여 있는데… 그게 뭔지 모르겠어요." 제이나가 말했다.

데이브가 미소를 지었다. "무슨 말인지 알아요. 그 강렬한 냄새는… 아마 회향 열매일 거예요. 자, 시장 이쪽 끝을 가로

계산된 삶

질러서 가죠. 거의 다 왔어요.”

비닐 차양이 손님들 얼굴에 이국적인 색조를 드리우고 있었다. 그 때문에 제이나의 폐소공포증이 더 심해졌다. 데이브의 말대로 감각에 과부하가 걸리고 있었다. 냄새가 취할 만큼 강하긴 했지만 검붉은 오렌지와 체리와 살구와… 회향 열매에 이르기까지 어느 하나도 고급품은 아니었다. 다들 겉모양이 흉하거나 맛이 좋은 시기를 지난 과일이었고, 못생긴 열매까지 쌓여 있어 좋은 조합을 이루고 있었다. 데이브는 돼지감자와 아스파라거스 진열대 사이를 통과해서 좁은 골목으로 들어갔다. 위층에 있는 남향 창문들은 한낮의 햇빛을 막으려고 닫혀 있었다. 제이나는 아파트 주민 가운데 그늘 덕분에 시원한 아래층을 달가워하지 않는 사람들이 있는 모양이라고 생각했다. 대신 위층에는 더 강한 산들바람이 불어 더위를 상쇄해 주는 듯했다.

데이브는 200미터쯤 더 나아간 다음 갑자기 몸을 돌려 넓은 계단통으로 들어갔다. 그 순간 제이나는 소규모 거주지에 도착한 뒤 노변 카페를 단 하나도 보지 못했다는 사실을 깨달았다.

“난 맨 위층에 살아요. 덥지만 그 대신 더 조용하죠. 그래서 한여름에는 옥상에 모기장을 치고 자요.”

바깥의 우중충한 색깔이 유리 없는 창문을 통해 쏟아져 들어오면서 계단통은 인상적이라고 할 만큼 단조로운 세계였다. 그 단조로움을 무너뜨리는 것이라고는 계단을 오르내리는 사람들이 남긴 흔적, 다시 말해 긁힌 자국과, 파인 자국과, 드물게 보이는 구멍과 같은 역사적인 기록뿐이었다. 제이나는 손가락 끝으로 그 기록을 만져보며 따라갔다. 데이브는 4층에 도착하자 걸음을 멈췄다. 제이나는 계단을 반 층 정도 남겨놓고 그를 올려다보면서 말했다. "벌집을 보고 싶어요."

◆

옥상으로 나가자 태양이 두 사람을 맹렬하게 공격했다. 공기 속에는 벌떼가 조성하는 긴장감이 넘칠 듯이 가득했다. 제이나는 데이브의 지저분한 방충복과 방충모 때문에 몸이 작아지고 숨이 막히는 것 같은 기분이었다. 하지만 보호장구를 갖추고 있음에도 불구하고 데이브에게 바짝 붙어서 장갑 낀 손으로 그의 맨 팔을 붙잡고 있었다. "벌이 쏘지 않을까요?" 그녀가 물었다.

"안 쏴요. 걱정 말아요. 거리만 지키면 괜찮아요."

데이나는 불안해서 건물의 가장자리를 계속 지켜보았다.

계산된 삶

옥상 외벽의 높이가 무릎보다 조금 낮았다. "벌이 당신을 알아요? 냄새라든지."

"아닐 거예요. 바빠서 내가 있는지도 모를걸요."

"그런데 벌을 왜 키워요? 채소를 키울 수도 있잖아요?" 제이나는 채소라면 옥상 끝까지 자신을 쫓아오지는 않을 거라는 생각에 물었다. 그리고 데이브에게 더 가까이 다가갔다.

"벌은 신경을 거의 안 써도 되거든요. 훔쳐 갈 사람도 없고요."

"그건 생각도 못 했어요."

"그리고 꿀은 팔기도 쉬워요. 밀랍도 그렇고요. 게다가 상할 것도 없죠." 벌집은 총 여덟 개였고 서로 바짝 붙어 있었다. 그중에는 커다란 물탱크의 그늘 속에 자리 잡은 것도 있었다. "벌집은 내가 직접 만들었어요."

제이나는 주변 건물들을 바라보았다. 모양새가 서로 다른 태양열 집열기들이 옥상 공간의 3분의 1을 차지하고 있었다. 가장 가까운 옥상은 빨랫줄에 걸린 옷들이 미로를 이루고 있었고 다른 옥상에는 격자형 지지대에 적응한 식물들이 있었다. "저건 전부 관리인들이 운영하는 사업이에요. 그중에 벌을 키울 만큼 배짱 좋은 사람은 별로 없죠." 데이브가 웃었다. "이게 얼마나 쉬운 일인지 알려줄 생각은 없어요." 그는 얼굴에서 끈질기게 달라붙는 벌을 얼굴에서 쓸어냈다.

벌들은 저마다 제 벌집의 작은 입구를 미친 듯이 드나들고 있었다.

"여긴 아주 자유로워요." 제이나가 말했다.

"벌들은 그렇게 생각하지 않을 거예요. 벌 한 마리가 평생 만드는 꿀이 티스푼 절반도 안 돼요." 데이브는 몸을 돌리고 최상층으로 내려가는 계단과 연결된 금속 문을 열었다. "가죠. 다 봤잖아요. 여긴 너무 더워요."

"관리인에 지원하는 사람이 많아요?" 제이나가 그를 따라 내려가면서 물었다.

"그럼요. 경쟁이 심해요. 하지만 한곳에서 오래 살아야 자격이 생겨요. 그래서 추첨식 선정에 참여하는 사람들은 불가능하죠. 그리고 신원 보증이 필요해요. 지붕에서 벌일 사업의 계획도 제대로 제시해야 하고요. 사람들은 공간 낭비를 싫어하거든요."

"어떤 사업들을 하는데요?"

"옆 건물에서 세탁업을 하고 있는 건 봤죠? 수경재배도 하고 정원도 열어요. 월 회비를 내면 자주 방문할 수 있죠. 토끼나 비둘기도 키우고, 뭐 그런 걸 해요." 데이브는 관리인용 선반에 방충 도구를 올려놓았다.

계산된 삶

"양봉 사업을 다른 사람에게 넘길 수도 있어요? 사업권을 얘기하는 거예요."

"아뇨. 합법적으로는 불가능해요. 그건 왜 물어요?"

"그냥 물어본 거예요. 더 큰 사업과 어떤 점이 다른지 궁금했거든요."

데이브가 작은 소리로 말했다. "그런 경우가 없지는 않아요. 하지만 들통나면 옥상 사용권을 박탈당해요. 시기하는 사람들이 있기 때문에 규칙을 지키는 게 가장 좋아요. 난 사람들이 불평하지 않도록 계단통을 먼지 하나 없이 청소해요. 틈만 나면 관리인 자리를 빼앗으려는 사람은 늘 있거든요. 난 그 사용권을 좋아해요." 그는 주머니에서 열쇠 하나를 꺼내서 자신의 집 문을 열었다. 그리고 어깨 너머로 제이나를 바라보았다. "기대는 하지 말아요. 이렇게 빨리 올 줄은 몰라서…"

"나도 호화롭게 살진 않아요."

현관 통로가 없었기 때문에 두 사람은 곧장 생활공간으로 들어섰다. 방은 검소하고 단순했다. 제이나는 데이브가 문을 열기 전부터 그 사실을 간파했다. 물건이 난잡하게 널려 있었다면 그가 방을 가로지르는 발소리가 둔탁했을 텐데 실제로는 날카롭고 분명했다. 방에 햇빛이 쏟아져 들어왔기 때문에 제이나는 세부를 꼼꼼히 살피면서 그 안에 담긴 의미가 예상과 다르다는 점을 거의 즉각적으로 간파했다. 방은 작았고 많은 물건이 정돈되어 있었다. 매이휴 맥클라인에서 보던 데이브는 혼란한 상태를 좋아하는 사람이었는데 집에는 그런 경향을 보여주는 단서가 전혀 없었다. 세 개의 프라이팬은 나무판에 크기순으로 걸려 있었고 주방용품과 세면도구는 금속 싱크대 양쪽에 완전히 분리되어 있었다. 20여 권을 세로로 쌓아놓은 책 더미도 있었다. 더미의 양쪽 옆에 각각 놓인 책들은 효과적으로 버팀목 역할을 하고 있었다. 제이나는 데이브가… 의지가 굳은 사람일뿐 아니라 혼자 산다고 생각했다. 눈에 띄는 모순점이나 온화한 타협의 징조가 전혀 보이지 않았기 때문이다. 그녀는 이곳이 데이브의 공간이고 단 한 사람에 맞춰져 있다고 평가했다.

"음, 이게 전부예요." 그가 말했다.

"내 방보다 커요. 게다가 조리공간도 있잖아요. 나도 있었으면 좋겠어요. 요리를… 할 줄은 모르지만요." 제이나가 미소를 지었다.

"때를 봐서 가르쳐 줄게요."

"배울 요리를 선택할 수 있을까요?"

데이브는 그 말에 수긍하면서 웃었다. "확실한 이유만 있으면요. 그래도 생선과 채소 중에서 선택해야 해요." 그는 하나뿐인 찬장에서 유리잔을 두 개 꺼낸 다음 뚜껑이 달린 주전자에서 물을 따랐다.

제이나는 미지근한 물을 한 모금 마셨다. 데이브는 등 뒤에 있는 문을 잠갔다.

"진짜 커피를 어떻게 만드는지 알아요?" 그가 물었다. 제이나는 고개를 저었다. "알았어요. 잘 봐요."

데이브는 다시 찬장으로 팔을 뻗고 화학 실험 흉내에 필요한 기구를 꺼냈다. 그는 추철로 만든 장비를 싱크대와 부엌 외벽 사이에 위치한 나무판에 고정시킨 다음 작은 원통형 컵을 두 개 꺼내어 황백색 받침 접시에 올려놓았다. 접시 하나는 컵에 비해 너무 작았고 다른 하나는 너무 컸다(제이나는 어느 쪽이 더 마음에 드는지 마음을 정할 수 없었다). 티스푼의 손잡이에는 예복을 입은 사람이 그려져 있었다. 마지막은 검고 작은 비닐봉지였다. 봉지의 입구는 힘주어 말아놓은 상태였고, 금속 클립으로 고정된 상태였다. 데이브는 클립을 빼고, 제이나의 두 손을 붙들고 손바닥이 위로 가도록 뒤집은 다음 나란히 모았다. 그리고 봉투에 들어 있던 커피콩을 그 안에 모조리 부었다. 제이나는 반사적으로 두 손을 들고 얼굴을 들이밀었다. 거의 본능적인 반응이었다. 그녀는 그 동작이 천 년도 넘는 세월 동안 의식이나 생존을 위한 전략적 행동 속에서 이어져 왔다는 사실을 느꼈다. 그리고 어떤 이미지를 떠올렸다. 털북숭이 조상이 두 손을 그릇 삼아서 물을 뜨는 모습이었다.

데이브는 이미 강한 향기를 뿜는 검고 건조한 콩을 증기로 바꾸는 마법을 제이나에게 단계별로 보여주었다. 제이나는 일정하지 않은 덜그럭거림과 분쇄 음을 모두 머릿속에 새겨두었다. 자동 분쇄기의 반복적이고 미친 듯한 괴성은 아주 비현실적이었다. 그녀는 나중에 방에 혼자 있을 때 손과 철과 콩이 빚어내는 그 매력적인 소리를 끝없이 재현해 보고 싶었다. 원두를 분쇄하는 과정을 분석하고, 시간 기준을 길게 늘려서 각 파괴 과정에서 나는 소리를 향기와 연계에 단계별로 맞춰보고 싶었다. 그녀는 데이브의 행동을 하나도 놓치지 않고 지켜보면서 그야말로 정확한 동작을 반복한 끝에 도달한 숙련된 솜씨라는 점을 알아챘다. 커피를 만드는 과정이 숨 막힐 듯 아름다웠기 때문에 제이나는 그 의식의 목적을 잊을 뻔했다. 데이브는 그녀를 위해 완벽한 커피를 만들고 있었다. 데이브가 분쇄된 원두에 끓기 직전인 물을 부었다. 제이나는 그 노력의 중심지인, 소용돌이치는 커피에서 간신히 눈을 떼고 연금술을 펼치고 있는 사람의 손으로 시선을 옮겼다. 그리고 그가 서점에서 애정을 담아 보여주었던 행동을 떠올리고는 현기증을 느꼈다.

계산된 삶

제이나는 들뜬 마음을 가라앉히려고 데이브의 방과 자신의 방을 비교해 보았다. 그의 방에는 작은 소파가 있었고 그녀의 방에는 더 좋은 접대용 탁자가 있었다. 그에게는 달에서 본 지구의 사진이 있었다. 제이나의 방 천장에는 시선을 끄는 균열이 있었다. 그녀는 상상 속에서 그 균열을 확장하고 채색해서 723개의 추상화를 만들어 놓았다. 마지막으로 그는 책꽂이가 있었고 그녀는 대벌레를 키우고 있었다.

두 사람은 모양새가 다른 의자에 앉았다. 제이나가 보기에 매이휴 맥클라인에서 낡은 의자를 가져온 것 같았다. 정사각형 탁자는 재활용 목재를 자르고 샌드페이퍼로 매끈하게 처리한 물건이었다. 데이브는 탁자 양면을 손으로 잡고 가운뎃손가락으로 흠집을 만지작거렸다. 제이나는 탁자를 직접 만들었는지 물어보려 했다. 그때 머릿속에서 작은 정보가 소용돌이치다가 수면 위로 치솟았다. 그녀는 그 생각을 도로 가라앉히려고 노력하다가 포기했다. '혹시 내가…' 그녀는 발을 까딱거렸다. '내가… 해도 될까?'

"제이나, 여긴 왜 오고 싶었어요?"

그녀는 티스푼을 들고 너무 빠르게 커피를 저었다. "집을 보고 싶었어요."

데이브가 다가앉더니 그녀의 손에서 티스푼을 받아 들고

는 받침 접시에 내려놓았다. "그리고요?"

제이나는 데이브의 손등에 털이 있다는 사실을 처음으로 깨달았다. "그것만은 아니에요. 다른 이유도 있어요." 그녀는 수증기가 피어오르는 커피에 시선을 고정했다. 커피는 크림빛 갈색에서 진짜 갈색, 그러니까 다크초콜릿 같은 갈색에 이르기까지 다섯 단계의 색조를 띠고 있었다. 커피는 그 자체로 하나의 세계였다. 거품들이 터지고 수증기가 오르는, 원초적인 늪이었다. "예상하지 못한 일이 일어나길 바랐어요. 반복적인 일상과는 다른 일 말이에요."

"사는 게 좀 지루했어요?"

"그건 아니에요. 반복에 변화가 생기면 좋을 것 같았어요."

"어떤 변화요?"

"어떤 사건이… 일어날 때… 덜 놀라고 싶었어요. 다른 사람의 삶에 대해 더 잘 알게 되면, 세상일이라는 게 늘 예측한 대로 들어맞진 않는다는 사실을 직접 느끼면 예측도 잘할 거라고 생각했거든요." 제이나의 오른쪽 눈이 움찔거렸다. "더 있어요. 그러면 내가 조금은… 덜 뻣뻣해질 거라고 생각했어요. 이게 맞는 표현인지는 모르겠네요. 그리고 또 있어요."

"계속해 봐요."

그녀는 커피를 내려다보았다. "주말에 방문할 수 있는 친

계산된 삶

구를 갖고 싶었어요. 이상하지 않은… 음, 완전히 정상적인 사람으로요."

데이브는 아래를 보고는 제 커피의 크레마를 젓고 고개를 좌우로 흔들었다. "그런 사람은 없어요. 정상이란 건 없다고요." 그리고 눈을 들어 제이나를 바라보았다. "이걸 알아야 해요. 헤스터나 벤저민 같은 사람들이나 스스로 정상이라고 믿어요. 자신이 표준이라고 생각하죠."

"음, 당신이 뭐라고 하든지 간에 난 분명히 정상은 아니에요. 데이브, 난 못하는 일이 아주 많아요. 심지어 부족한 게 뭔지도 모르겠어요."

"나도 마찬가지예요." 데이브는 천천히 커피를 마시고 귀에 거슬리는 소음을 내면서 너무 작은 접시에 컵을 내려놓았다. "난 유기체예요. 유기체가 정상이던 시절도 있었죠. 하지만 이제는 변종이라고 생각하게 됐어요." 그는 몸을 앞으로 내밀었다. "제이나, 나도 할 수 없는 일이 산더미예요. 임플란트 이식이 없던 시절에는 나 같은 사람도 진짜 경력을 쌓고 여기저기 여행할 수 있었어요. 하지만 이제는 매이휴 맥클라인에 들어가는 게 한계예요."

"당신 말이 맞아요."

그는 다시 뒤로 물러나 앉았다. "내 인사 기록 봤죠?"

"네, 봤어요. 음, 다른 의도가 있어서 그런 건…" 두 사람 사이에 침묵이 흘렀다.

"흠, 이제 알겠어요. 데이브 머독은 특별 취급을 받지 않는 다는 뜻이죠. 이 아파트에서 계속 살려면 자중하면서 규칙에 잘 따라야겠어요."

제이나는 그가 여러 가지 은유를 혼용하는 방식이 마음에 들었다. 그는 경솔한 사람일까 아니면 낙천적인 사람일까?

"데이브, 왜 임플란트를 안 심었어요?" 제이나는 그의 생각이 듣고 싶었다.

"18살에 유전적 위험평가에서 떨어졌어요. 이상한 일은 아니죠. 친조부가 대학에서 쫓겨났잖아요. 그 사실은 처음부터 알고 있었어요. 하지만 나중에 이식할 자격이 생겼어요. 부모님은 성인이 된 후 먼지 하나 없이 깨끗했고 모범적인 직원이었거든요."

"그런데요?"

"이식할 돈이 없었어요. 빚은 지기 싫었고요. 하지만 무엇보다도, 이식 자체가 마음에 안 들었어요."

"왜요?"

"너무 많은 걸 잃으니까요. 난 그 한심한 작자들이 진심으로 불쌍해요. 항상 죽어라 합리만 따지잖아요."

계산된 삶

제이나가 미소를 지었다. 그러다가 웃음을 뚝 그쳤다. "톰은 그렇게 합리적이지 않았어요. 그렇죠? 조류가 셌다는데 수영을 했으니까요."

"톰은 멍청하지 않았어요. 오판한 거죠."

"어쨌든, 데이브, 당신은 이미 어느 정도 바이오닉이에요."

"아닌데요."

"신생아일 때 예방접종을 받았잖아요. 중독과 대다수 질병에 면역이죠?"

"그건 선택의 여지가 없었어요."

"그렇다고는 해도 마약, 알코올, 도박에 과하게 탐닉하는 자기 파괴적인 성향은 갖지 않았잖아요. 세상 사람들이 지금 얼마나 안전한지 생각해 봐요. 범죄는 거의 안 일어나요. 그런 것들로부터 모두 해방된 거예요. 임플란트 이식은 분명히 발전이에요."

"난 그냥 싫어요. 솔직히 가끔씩 화를 내는 게 좋아요. 밤새 옥상에 앉아 있는 게 좋고 다음 날 아침에 출근하지 않고 땡땡이를 치는 것도 좋아요. 임플란트를 심으면 덫에 갇혀요. 바이오닉이 직장에 가기 싫어서 안 나간다든지 아주 좋은 일자리를 그만둔다든지 산에 들어간다는 얘기는 한 번도 못 들어봤어요."

"음, 그냥 산에 들어가 버리면 어떻게 살겠단 얘긴지 모르겠네요. 어쨌든 산에 들어가는 사람도 있어요, 데이브. 당신이 모르는 거죠… 그런데 어떤 산을 얘기하는 거예요?"

"잠깐만요. 진짜 산을 얘기하는 게 아니에요. 내 말은 직장을 그만두거나 사라지거나 변두리로 물러나서 산다는 뜻이에요."

제이나가 머뭇거렸다. "당신은 모르지만 여기 소규모 거주지에서 사는 바이오닉도 있을지 몰라요."

"그럴 수도 있지만… 한 번도 못 들어봤어요."

"불가능한 건 아니잖아요."

두 사람은 커피를 홀짝거리면서 한동안 말이 없었다.

"제이나, 솔직히 얘기해 보죠. 당신은 삶을 구구절절 걱정할 필요가 없어요. 돈 걱정도 할 필요가 없죠. 집과 음식과 옷을 공짜로 얻잖아요. 회사에서도 간부직을 제외하면 가장 직급이 높아요. 그렇죠?"

"네. 난 좋은 일자리가 있고 편하게 살아요. 하지만 마음에 걸리는 게 있어요. 잘은 모르겠지만… 예를 들어서 누군가 휴게소 여기저기에 노란색 페인트로 '싫어'라고 적고 느낌표를 붙여놨어요. 우리 휴게소를 포함해서 이번 주에만 네 개가 발견됐어요."

"그라피티를 얘기하는 거예요?"

계산된 삶

"그게 그거였어요?"

"범인은 금세 잡힐 거예요. 일자리를 걱정하는 괴짜들 짓이겠죠."

"음, 그렇게 단순한 문제가 아니에요. 사실 직장에서 내 위치도 아주 애매해요." 데이브가 큰 소리로 웃었지만 제이나는 주장을 굽히지 않았다. "진지한 얘기예요. 난 과거가 전혀 없기 때문에 권리가 점점 줄어드는 것 같아요. 알다시피 난 언제든지 리콜되고 재기동될 수 있어요. 그러면 다시 빈 석판이 된다고요. 데이브, 그렇게 되면 거리에서 당신을 만나도 못 알아봐요. 대벌레에 대한 관심도 없어질 테고 갓 내린 커피에 푹 빠질 수도 없고 싱가폴 쌀국수를 먹는 꿈도 못 꾸고…"

"우와, 잠깐 진정해요. 당신이 왜 리콜되는데요?"

제이나는 컵을 들어서 싱크대로 가져간 다음, 물로 씻어서 나무 선반에 얌전히 올려놓았다. "나한테 문제가 있는 것 같아요. 결함 말이에요." 그녀는 어깨를 희미하게 떨고 돌아서서 데이브를 마주 보았다. "다른 시뮬런트한테도 그런 일이 있었어요. 그래서 컨스트럭터가 회수했죠."

데이브는 그녀를 뚫어져라 쳐다보았다. "그 시뮬런트는 무슨 문제가 있었는데요?"

"여러 가지예요."

"예를 들어봐요."

"시간을 안 지키고, 식당을 훔쳐보고, 은밀하게 성적인 접촉을 했어요."

데이브는 등을 의자에 기대고 두 손을 깍지 끼더니 뒷머리에 댔다가 앞으로 움직여 머리를 쓸어 넘겼다.

"그런 일은 생기면 안 되거든요." 제이나가 말했다.

잠시 침묵이 흐른 뒤 데이브가 말했다. "다른 사람에게 오늘 일에 대해서 얘기했어요?"

"아뇨. 아무도 몰라요. 내가 지금 여기 있다는 사실은 아는 사람이 없어요. 휴게소 친구들도 몰라요. 내 일정이나 생각에 대해 다른 사람에게 말한 적은 없어요."

"앞으로도 그렇게 해요. 컨스트럭터가 우리 두 사람을 감시하지 않았으면 좋겠네요. 직장에서 의심을 살 만한 행동은 하지 말아요."

그는 제 컵을 싱크대로 가져간 다음 작은 소리로 말했다. "여기 온 것도 조금 위험한 일이었네요."

"오늘 온 건 이유를 댈 수 있어요. 벤저민한테 매이휴 맥클라인 직원을 방문해도 좋다고 허락을 받았거든요. 조건은 까다롭지 않았고요. 금지한 건 하나도 없었으니까… 데이브, 당신한테 곤란한 일이 생기진 않을 거예요."

"먼저 제안한 사람은 나인데요."

제이나는 마지못해 미소를 지었다. "그렇죠."

"제이나, 당신도 알고 있을 거예요. 다시는 이러면 안 돼요. 너무 위험해요."

"그런 말 하지 말아요."

데이브는 빛이 바래고 낡은 옷을 걸친 모습으로 제이나의 앞에 서 있었다. 그녀는 데이브가 조금 여위었다는 생각을 떨칠 수가 없었다. '섭취하는 열량을 높이면 어떻게 보일까? 원래 저런 체형일까? 부모님께 수상한 유전자와 왕성한 신진대사를 동시에 물려받았나 봐.' 그녀는 이틀 전 루카스가 두 번째 리콜 소식을 전했을 때처럼 흥분했다. 그때는 긴장했지만 지금은 다른 느낌이었다. 위 근육이 조였다가 풀리기를 반복하고 있었다. 그녀는 침을 삼키는 것조차 잊고 있었다.

"위험하다는 말 하지 말아요." 제이나가 단호하게 말했다. "여기 또 오고 싶어요." 데이브는 더 이상 말을 덧붙일 필요가 없었다. 그는 몸을 숙이고 제이나의 볼에 입을 맞췄다. 그녀가 얼굴을 돌렸고, 두 사람의 입이 맞닿았다.

데이브는 눈을 감고 있었고 제이나는 눈을 감을 수가 없었다.

그녀는 두 사람이 연결됐음을 확인하듯 데이브의 가슴에

한 손을 대었다. 심장 박동이 느껴졌다. 그녀는 다른 손의 검지손가락을 데이브의 청바지 허리띠 고리에 걸고는 조금 잡아당겼다. '이 정도면 괜찮은 시작이야. 그런데 다음 순서는 뭐지?' 데이브가 두 팔로 그녀를 안았다. 그는 서두르는 것 같지 않았다. 두 사람은 계속 키스하고 있었다. '키스는 얼마나 더해야 하지? 내가 크게 잘못했나 봐. 그러면 뭘 해야…' 그녀는 데이브의 셔츠 단추를 풀려다가 늘 하던 행동이 이상하리만치 어려워지는 기이한 현상을 경험했다. 데이브는 팔을 풀고 뒤로 한 걸음 물러서 자신의 단추를 마저 풀었다. 그가 어깨를 흔들자 셔츠가 뒤로 벗겨졌다. 남은 일은 단 하나뿐이었다. 제이나는 그와 똑같이 자신의 셔츠를 벗었다. 데이브는 남은 옷을 전부 벗어서 옆으로 던졌다. 제이나도 그를 따라 했다. 데이브가 소리 내어 웃고 제이나도 미소를 지었다. "이러면 되죠?" 그녀가 말했다.

"완벽해요." 그로부터 35분 동안 제이나는 흠잡을 곳 없는 유기체 남성의 몸을 조사했고 데이브는 완벽하게 평범한 시뮬런트 여성을 탐색했다. 제이나는 조금 전 그랬던 것처럼 본능에 따라 생리적으로 가능한 선에서, 데이브의 행동을 최대한 그대로 흉내 냈다. 그녀는 이것이야말로 순전히 육체적인 문제이므로 생각하지 않기로 결심했다. 두 사람이 상냥함에서

　　　　　　　　　　　　　계산된 삶

욕정으로, 다시 상냥함으로 이어지는 길을 완주한 것은 각자의 활력 덕분이었다. 그 끝에서 제이나는 안전하다는 느낌을 받았다.

◆

덧문에 난 틈에서 벌 한 마리가 붕붕 날아다니는 탓에 데이브와 제이나는 잠에 빠질 수 없었다. 두 사람은 마주 보며 옆으로 누워 있었다. 방에 꽉 들어찬 열기를 거의 밀어내지 못하는 부드러운 바람이 두 사람의 피부를 스치고 있었다. 두 사람은 불규칙한 간격으로 눈을 깜빡이고 있었다.

제이나는 데이브의 입이 매력적이라고 생각했지만 정확히 어떤 부분이 그런지 콕 짚을 수는 없었다. 그녀는 검지손가락으로 데이브의 입술 끝선을 따라가 보았다. 그의 입은 돌에 새겨놓은 것 같았고, 입술은 안면과 따로 존재하는 것 같았다. 금욕주의자의 입술처럼 보이기도 했다.

제이나는 벌이 내는 소음이 더 이상 신경 쓰이지 않는다는 사실을 깨달았다. 그 대신 아래층에서 들리는 남성과 여성의 희미한 대화가 그 자리를 확실히 차지하고 있었다. '저 사람들도 창문을 열어놨구나.' 그녀가 생각했다. 남자의 목소리가 앞서자 여자 목소리가 뒤를 따랐다. 그다음도 순서는 같았지만 음색이 더 높았으며 소리도 컸다. 마침내 고함 소리가 들렸다.

"무슨 일일까요, 데이브?"

그는 눈을 뜨고 그녀에게 키스했다. "그냥 몸을 좀 푸는 거예요. 날짜를 참 잘도 골랐네요."

"네?"

"격주로 주말마다 저러거든요. 서로 슬슬 자극하다가 욕을 퍼부어요. 3주 동안 폭발하지 않고 지낸 게 기록이에요." 아래층 사람들의 목소리가 서로 겹치기 시작했다.

"항의 안 해요?"

"그럴 가치도 없어요. 알아서 조용해지니까요." 데이브가 제이나에게 다시 키스했다. "무시해요." 하지만 제이나는 그럴 수 없었다.

아기가 울었다. "세상에! 이제 아기까지 시작하네요." 화가 난 데이브가 말했다.

제이나가 몸을 곧추세우고 앉았다. "아기는 왜 울죠?"

"겁먹어서 그래요. 소리 지르는 게 싫으니까요." 아기의 울음이 단숨에 불안정한 비명으로 바뀌었다. 데이브는 몸을 돌려 천장을 바라보았다.

"가만히 있으면 안 돼요, 데이브. 그만두게 해야죠."

계산된 삶

"괜찮아요. 부모가 조용해지면 아기도 조용해져요."

"저러다가 아기가 다치겠어요."

"아뇨, 안 그래요. 실제 상황은 그렇게 심각하지 않아요. 아기들은 원래 저렇게 울어요. 중간이 없죠."

"아니에요. 잘 들어봐요." 아기는 처절하게 울어댔다.

"우리가 할 수 있는 일은 없어요, 제이나."

제이나가 벌떡 일어서서 두 손으로 귀를 막았다. "끔찍해요. 더 못 참겠어요." 그녀가 데이브를 바라보았다. "내려가서 막아야 해요. 당장요." 그녀는 바닥에 떨어진 옷을 집었다. 옷을 입으려는데 데이브가 그녀를 붙들었다. 고함과 비명이 벽을 따라 울리면서 두 사람을 에워쌌다. 그러고 무언가 부딪히는 소리가 났다. 여성의 목소리가 길게 이어지고 더 높아지면서 아기 울음과 경쟁하기 시작했다. "데이브?"

"괜찮아요. 멈출 거예요. 내 말 믿어요."

제이나는 데이브의 손을 뿌리쳤다. 그녀의 손톱 때문에 데이브의 어깨에 빨갛게 할퀸 자국이 두 줄 남았다. "내려가 볼래요." 그녀가 재빨리 셔츠를 입는데 고함 소리가 멈췄다. 곧이어 데이브가 말한 대로 아기도 울음을 그쳤다. 데이브가 제이나의 손을 잡았다. 그녀는 귀를 기울여 보았다.

마침내 제이나가 말했다. "또 저럴 텐데 어떻게 참는 거죠?" 그녀는 방 안을 서성거렸다. 그리고 자신도 모르게 싱크대로 가서 몸을 숙이고 수도꼭지를 돌리고 얼굴을 씻었다. 데이브가 다가와서 그녀의 어깨에 손을 얹었다. 하지만 그녀의 생각은 아주 먼 곳에 가 있었다. "톰의 아이들도 분명 저렇게 울었겠죠." 그녀는 손에 얼굴을 묻고 말했다.

"그렇지 않아요, 제이나. 그것과는 달라요."

◆

두 사람은 옷을 입었다. 제이나는 데이브의 셔츠를 다시 입었고 데이브는 문 옆에서 기다렸다. 제이나는 밖으로 나가고 싶지 않아서 머뭇거렸다. "갈 시간이야." 그녀가 혼잣말처럼 말했다.

제이나가 첫 계단으로 내려갔고 데이브가 뒤를 따랐다. 제이나가 두 번째 층으로 내려가려고 몸을 돌리자 아래층 아파트로 통하는 문이 열렸다. 문제의 남녀가 걸어 나왔다. 남자는 가슴에 기대어 잠든 아기를 안고 있었다. 제이나가 그 자리에 얼어붙었다.

"데이브, 안녕하세요. 우리도 소개해 줄 거죠?" 여자가 말했다.

계산된 삶

데이브는 그 말을 무시했다. "안녕하세요. 가족이 함께 외출하나 봐요?"

"산책 나가요. 집에 있으니까 미칠 듯이 더워서요."

"예. 그런 것 같은 소리가 들리더라고요."

아래층 남녀는 그 말을 듣고 소리 내어 웃었다.

◆

"어떻게 그런 농담을 할 수 있어요?" 제이나는 필요 이상으로 빨리 걸었다.

"그러지 말아요. 그 사람들 때문에 기분을 망치지 말자고요."

"아기가 비명을 질렀는데 하나같이 웃었잖아요."

"진짜로 누가 다치지도 않았잖아요."

"그거야 알 수 없죠."

두 사람 앞에서 체구가 큰 남자가 어린 소년과 손을 잡은 채 걷고 있었다. 소년은 종종걸음과 달리기를 불규칙하게 섞어가며 간신히 따라가고 있었다. 아이가 넘어졌지만 남자는 팔을 잡아당겨 억지로 일으키며 끌고 갔다. 제이나는 아이가 아파서 신음하는 소리를 들었다. 남자는 고약하게도 아무 이유 없이 아이의 팔을 거칠게 끌어당겼다.

"왜 아무 일도 없다는 듯이 굴죠?" 제이나가 말했다.

두 사람은 아무 말도 하지 않고 정거장에 도착했다. 셔틀이 도착하는 소리가 들리자 제이나는 셔츠를 벗어서 데이브에게 돌려주었다. "근무 중에는 이야기를 나누면 안 돼요. 알고 있죠? 메시지도 절대로 보내면 안 돼요"

"다시 만날 수는 있죠?"

"모르겠어요. 생각 좀 해보고요…"

데이브가 조심스럽게 그녀의 팔을 건드렸다. 하지만 그녀는 고속으로 다가오는 셔틀 소리에 쫓기듯이 몸을 돌렸다.

셔틀이 정거장에서 이륙하는 동안 데이브는 손을 흔들었다. 제이나는 그러지 않았다. 쓸데없이 크기만 한 자동차 주차장의 반대편 끄트머리에서 개 두 마리가 얼핏 보였다. 수컷이 수동적인 것처럼 보이는 암컷을 올라타고 있었다. '사람은 달라.' 그녀가 생각했다.

제이나는 복잡한 고민을 옆으로 제쳐두고 그날 오후 일찍, 커피를 마시기 전에 새로 도전거리를 던져준 정보의 소용돌이를 되돌아보았다. 옳든 그르든 그녀가 직접 선택한 과제였다.

인간을 포함한 포유류의 후각은 성욕과 연결되어 있었다. 후각기관의 유전적인 결함은 경험이 없는 성인 개체에게 성적

계산된 삶

인 결함을 유발할 수 있었다. 하지만 성장한 쥐의 경우, 일단 해당 개체가 성적인 활동을 경험하고 나면 자연스럽게 반대 성향을 드러냈다.

세부 사항은 이해할 수 없었지만 제이나는 본질을 확실히 파악했다. 첫 시뮬런트, 즉 프랭크와 프레다는 유전적으로 개조되어 무후각증을 겪고 있었다. 다시 말해 냄새를 하나도 맡을 수 없었다. 제이나가 보기에는 시상하부-뇌하수체 축의 작동을 방해해서 궁극적으로 생식 본능을 말살하려는 복잡한 전략의 첫 단계였다. 더 나아가 제이나 자신처럼 더 발전된 시뮬런트의 경우 감정을 더 계발할 수 있도록 무후각증이 약화되어 있었다. 그 결과 일을 더 잘할 수 있었다. 그때 제이나는 컨스트럭터가 무후각증의 정도를 최적화하는 데에 실패했다는 사실을 직감했다. 실험용 쥐와 마찬가지로 성적 경험이 없는 시뮬런트가 일단 경험을 하고 나면 성욕에 발동이 걸렸던 것이다.

소규모 거주지가 시야에서 사라졌다. 제이나의 생각은 정처 없이 표류했다. '나도 때려치울 수 있을까? 아니면 산으로 들어가야 할까?' 하지만 계산된 인생에 있어 처음으로 그녀는 정답을 예측할 수 없었다.

8장

◆
◆
◆

일요일 아침, 제이나는 에너지 연구에서 별다른 이유 없이 큰 진척을 보았다. 여러 날에 걸쳐 연구에 노력을 쏟아부은 뒤였기 때문에, 잠깐 집중력을 잃은 사이에 통찰력이 촉진됐다는 점이 이상하게도 마음에 들지 않았다. 그런 현상은 그녀가 구성체에서 빠져나온 뒤에, 또는 둥실거리면서 대양의 수면으로 돌아가는 동안에, 혹은 포기하기 직전일 때 일어났다. 조금 실망스럽긴 했지만 목적을 달성한 방법은 크게 중요하지 않았다.

모든 일이 착착 진행되면 벤저민과 올리비아의 기분도 좋아질 터였다. 시기도 아주 좋았다. 매이휴 맥클라인은 2/4분기 직원 평가가 있기 직전에 보고서를 제출할 수 있었다. 제이나는 앞으로 열흘간 할 일을 머릿속에 그려보았다.

월요일: 데이터베이스 검색 기간을 연장해 달라고 요청할 것.

화요일: 연장된 기간을 이용해 연구를 끝낼것.

수요일: 이사진이 열람하고 의견을 낼 수 있도록 연구 결과로 에너지 보고서 초안을 작성해 벤저민에게 제출할 것.

목요일: 의견을 취합할 것.

금요일: 에너지 최종 보고서를 벤저민과 올리비아에게 제출하고 승인을 받을 것.

다음 주 월요일: 보고서 인쇄.

다음 주 화요일: 보도 자료 확인.

다음 주 수요일: 에너지 투자 전략 등의 제목으로 보고서 배포.

현재 가용한 자료를 바탕으로 보건대, 해당 주제에 관해 매이휴 맥클라인이 다음 주에 내놓을 발표의 결과로, 제이나는 교통기관 내장형 수소변환시스템의 판매가 (보수적으로 잡아도) 10에서 15퍼센트 상승할 것으로 예상했다. 그렇게 복잡한 시스템을 제조한 회사의 주가는 거의 수직으로 상승할 터였다. '어디에 있는 누구인지 몰라도 돈을 엄청나게 벌겠지.' 제이나가 생각했다.

안락의자에서 일어나던 제이나는 몸이 무겁다는 느낌을 받았다. 등도 아팠다. 작업 속도를 꾸준히 유지하고, 수면도 충분히 취하고, 방심하지 말아야 한다는 점은 알고 있었다. 하지만 너무 여유를 부릴 수는 없었다. 그녀는 창문 옆에 서서 그랜비 거리 쪽을 내다보았다. 그녀의 방은 동향이었기 때문에 아침 햇빛이 이미 비껴가고 있었다. 그녀는 몇 미터 떨어진 곳에 내리쬐는 태양광을 보면서, 실내에 있다는 사실 때문에 갑

계산된 삶

갑함을 느꼈다. 그녀는 앞으로 할 일을 평가하고 성실하게 연구 우선순위를 조정했다.

1. 우선 에너지 연구를 정리해야 함.

2. 핵심 키워드를 언급하는 부서 간 통신을 전부 모니터링할 것. 키워드는 제이나, 시뮬런트, 데이브, 데이비드, 머독, 컨스트럭터를 포함한 10여 가지.

3. 매이휴 맥클라인과 컨스트럭터 간 통신이 발생할 경우 알려주는 시스템을 즉시 만들어 둘 것.

4. 주택 폭동 상황을 조사할 것. 그러면 누군가 그녀가 소규모 거주지에 간 사실을 발견해도 연구 관련이었다고 그럴듯한 변명을 할 수 있을 것이다.

5. 우선순위 낮음: 5세 미만 아동의 정신 건강 지표를 조사할 것(제이나는 데이브의 말이 맞기를 바랐지만 의심을 지울 수가 없었다).

6. 우선순위 낮음: 마지막으로 경매장 매물을 계속 모니터링할 것.

제이나는 긴장을 풀기 위한 시간이 꼭 있어야 한다고 생각했다.

◆

식당에 모인 C6와 C7 거주자들의 목소리는 뭉쳐서 떠드는 친구들의 소란스러움보다는 회의출석자의 웅성거림과 더 비슷했다. 제이나는 프랭크와 프레다들이 전부 한데 모여 있다는 사실이 고마웠다. 그녀는 그들과 대화한다는 생각조차 할 수 없었다. 대화 자체가 불가능하기 때문이었다.

"제이나, 안녕." 등 뒤에서 억양이 없는 독특한 목소리가 들렸다. "어제 보고 싶었는데."

제이나가 몸을 돌렸다. "안녕, 베로니카… 선진도 안녕." 그녀가 미소를 지었다.

"어제 어디 있었어?" 선진이 물었다.

"계속 일했어. 쌓인 게 많아서."

"그거 안됐네. 어쩌 좀… 복잡한 일인가 봐?" 베로니카가 인상을 찡그리며 말했다.

"그런 건 아니야. 딱 하나만 빼면 그냥 평범한 일인데… 최근에 식단이 바뀐 적 있어?"

"응. 식당에 제일 먼저 온 사람들 것만." 베로니카가 말했다. 그녀의 친구는 당황한 것 같았다.

"제이나, 오늘의 교정거리를 찾는 거야?" 선진은 지난번 백개먼 모임에서 제이나를 완파했다. 당연한 결과였다. 그는 동 세대 가운데 가장 먼저 태어났고, 제이나가 만나본 시뮬런트 중에서 가장 날카로운 사람이었다. 제이나는 그가 군중 속에 섞여 있어도 금세 찾아낼 수 있었다.

"선진, 널 무시하려던 거 아니야. 요새 어떻게 지내? 최근에 무시무시한 범죄라도 해결했어?"

"했지. 살인 사건 두 건을 거의 해결한 상태야. 유력한 용의자들이 죽어서 문제지만." 그는 메트로폴리탄 경찰서에서 미제 사건 조사를 맡고 있었다. 그는 경찰 살해 사건을 필두로 유소년 살인을 다뤘고 최근에는 동기가 불분명해 보이는 무작위 살인 사건과 함께 인종차별과 성범죄를 폭로하고 있었다. 제이나는 그의 초기 능력이 날카로운 분석 기술로 강화된 엄청난 자료 처리 능력, 사회 및 심리 분야에 관한 전문 지식, 실태적 인구 통계, 미시 경제 등을 전부 망라한다고 추측했다.

"지난주에는 연쇄 인종차별범을 붙잡았어. 97살이었는데 과학적인 증거에 기반해서 체포했지. 하지만 재판을 견딜 수 없을 만큼 노쇠해서 법정에 세우지는 못했어."

"그래서 실망했어?" 제이나가 물었다.

"실망한 경찰은 아무도 없어. 사실 그 사람을 체포했다는 사실을 다 같이 축하하고 있지. 그렇게 오래된 사건을 흔들림

없이 붙들고 있다니. 난 이해가 안 돼."

"이제 앞으로 나아가서 휴게소 벽에 노란색 페인트를 뿌리는 사람을 잡아야지." 베로니카가 말했다. 제이나와 선진이 동의하는 마음으로 고개를 끄덕였다. "내 생각엔 경찰이 새 능력을 선보이고 싶을 거야. 그 사람들은…"

"오래된 문제를 청산하길 원하지. 실제로 그런 식으로 표현해." 선진이 끼어들었다. "보통 필요한 정보는 다 있는데 길을 못 찾아. 교차 검증과 대조를 잘 못 하거든. 하나같이 애처로울 뿐이야." 베로니카와 선진이 이미 알고 있지 않느냐는 눈빛을 주고받았다. 선진은 제이나를 쳐다보았다. "아직도 경찰 자료에 접근할 권한이 있어?"

"일단 지금은 그래."

"흥미로운 점 못 찾았어? 난 옛날 사건에 꽉 묶인 몸이라 요즘 길거리가 어떻게 돌아가는지 모르거든."

"어떤 거리?"

"내 말은, 지금 무슨 일이 일어나느냐고."

제이나는 경찰식 속어를 전혀 알아듣지 못했다. "음, 한두 가지 찾았어. 하지만 나는 모형을 설계하는 쪽이라서 근본적인 원인보다는 상관관계를 찾거든." 그녀가 미소를 지었다. "그리고 누군가를 잡아들이는 건 내 영역과 전혀 다르잖아. 난

계산된 삶

그저 학술적으로 접근하니까."

"그래도 경찰이 보지 못하는 흐름은 발견할 수 있잖아."

"우리 일에서 제일 흥미로운 게 그 부분이지." 베로니카가 말했다. "새로운 시야를 열어줄 수 있으니까."

제이나는 베로니카를 무시했다. "잠재적인 문제를 하나 발견하긴 했는데 경찰도 그건 알고 있을 거야. 어쨌든 관련된 문제를 하나라도 발견하면 매이휴 맥클라인이 통지할 테니까…"

"계속 얘기해 봐." 선진이 말했다.

"흠, 유기체가 바이오닉을 대상으로 저지른 증오 범죄 다섯 건을 찾았어. 전적으로 우연히 발견했지. 그걸로 뭘 할 수 있는지는 모르겠어. 가짜 정보일 수도 있으니까."

"내가 아는 바에 따르면 증오 범죄는 전통적으로 종교하고…" 선진은 손가락으로 수를 세었다. "인종하고 축구와 관련이 있어. 하지만 축구의 경우 매주 근무를 끝내고 그동안 쌓인 폭력 성향을 분출하기 위한 핑계에 불과하지. 인종과 종교가 중요해. 그런데 유기체가 바이오닉을 폭행하는 건 전혀 다른 문제야. 각 소득 계층 사이에 일어나는 범죄행위에서 증오가 동기인 경우는 거의 없어. 절도 아니면 약탈이 목적이지. 물론 일반적으로 그렇다는 얘기야."

◆

    백개먼 두 경기가 끝나고 C7 소속인 제이나와 친구들은 C6에서 온 선진 일행과 함께 차 및 커피가 담긴 주전자 근처에 모여들었다.

    "계속할 사람?" 베로니카가 물었다. 검지손가락을 든 사람의 숫자로 볼 때 C7 구역은 잘 버티고 있었다. 선진이 앞으로 걸어 나가서 규격화된 컵과 접시를 집고는 주전자 입구에 달린 레버를 눌렀다. 커피 향이 나는 따뜻한 물이 쏟아져 나와 소용돌이치더니 컵 가장자리에서 찰랑거렸다. 선진은 음료를 갖고 어두컴컴한 곳에 자리를 잡았다.

    "원래 생수가 나왔잖아?" 그가 짜증을 내며 말했다.

    "식단이 또 바뀌었나 봐." 해리가 말했다.

    "선진, 혹시 식단이 왜 바뀌는지 알아? 리콜 건들과 관계가 있는 거야?" 줄리가 말했다. "계속 그 문제가 신경 쓰이거든."

    "리콜 건들이라니? 하나가 아니었어?"

    "그래. 두 건이라고 들었어. 네가 아는 건 어느 쪽이야?"

    선진이 머뭇거렸다. "우리 세대 시뮬런트 건은 알아. 허가 없이 시 경계를 넘어서 당일 여행을 갔어." 컵과 접시를 붙든 제이나의 손에 힘이 들어갔다. "네가 아는 게 그쪽이야?"

    계산된 삶

줄리가 대답했다. "아니. 리버풀 세무서에 있는 시뮬런트 얘기만 들었어. 개인 식당에서 커리를 먹었대. 그리고 재무법 무협회에 있는 다른 시뮬런트가 아침 미팅에 지각했대. 내가 아는 건 그게 전부…"

"그게 식단과 무슨 관계지?" 선진이 말허리를 잘랐다.

줄리는 움츠러든 것 같았다. "음… 커리 문제는 우연의 일 치지. 커리는 향료가 엄청나게 들어간 음식이거든. 무슨 얘기 인지 알겠지?"

"그럴 수도 있겠지." 선진은 냉정을 되찾는 것 같았다. "진 실이 어느 쪽이든 한 가지는 분명히 말할 수 있어. 컨스트럭터 가 하는 일에는 다 이유가 있어. 아마 시뮬런트 한 명이 상황 을 분석해서 컨스트럭터에게 알려줄 거야. 우리와 같다면 믿 어도 되겠지." 그가 예의를 갖추며 웃자 다른 사람들도 따라 했다. 제이나는 그 화제에서 벗어나려고 최대한 활짝 웃으면 서 고개를 숙여 발끝을 내려다보았다.

"제이나가 그러는데 컨스트럭터는 브랜드에 조금이라도 해가 될 일은 다 막을 거래." 줄리가 말했다.

"분명히 그럴 거야." 선진이 멀리서 제이나를 바라보며 말 했다. "기업 세계는 너희가 전문적으로 다루는 분야잖아."

선진을 마주 보아야 했으나 제이나는 그러지 못하고 흘끗

처다본 다음 일행 모두를 돌아보았다. "선진은 나만큼이나 모르는 분야가 없는 것 같아."

◆

준결승 진출자를 뽑는 세 번째 경기에서 선진과 제이나가 함께 주사위를 던졌다. 선진은 잘해나가고 있었다. 하지만 여느 때라면 경기판에서 주의를 돌리지 않았던 선진이 이번에는 자주 눈을 들어 다른 곳을 바라보았다. 제이나 또한 기계적으로 게임을 하면서 옷을 벗은 선진의 모습을 상상했다. '선진도 가능할까? 과연 반응을 해 올까?'

"제이나, 리콜됐다는 시뮬런트가 같은 자리로 복직할 거라고 생각해?"

제이나는 주사위를 흔들고 말을 움직였다. "진짜로 위반한 사항에 따라 다르겠지. 우리는 사실 전체를 모르잖아."

"컨스트럭터 측 실수 때문에 시뮬런트에 결함이 있다면 복귀시켜서 하던 일을 계속하게 해줘야지."

"그동안 쌓은 경험이 아깝잖아."

"바로 그거야."

"선진, 내가 보기에는 임차인 쪽이 압력을 넣는 것 같아. 예를 들어서 내가 매이휴 맥클라인에서 대단한 실적을 낸다고 쳐봐. 그러면 회사에서는 나한테서 사소한 결함이 보이더라도 그것 때문에 경쟁 우위를 놓칠 모험을 하진 않겠지. 결과적으로 회사는 유기체와 바이오닉의 사소한 파괴적 행동과 씨름할 테고."

"타협의 여지가 있다고 생각하는구나."

"그럴 가능성이 아주 높지."

"문제의 시뮬런트도 그 지점에 관해서 뭔가 할 말이 있을 텐데."

"없을 거야. 잘 생각해 봐."

선진이 주사위를 흔들었다. "네 말이 맞아. 위반을 저질렀다는 바로 그 사실 때문에 증거가 힘을 잃겠지."

"그래. 흥미로운 문제지. 그리고… 네가 이긴 것 같은데."

그는 승자의 예의를 갖췄다. "좋은 게임이었어."

두 사람은 다음 경기자에게 자리를 내주려고 일어섰다. 그때 선진이 말했다. "리콜 건이 더 발생하거든 알려줘. 굳이 공식적인 매이휴 맥클라인 채널을 사용할 필요는 없고. 레퍼토리 돔에서 그냥 얘기해 줘. 경찰서에서 그 문제에 관심을 둔다고 누군가 오해하는 건 싫거든."

"알았어. 좋을 대로 해."

◆

참가자들은 저녁 식사를 끝내고 대전 결과를 자세히 살펴보았다. C6 측은 핸디캡이 필요하다고 제안했지만 C7 거주자들은 공손하게 거절했다.

"중요한 사실은 C7 쪽이 태생적인 불공평을 인정한다는 거야." 루카스가 말했다. "우리보다 최소 6개월 이상 오래됐잖아."

"하지만 차이가 점점 줄어들잖아." 해리가 말했다.

"물론 주사위가 아주 큰 영향을 미치니까." 루카스가 말했다. "그래서 우리가 보기에는 심각한 문제가 아니야. 이게 체스라면 얘기가 완전히 다르지만. 체스는 기지를 겨루는 진짜 전투가 승패를 완전히 좌우하지."

"설사 체스를 둔대도 우리가 애써 뭔가 증명할 필요는 없어. 그때 떨어야 하는 쪽은 바이오닉이니까. 그리고 우리 쪽에서 누가 나가도 저쪽이 이길 가능성은 없어."

"한 달 동안은 그렇지." 루카스가 말했다.

"훨씬 더 오래 해도 안 돼." 줄리가 덧붙였다.

제이나는 순서상 두 번째로 식사를 하는 거주자가 입구로 모여들 때가 되자 친구들보다 먼저 식당에서 빠져나왔다. 루

계산된 삶

카스는 백개먼 게임 결과 때문에 너무 흥분한 상태였고 제이나는 그의 수다를 참을 수가 없었다. 그녀는 다수의 프랭크와 프레다를 지나서 휴게소 옥상에 도달했다. '출입금지' 팻말이 있었지만 그녀는 옥상으로 통하는 계단을 계속 올라갔다. 그리고 오른쪽 신발을 벗은 다음, 비상구 문을 밀어서 열고는 신발을 문과 문틀 사이에 끼워두었다.

슬레이트가 덮인 건물 지붕은 건물의 면적보다 작았다. 제이나는 짧은 걸음으로 조심스럽게 통로를 지나 건물 우측 끝에 있는 넓은 공간으로 나아갔다. 그녀는 생각보다 바람이 강해 깜짝 놀랐다. 그녀는 다리를 꼬고 앉아서 눈을 감고, 머리카락이 바람에 날리도록 내버려 두었다. 머리카락이 얼굴을 훑고 때렸지만 신경 쓰지 않았다. 아래쪽에서는 도시의 소음이 웅웅대고 울려 퍼졌다.

늦은 오후가 물러나고 이른 저녁이 몰려왔다. 아래쪽에서 남성의 목소리가 들렸다. 제이나는 무릎을 꿇고 난간 너머를 엿보았다. 휴게소 맞은편에 있는 하치장으로 화물차 한 대가 후진해서 들어가고 있었다. 남성 한 사람이 차의 옆면을 때리면서 고함을 쳤고 운전사는 기둥이 있는 입구에 이상할 정도로 바짝 붙어서 차를 몰았다. 입구에 있는 철제 경첩이 소리를 내면서 자동차 측면을 긁었다.

도시 저 멀리에서 낮게 자리한 봄철의 태양이 중심가에 있는 고층 건물 구역 하나를 밝은 주황색으로 물들였다. '저 구역이 태양광과 완벽한 각도를 이루고 있나 봐. 저렇게 폭발하는 색깔을 다른 사람들도 보고 있겠지. 데이브는 벌집을 확인할 테고. 데이브도 거주지 옥상에서 석양을 보고 있을까?' 그를 향한 제이나의 감정은 더 따뜻해지고 있었다. 하지만 그렇다고는 해도…

제이나는 빛나는 고층 건물 구역에서 주황색 안개가 흘러나온다고 상상했다. 안개는 천천히 새어 나와서 대도시의 거리를 채워나갔다. 그녀는 데이브를 흉내 내기로 결심하고는 자신이 하늘 높이 날고 있다고 생각했다. 그러자 대도시가 저 아래에 있고, 울퉁불퉁하고 작은 땅덩어리가 알아보기 힘들 정도로 작은 규모로, 거주지들과 농지를 뒤덮은 채 이동하는 공기덩어리를 잡아당기는 모습이 보였다. 그 공기덩어리는 다른 땅덩어리와 다른 대륙을 쓸어내리고 있었다.

주황색 반사광 때문에 눈이 아파서 제이나는 아래를 내려다보았다. 난간벽 밑쪽에 유지 보수 작업을 하면서 생긴 작은 부스러기가 있었다. 응고된 타르 덩어리들이었다. '이건 몇 년 동안 이 자리에 있었을까?' 그녀는 부스러기 더미에서 조각들을 골라낸 다음 길 건너 건물의 옥상을 향해 하나씩 집어던졌

계산된 삶

다. 그중에는 목적지에 도달하지 못한 것들도 있었다.

저녁이 밤 속으로 미끄러져 들어갔다. 이제 아무도 자신을 볼 수 없다는 생각에 제이나가 일어섰다. 그녀는 셔틀 노선 반대편에 있는 아파트 구역을 바라보았다. 아파트 건물의 거의 모든 집이 불을 켜고 있었고, 블라인드 몇 개가 열려 있었다. 화면에서 깜빡거리는 불빛도 보였다. 사람들이 이리저리 돌아다녔고 그중에는 요리하는 사람도 있었다. 제이나는 아파트에 사는 여성이 단단한 벽을 사이에 두고 옆집 남자와 얘기하는 광경을 상상해 보았다. 그곳에 사는 사람들 다수가 외로워 보였다.

◆

제이나는 침대로 돌아가서 잠옷을 단단히 여미고 결론을 내렸다. 그녀는 상상 속에서 자신의 기억을 향해 납작한 조약돌을 스치듯이, 무작위나 다름없이 던졌다. 그녀는 10주 차의 토요일 오후를 정확히 노렸다. 레퍼토리 돔으로 가는 길에 대벌레를 샀던 날이었다. 그녀는 이번 여행이 바로 그때 시작됐다고 혼잣말을 했다. '가게 창문으로 본 화면에 무당벌레가 있었지. 너무 완벽했어. 가게 안으로 들어가 봤더니 무당벌레가

아니었잖아. 하지만 옆 수조에 있는 대벌레를 보고는 견딜 수

가 없었지. 존재감이 거의 없었으니까. 살 수밖에 없었어.'

9장

C7 구역의 아침 시간은 여느 가정과 마찬가지로 일과를 준비함에 있어 본질적이고 사소한 일련의 행위에 드는 시간을 최대한 줄이도록 최적화되어 있었다. 그렇지만 제이나는 자신의 아침 의식에 정당하지 않은 행동을 하나 끼워 넣었다. 그녀는 말 잘 듣는 직모를 일부러 빗었다. 그러면 체취방지제가 마르는 데에 필요한 시간을 벌 수 있었다. 그다음에는 블라우스를 입었다. 축축한 겨드랑이와 옷감의 접촉면이 최대한 줄어들자 훨씬 더 만족스러웠다. 정리해 보면 그녀가 거친 전 과정은 다음과 같은 요소로 구성되었다. 옷을 벗고, 상체에 수건을 두르고, 작은 세면대에서 세수를 하고, 물을 닦고, 탈취제를 바르고, 이를 닦고, 속옷을 입고, 바지나 치마를 입고, 머리를 빗고, 마지막은 블라우스였다.

그 과정을 천천히 수행하는 동안 제이나의 머릿속은 한 가지 생각으로 가득 찼다. 어떻게 하면 남의 주의를 끌지 않고 이전보다 더 많이 행동에 변화를 줄 수 있을까. 그녀는 신발 끈을 묶으면서 자신의 인격 자체에도 변화를 줄 수 있는지 고민했다. 그녀는 직장이나 휴게소 사람들이 눈치챌 수 있는 요소, 이를테면 머리를 자르거나 손톱을 물들이거나 복장을 직접 꾸미는 일은 모조리 배제했다. 피부에 도드라진 흔적을 남기는 것 역시 마지못해 제외했다. 샤워장에서 다른 사람에게 들킬 수 있었기 때문이다. 따라서 직접 문신을 하거나 보디페인팅을 할 수도 없었다. 두피 장식은 가능할 것 같았다.

제이나는 대벌레를 돌보면서 결론에 도달했다. 몸에 흔적이 남는 행동은 무엇이 됐든 너무 무모했다. 그 대신 주머니에 무언가를 몰래 갖고 다니거나 표준 복장 속에 무언가를 받쳐 입는 등 자신의 진짜 모습을 가리키는 물건을 몸에 지니는 쪽이 안전했다. 들통난다 해도 그 편이 변명하기 편했다.

제이나는 침대 옆에 무릎을 꿇고 그물을 쳐 놓은 대벌레 우리의 벽을 통해 물을 뿌려주었다. 그런 다음 몸을 돌려서 옷장 맨 위쪽을 쳐다보았다. 좋은 생각이 떠올랐다. 그녀는 옷장 위에 있던 안내서와 작은 상자를 꺼냈다. 그리고 종이로 만들어 놓았던 대벌레용 수의에 찍힌 글자를 조사하고는, 펜으로 세 개의 m, 두 개의 e, 두 개의 o, 하나의 n, 하나의 t, 하나의 r, 하나의 i에 동그라미를 쳤다. 그녀는 옷장에서 재킷을 꺼낸 다음 종이 수의를 주머니 안에 밀어 넣고는 중얼거렸다. "*Memento mori(내가 언젠가 죽는다는 사실을 기억하자).*"

식당 직원이 제이나에게 윙크를 보냈다. 하지만 아침 식사는 일반적이고 형식적인 주중 식단 그대로 오트밀과 토스트와 차였다. 제이나는 급하게 음식을 먹으면서 수소 연구의 특정 백업 데이터를 원하는 신청자의 목록을 작성했다. 그녀는 친구들을 바라보았다. 대화를 나누는 사람은 아무도 없었다. 그들은 의심의 여지 없이 사적인 의무를 허가권자에 대한 의무보다 우선시하고 있었다. 직장에 도착할 때까지는 다들 놀랄 만한 속도로 입을 우물거릴 것이 분명했다. 그 속도는 고용주의 통제를 넘어서고 있었다. 주목할 만한 현상이었다. 그들의 상사가 그런 처리 능력을 제대로 인지한다면 의심을 품을 수도 있었다. 그런 여력을 어떻게 배분하는지 묻는 사람이 없다는 건 이상한 일이었다. 누군가 관심을 가져야 했다.

제이나는 아침 식사가 끝나자마자 달려가서 식판을 반납했고, 저도 모르게 트림을 하고는 깜짝 놀랐다.

힘든 하루가 예상됐기 때문에 제이나는 평상시처럼 지름길을 이용해서 이동했다. 그녀는 그랜비 거리에 들어서려고 방향을 바꾸다가 보도를 따라 바람에 날리는 깃털을 발견했다. 비둘기의 하복부에 있던 흰 깃털인 것 같았다. 깃털은 지역적이고 변덕스러운 공기 이동에 따라 이리저리 날아다녔다. 그 공기 이동은 출근 시간의 거리를 이동하는 사람과 차량이 야기한, 지역적인 소용돌이 기류가 다중으로 중첩된 결과물과 지배적으로 강력한 바람이 융합해서 발생했다. 다소 으스스한 우연의 일치 덕분에 깃털이 더 격렬하게 증가하는 에너지를 획득했고 제이나는 손을 뻗어서 가슴께로 떠오른 깃털을 붙잡았다. 제이나는 한편으로 유쾌하면서도 바보가 된 기분이었다. 그녀는 미소를 짓고 깃털을 윗주머니에, 종이로 만든 관과 함께 넣어두었다.

제이나는 수집품이라고 생각했다. '그런데 무슨 수집품이라고 불러야 할까. 내 삶과 모호한 방식으로 잠깐 접촉하고 금세 사라지는 무작위적인 것들의 수집품이라고 하면 되겠지.' 그녀는 어깨를 맞대고 활기찬 대화에 푹 빠져서 걸어오는 남자들을 옆으로 움직여서 피했다. '수집품은 동물, 새, 곤충처럼 살아 있는 것들로 한정해야 할까? 모은 물건이 둘뿐이라 결정을 못 하겠어. 정말로 완전히 수집광이 되고 싶다면 모을 만한 것은 뻔하지만.' 그녀는 한 번 더 행인을 피했다. '커피 만드는 도구를 모아야겠어. 그리고 이상한 컵과 접시를 모을 거야. 그건 꼭… 아니야. 아직 데이브를 생각하고 싶진 않아. 도구는 전부 흰색으로 할 거야. 황백색도 괜찮고. 이가 빠지고 금이

계산된 삶

간 걸로 해야지. 그것만으로도 매력적일 거야. 모양이나 곡률에 사소한 차이만 주면… 서로 다른 정물화처럼 꾸밀 수도 있겠어. 하지만 직감과 우연에 의존한다는 점이 중요해. 지금까지는 잘해오고 있고.'

출근하는 사람이라면 가끔 겪는 어색한 상황이 재연되기 시작했다. 제이나는 구두 뒷굽이 지면을 때리는 딸깍 소리를 들었다. 낯선 사람끼리 나란히 걸으면 너무 친한 사이처럼 보일 테니 변화가 필요했다. '내가 걸음을 늦추고 저 사람이 계속 같은 속도로 걸으면 될까? 아니면 나보다 빨리 걷도록 만들어서 지나칠까?' 접근하는 속도가 빠른 것으로 보아 상대는 앞서갈 생각인 것 같았다. 몇 걸음 더 걷자 상대가 제이나의 옆으로 접근하기 시작했다. 그녀가 자신의 확신이 틀렸다고 깨닫는 순간 누군가가 양팔을 움켜쥐었다. 다음 순간 제이나는 골목 끝에 있었고, 검고 반짝거리는 자동차 뒤쪽의 어두운 구석으로 밀려 들어갔다. 정체를 알 수 없는 인물이 말했다. "나랑 얘기 좀 해." 제이나는 목소리의 주인이 누군지 알아챘다. 그 사람은 강제로 제이나의 몸을 돌리고, 밀고, 벽에 밀어붙였다. 제이나가 헐떡거리며 말했다. "잉그리드, 이게 무슨…"

"넌 몰랐지? 안 그래? 멍청한 년."

"하지 마, 잉그리드. 아프잖아."

"말은 내가 할 거야. 넌 닥쳐! 난 너무나… 수치스러웠어."
잉그리드의 얼굴은 무서웠다. 그녀는 제이나를 흔들려 했으나
몸집이 작아 힘이 부족했다. "집에 가서 가족한테 얘기해야 했
다고. 내가 빌어먹을… 복제인간 때문에 쫓겨났다고."

제이나가 입을 쩍 벌렸다. "난 복제인간이 아니야. 그 일도
나 때문이 아니고." 제이나는 잉그리드의 머리에서 코코넛 오
일 냄새를 맡았다.

잉그리드는 그녀의 팔꿈치를 벽돌 모서리에 대고 짓눌렀
다. "그래? 그럼 어떻게 된 거야, 제이나? 어디 한번 말해봐."

제이나는 차마 잉그리드를 똑바로 쳐다볼 수 없어서 옆에
있는 벽에 대고 말했다. "벤저민이 계약을 제안했어. 난 일자
리를 찾고 있었고. 네가 해고된다는 건 몰랐어."

"흠, 정확히 그런 일이 벌어졌지."

"잉그리드, 일자리보다 사람이 더 많잖아."

잉그리드는 두 손으로 제이나의 머리카락을 움켜쥐고 그
녀의 몸을 벽 쪽으로 밀어붙였다. "넌 뭐든지 전부 헤집어 놓
잖아. 내가 실적이 나쁜 건 한 분기뿐이었어. 그게 다야. 딱 한
분기였다고."

"미안해. 하지만 네가 벤저민에게 그렇게 화를 내지 않았
으면 일자리를 되찾았을 거야. 톰 블렌킨소프가…"

계산된 삶

"톰 블렌킨소프 건은 나도 알아. 그 거지 같은 놈!" 잉그리드는 손바닥으로 자신의 관자놀이를 눌렀다. "그놈은 항상 남의 아이디어를… 내 아이디어를 훔쳐 가서 제 실적으로 내놨어." 그녀는 물러서려고 몸을 돌리다가 팔을 휘둘러서 작은 주먹으로 제이나의 배를 때렸다. 야비한 일격이었다. 제이나는 고통으로 몸을 구부렸다. "젠장할! 내가 이러는 것도 너 때문이야." 잉그리드는 그렇게 말하고 골목에서 사라졌다.

◆

이른 아침 시간이 지나고 헤스터가 제이나에게 걸어와 말을 하려고 입을 열다가 머뭇거렸다. "얼굴이 창백한데." 하지만 곧이어 말했다. "큰일을 앞두고 있다고 들었어. 엘로이즈가 그러는데 오늘 오전에 벤저민을 만난다면서. 음, 에너지 관련 정보에 있어서는 윗사람들이 항상 우리한테 후한 점수를 주니까."

제이나는 헤스터가 했던 첫 번째 말을 무시했다. "그러기 위해서 이것저것 연구 좀 했지."

"합법적인 거야, 아니야?" 제이나는 억지로 미소를 지었지만 대답은 하지 않았다. "그 보고서가 충실하다면 상관없는 일이지만. 그래도 기밀 보고서로 만들어야겠어. 받을 사람 수는 줄이고 요금은 더 올려야지. 나한테도 진척 상황을 알려줘."

잉그리드의 주먹에 맞은 통증은 슬픔과 심한 욱신거림으로 바뀌었다. 제이나는 10분이 지나고 나서야 골목에서 제정신을 차렸다. 그녀는 매이휴 맥클라인으로 향하려다가 주차된 차의 반짝거리는 바퀴에 토사물을 남겼다. 그리고 간신히 다른 통근자들을 따라잡았다. 그녀는 동굴 같은 그레이스 호퍼 빌딩의 로비로 136번째 출근했고, 경비원의 인사를 받지 않았고, 엘리베이터에 타면서 엘로이즈를 무시했다. 그녀는 옷매무새를 만지는 것처럼 오른손을 사용해 왼쪽 어깨부터 천천히 훑어 내리다가 윗주머니에 들어 있는 종이 수의의 이물감을 느꼈다. 그 순간 그녀는 조금 전에 있었던 사건을 보고하지 않기로 결심했다. 그 사건이란 다름 아닌 노상 폭행이었다. 그 사실이 알려지면 난리가 날 테고, 사람들이 그녀를 자세히 조사할 것이 분명했다. 그녀는 한편으로 새로운 차원에서 위험을 감수하기로 마음을 먹었다.

실험: (데이브의 표현을 빌려서) 전부 까발려 버리기.

계산된 삶

◆

헤스터는 사무실에서 아침 내내 바쁘게 지냈다. 비정상적으로 보일 정도였다. 제이나는 그녀의 움직임을 추적했다. 이유는 분명했다. 헤스터는 에너지 보고서 때문에 흥분했고, 벌써부터 보너스를 쓸 궁리를 하고 있었다. 보고서가 공개되기 전에 소액을 투자할 생각까지 하는 듯했다. '돈만 있으면 나도 할 텐데. 난 헤스터가 꿈도 못 꿀 직업도 가질 능력이 있거든.' 제이나가 생각했다.

그녀는 속마음을 감추려는 것처럼 작업 공간을 떠나서 미끄러지듯 샤워실로 들어갔다. 그녀는 맨 끝 칸의 문을 잠근 다음 외벽에 나란히 붙어 있는 격자형 타일을 보면서 스프레드시트를 떠올렸다. 다니야마라면 승인하지 않을 거라는 점은 알고 있지만… 그녀는 눈높이보다 높은 곳에 줄지어 붙어 있는 타일을 두드렸다. 벤저민에게 제출해야 하는 보고서 초안을 목요일 근무 시간이 끝날 때까지 미룬다면… 나흘을 벌 수 있었다. 그녀는 왼쪽 검지손가락으로 좌측 먼 곳에 있는 타일들을 세로로 훑으며 두드렸다. 무엇보다도 훔치거나 만들어내서라도 여러 개의 가명을 확보해야 했다. 그녀는 가명 문제를 숙제거리로 남겨두었다. 그리고 은행 계좌도 만들어야 했다. 그녀는 그다음 줄에 있는 타일을 손가락으로 쓸었다. 그녀는 적당한 규모의 기업 예치금을 쏟아부을 생각이었다. 그리고 다음 타일을 두들기면서 생각했다. 시뮬런트 직원이 있는 회사는 무조건 피해야 했다. 그런 다음에는 철저하게 가명을 내세워 연달아 주식을 매수할 계획이었다. 그 생각 역시 타일을 두드리며 떠올랐다. '벤저민이 보고서 초안을 보기 전에 투자를 끝낼 거야. 최종 〈에너지 투자 전략〉 보고서가 바깥세상에 드러나기 전에 마쳐야 하는 건 물론이고.'

제이나는 조금 더 고심했다. 참고 사항을 조금 더 조사할 필요가 있었다. 은행 보안 검토서와 신용 사기 사례를 찾아봐야 했고, 내부자 거래에 관한 언론 보도와 함께 메트로폴리탄 경찰서에 있는 사건 사례도 뒤져봐야 했다. 그렇게 대단한 일은 아니었다.

그녀는 화장실 칸의 문을 열고, 주저하다가 다시 잠갔다. 그리고 남은 화장지를 전부 풀어서 변기 배수구에 최대한 깊이 밀었다. 그녀는 물을 내린 다음 잽싸게 달려 나왔다.

◆

제이나가 수소 과제에 관해 얻어낸 결과를 보고하자 벤저

계산된 삶

민은 예상대로 기업인 특유의 쾌감에 격렬하게 몸을 떨었다. 제이나는 데이터베이스 조회 권한을 연장시켜 달라고 요청했고 벤저민은 보고서 초안을 빨리 제출하라고 압박했다. "최대한 빨리 끝내요. 2/4분기 평가가 얼마 안 남았으니까요. 이 보고서는 우리 부서에 아주 좋을 거예요."

"특히 이사님께 좋겠죠." 벤저민이 그녀를 쏘아보았다. 그는 그 말을 있는 그대로 받아들였다. 그녀의 말은 무언가를 암시하지도 않고, 밑바탕에 냉소가 깔려 있지도 않고, 사내 정치를 위한 포석도 없었다. 따라서 벤저민은 가장 적절한 대답을 했다. "우리 모두에게 좋을 거예요." 그가 말했다.

"초안은 목요일에 완성될 거예요."

"목요일요? 더 빠르게는 안 되나요?"

"그러니까… 근본적으로 중요한 출처를 몇 군데 더 찾아서 대체해야 해요. 회사와 가까운 미디어 쪽 사람에게 요청해서 적합한 전문가에게 제대로 문의해 달라고 요청해야 하고요. 그래야 답변을 인용할 수 있으니까요. 그것까지 가능할지는 모르겠지만요."

제이나가 나가려고 일어서자 벤저민이 손가락으로 그녀의 얼굴을 가리키며 동그라미를 그렸다. "괜찮아요? 얼굴이 조금 창백한데요."

◆

그날 저녁, 사람들은 식당에서 여전히 일요일 사교 모임에 대해 떠들고 있었다. 그들은 백개먼 게임 결과의 통계 수치를 낱낱이 조사하고, 개인의 노력과 더불어 승패에 가장 크게 영향을 미친 첫 수를 살펴보았다. 매 수를 복기할 수 있었기 때문에 주사위의 무작위성도 조사 대상이 되었다. 그들은 각 시뮬런트의 전문직종과 연령을 게임 결과와 맞춰보았다. 또한 모든 요소를 철저하게 검토하고 다시 분석했다. 각 요소의 가중치도 세밀하게 적용했다. 각 토론 참가자의 친구들은 그가 논의에 흠뻑 빠져들 수 있도록 도와주었다. 참가자 덕분에 서로 공유하는 추억으로부터 만족감을 최대로 끌어낼 수 있었기 때문이다. 하지만 제이나는 토론에 참가하지 않았다.

그녀는 대화 도중 선진의 이름이 언급되자 귀를 기울였다.

"선진은 경찰서에서 계속 일할까?" 루카스가 물었다.

"그러면 안 되나?" 해리가 말했다.

"음, 선진이 모든 사건을 다 해결해 버리면 남는 게 없잖아. 게다가 요즘엔 범죄도 별로 없잖아."

"양은 중요하지 않아. 사무직 범죄가 드물긴 하지만 임플란트 이식 때문에 범죄 양상은 더 복잡해졌거든. 그러니까 일

거리가 떨어지진 않아." 해리가 말했다.

"그런데 바이오닉이 왜 감옥에 들어갈 만한 일을 저지르지?" 루카스가 못 믿겠다는 투로 말했다.

"선별 검사의 문제지. 그물을 빠져나간 개체가 있는 거야." 제이나가 말했다. "잉그리드 기억하지? 매이휴 맥클라인에서 잘린 사람." 다른 두 사람이 고개를 끄덕였다. "잉그리드도 그물을 빠져나갔나 봐. 분노 조절에 문제가 있었거든. 벤저민도 그렇게 생각하더라고. 아니면, 적어도 내가 보기에는 그랬어. 너희가 보기에도 이상하지 않아? 어쩌면 부정 활동이 위험 요소로 작용하는 경우에 대한 개선이 필요할 수도 있어. 대단한 도움을 받을 필요도 없지. 소수의 숙련된 유기체 정도라면 아주 즐겁게 협업할 수 있을 거야." 친구들은 하나같이 차가운 반응을 보였다. "그냥 내 생각이 그렇다고." 그녀가 말했다.

"유기체에게 임플란트를 이식하는 것도 우회적인 해답이 될 수 있지. 하지만 현 정치인들이 그런 결론을 내리지는 않을 거야." 해리가 말했다. 사람들이 고개를 끄덕였다.

제이나는 대화가 조금 더 이어지도록 유도했다. "상업적인 관점을 제시해서 유도할 수도 있어. 주주들이 압박하면 고위직에 있는 시뮬런트의 비율을 올리는 데에 힘을 실을 수 있을 거야. CEO가 보기에 아주 매력적일 수도 있고. 그리고 한 가

지가 더 있어. 컨스트럭터 본인들도 아주 영향력 있는 집단이
거든."

"난 그런지 모르겠어, 제이나." 해리가 단호하게 말했다.

"해리, 나도 그 말에 동의해. 앞뒤가 하나도 안 맞잖아."

디저트 시간이 된 탓에 대화는 조금 더 안전한 영역으로 선
회했다. 사람들은 커스터드의 점착성에 대해 논의했다. 커스
터드는 너무 얇아서 잼 스펀지에 붙어 있지 못했다. "진짜로."
줄리가 숟가락으로 커스터드를 떠먹으면서 말했다. "음식 수
준이 점점 떨어져."

저녁 식사가 끝나고 여가 시간이 되자 제이나는 줄리의 방
을 방문하기로 마음먹었다. 지난번 줄리의 침대에 앉았을 당
시 자신의 마음속에는 그 어떤 흔들림도 없었다는 사실이 기
억났다. 당시 제이나는 돌발적인 상황이나 예측하지 못한 사
건 때문에 불안하지 않았다. 그때 두 사람은 리콜에 관해 아무
것도 몰랐다.

줄리는 막 방에서 나오던 참이었다. "오, 제이나! 우리 텔
레파시가 통하나 봐. 막 너한테 가려고 그랬거든."

"이번엔 내가 올 차례잖아."

"그걸 세고 있었어?"

제이나는 친구가 놀리는 말을 듣고 웃었다. 진의를 이해했

기 때문이다. 그리고 잠깐이지만, 둘 다 사소한 일까지 계산하는 버릇이 있다는 사실이 기뻤다. "줄리, 여기 맨체스터에서 사는 게 참 좋지 않아?" 그녀가 물었다. 두 사람은 다리를 꼬고 침대에 앉았다.

"당연하지. 그건 왜 물어?"

"네가 방금 한 농담 때문에 마음이 따뜻해졌거든. 우리 차이라는 게 형제나 자매간 차이랑 비슷하다는 얘기니까."

"다르면서 같다 이거지? 맞는 말이야. 우리가 지금과 다르게 사는 모습을 상상해 봤어? 난 혼자서 아파트에서 산다는 건 상상도 못 하겠어. 현관문을 닫으면 아무도 볼 수 없고 밥도 혼자 먹어야 하잖아."

"동반자가 생기면 혼자는 아니지."

"잘 모르겠는데… 그렇게 배타적으로 살면 지루할 것 같아. 그리고 하다못해 룸메이트라고 해도 딱 한 사람과 같이 살기는 싫어. 난 여기 사는 친구들의 차이점이 전부 좋아. 그런 걸 한 사람한테 전부 요구할 수는 없잖아."

"육체적으로 이끌리면 여러 가지 일들이 고정되는 것 같아."

"그렇기는 하지만 섹스를 하지 않을 때도 함께 시간을 많이 보내잖아. 어쨌든 내 생각은 그래."

"그래도 한 사람을 선택해야 한다면 누굴 고를래? 만약에 그런 일이 생긴다면."

"게임을 시작하는 거야?"

"응, 바보 같은 게임이지."

"어디 보자… 선진이지!" 두 사람은 조용히 웃었다. 줄리가 말했다. "이제 네 차례야. 넌 누굴 고를 거야?"

제이나는 대답하기 어려웠다. 데이브를 언급할 수는 없었다. "나도 선진을 제일 먼저 선택할 거야."

"제이나, 이거 진짜 어이없는 게임이야."

"만약에 그런 일이 벌어진다면, 우리 두 사람이 정말로 선진에게 끌린다면 어떻게 될지 생각해 봐, 줄리. 자연적으로 출생한 사람들의 세계라면 문제가 생길 수도 있어. 같은 남자를 두고 경쟁하니까 서로 미워하겠지. 제대로 생각도 안 해보고 우리 우정을 망가뜨릴 거야. 인생이 얼마나 복잡해질지는 너도 상상이 되겠지. 어쩌면 선진이 싸움을 더 부추길지도 몰라. 그러다가 서로 죽일 수도 있고." 제이나는 말을 멈출 수가 없었다. "네가 원하는 남자와 맺어졌는데 그 사람이 실은… 잔인하고 무정한 사람이었다고 상상해 봐."

줄리는 잠깐 걱정하는 표정을 지었다. "무슨 얘기인지 알겠어. 그런 생각을 하면 뭘 떠올리는지도 알겠고. 바로 그렇게 질투, 불성실, 일방적인 사랑을 다루는 노래 가사가 아주 많잖

아. 사실 행복을 얘기하는 노래도 별로 안 떠올라."

"행복한 가사는 극적인 요소가 없어서 그렇겠지."

줄리의 얼굴이 환해졌다. "다른 게임을 해보자. 직장에서 제일 먼저 쫓아내고 싶은 사람이 누구야?"

"줄리, 그거 너무 심하잖아. 어떻게 그런 생각을 할 수가 있어?"

"그냥 게임이잖아. 네가 한 것 보다는 낫다."

"이쪽이 가능성이 더 있긴 하겠다." 두 사람은 다시 한번 웃었다. "나는… 아니지, 두말할 필요 없이 헤스터야."

"왜?"

"다른 사람한테 시간을 안 주잖아. 음, 가끔은 줄 때도 있지만. 너무 참을성이 없어. 헤스터는 사람들을 겁먹게 만들어."

"이제 내 차례지? 난 피터슨이야. 끝없이 제 가족 얘기를 하거든. 내가 그 얘기에 흥미가 없을 거라고는 생각도 못 해."

"아주 정당한 해고 사유네."

"음, 그것보다 못한 이유로도 내쫓긴 하지만…" 줄리가 말을 멈췄다.

"응?"

"리콜 문제가 떠올랐거든. 그거 공정하지 못하잖아."

"선진도 그 점을 걱정하더라. 나한테 뭐라고 그랬냐 하면…

우리 얘기는 들어보지도 않는다는 사실이 마음에 안 든대. 부당한 대우라고 하더라."

줄리가 일어서서 거울 앞에 서고는 머리를 빗기 시작했다. "만약에 우리가 리콜되고 재배치된다면 이 도시에서 어딘가 다른 곳에 자리를 잡을까?"

"줄리, 아마 지방이나 해외 어디쯤에 배정될 확률이 높아. 내 생각엔 이름도 달라질걸."

"그러면 완전히 새로 시작한다는 거네." 줄리가 돌아서면서 말했다.

"그렇지. 마음에 안 들어?"

"모르겠어. 사유가 분명하다면 받아들기가 더 쉽겠지. 난 리콜 사유에 문제가 있다는 생각을 지울 수가 없어."

"흠, 지금은 거기까지 생각하지 말자. 너나 나는 그런 일이 없을 테니까."

"그래야지." 줄리가 풀 죽은 목소리로 말했다.

"자, 음악이나 듣자. 분위기 좀 띄우자고."

제이나는 소등 시간이 되기 15분 전에 그곳을 떠났다. 그녀가 방에서 나가려고 문을 열자 줄리가 말했다. "헤스터가 괴롭게 내버려 두지 마."

계산된 삶

10장

제이나는 수조 뚜껑을 들고 작은 나뭇가지를 조심스럽게 만져서 각도를 바꾸었다. 바닥을 청소해야 했지만 그럴 만한 시간이 없었다. '작고 불쌍한 녀석들. 하다못해 황무지라 해도 바깥세상에 있는 관목에 사는 게 더 나을 텐데.' 그녀는 꽃집에 들르기로 마음을 먹었다. "내가 할 일이 있다고 해서 너희 대벌레들이 고생할 필요는 없으니까." 그녀가 중얼거렸다. 그녀는 일어서서 발을 구르듯 거칠게 오른쪽 신발을 신었다. 대벌레들은 얼룩덜룩한 담쟁이덩굴을 선호하는 것 같았다. 그녀는 왼쪽 신발도 같은 식으로 신었다. 그러자 작고 낯선 물체가 피부를 쓸고 지나가는 바람에 제이나는 의사와 상관없이 뒤로 비틀거렸다. 그녀는 침대 끄트머리에 앉아서 이불을 움켜쥔 다음 뒤꿈치를 신발 안으로 비벼 넣었다. 움직임은 힘겹고 느렸다. 눈에는 눈물이 고였다.

울음: 외부에서 자연 태생 인간의 슬픔을 알아볼 수 있는 신호. 진정한 감정에 선행한다.

제이나는 억지로 기억을 떠올렸다. 자신을 안던 데이브와 울부짖던 아기의 모습은 이미 의식의 수면까지 떠오른 상태였다. 그녀는 뒤꿈치에 한 번 더 힘을 주고 비볐다. 통증이 더 심해지면서 반사적으로 눈물이 솟았다. 엄청나게 괴로운 두 가지 요소의 조합이었다. 눈 속 수분이 팽창했고 비강이 조여들었다. 눈을 깜빡이면 눈물이 분명히 넘칠 것 같았다. 그녀는 눈물이 넘치더라도 뺨으로 흐르지 않도록 고개를 오른쪽으로 까딱였다. 눈물은 왼쪽 안구와 콧등 사이에서 웅덩이를 이뤘다. 그리고 오른쪽 눈에서 시작된 작은 물줄기가 관자놀이를 지나 앞쪽 머리카락을 관통했다. 그녀가 머리를 오른쪽 위로 기울이자 작은 웅덩이가 비었다. 눈물은 그녀가 그릇 모양으로 모으고 있는 손안으로 떨어졌다. 그녀는 횡설수설하며 중얼거렸다. "그 사람을 다시 만날 거야." 그동안 잘 조절해 왔던 목소리의 정상적인 음색과 리듬이 뒤틀렸다. 그녀는 손바닥에 눈물을 뿌리면서 소리 없이 울었다. 그리고 뺨 아래쪽으로 눈물을 닦았다.

제이나는 신발을 벗고 뒤집었다. 낯선 물체가 작지만 날카로운 소리를 내면서 그리 단단하지 않은 바닥에 충돌했다. 그녀는 왼발을 무릎 위에 올려놓고 손가락으로 더듬어 본 끝에 조그맣게 파인 자리를 찾아냈다. 그 부분을 손으로 문지르자

계산된 삶

피가 점점 더 흘러나왔고 바늘로 찌르는 듯한 아픔이 주변 피부로 스며들었다. 통증이 퍼져 나가면서 빠르게 줄어들더니 이내 완전히 분해되었다. 고통에서 해방되자 그녀는 억지로 웃음을 짓고 안도감의 맛을 느꼈다. 그 맛은 짰다.

◆

"오늘 프루던스가 나오나요?" 꽃집에 다른 손님은 없었다. 제이나는 빠르게 들어갔다가 나오고 싶었다.

"아뇨. 내일 나와요."

"음, 지난주에 프루던스한테 대벌레에게 줄 만한 자투리를 조금 얻었거든요. 더 필요하면 언제든지 오라고도 했고요. 지나 맞으시죠?"

"맞아요. 하지만 자투리는 시간이 더 지나야 나오는데요."

"오후 중에 오면 될까요?"

"그때쯤이면 아주 많이 생길 거예요. 특별히 원하는 거 있으세요?"

"장미잎이랑 덩굴이 제일 좋더라고요. 얼룩덜룩한 걸로요."

지나는 다른 손님이 점포에 들어오자 제이나의 어깨 너머로 그쪽을 바라보고 미소를 지었다.

"제이나, 누구한테 주려고 꽃을 사는 거예요?" 벤저민이었다.

"아뇨!" 제이나는 눈에 띄게 당황하면서 고개를 좌우로 흔들었다. "키우는 곤충한테 줄 만한 잎을 좀 얻으러 왔어요."

"아! 대벌레였죠. 음, 난 아내에게 줄 꽃을 주문하러 왔어요. 좀 골라줄래요? 뭘 사야 할지 전혀 모르겠어요."

"보통 제가 골라드리거든요." 지나가 말했다. "그게 뭐가 그렇게 어려운지 모르겠지만요."

"아내가 아주 싫어하는 건 피하려고요. 아내가 백합을 싫어해요. 도대체 백합을 왜 싫어하는 걸까요?"

"답은 분명하잖아요. 장례식에 쓰는 꽃이니까요." 지나가 말했다.

"꼭 그런 건 아니잖아요." 벤저민이 말했다.

"아주 많은 사람들이 쓰죠."

"저라면 바늘꽃으로 하겠어요." 제이나는 빨리 권하고 자리를 뜰 생각에 말했다. "다른 꽃과 안 섞어도 예쁘거든요."

"그럼 그걸로 하죠. 결정했어요. 저녁 시간이 되자마자 가지러 올게요. 지나, 지금은 우선 바늘꽃으로 윗주머니에 꽃을 꽃을 만들어서 제이나한테 주세요."

"아니에요, 그럴 필요가… 저 가봐야 하거든요."

계산된 삶

"아닙니다. 제 말대로 하세요."

지나는 윗주머니용 꽃을 구부리고 포장하느라 바빴다. 제이나는 카네이션을 구경하는 척하면서 어색함을 감췄다. '벤저민은 왜 나를 이렇게 불편한 상황에 몰아넣었을까? 사람들이 전부 바늘꽃을 알아볼 텐데. 그래도 어쩌면 다른 문제가 아니라 꽃이 눈길을 끄는 편이 나을지도 몰라.' 벤저민이 걸어와서 아주 아름답게 조합된 꽃을 제이나의 옷깃에 꽂아주었다. 그의 손가락 뒷면이 제이나의 흉부 중에서 평평한 부분을, 쇄골 바로 밑을 스쳤다. 그녀는 벤저민이 내쉰 공기를 자신이 들이마시고 있다는 사실을 인지하고 있었다. 두 사람은 함께 꽃집을 떠났고, 엘리베이터를 기다렸다. 벤저민이 마주 보아주기를 바라면서 그녀를 내려다보았다. 제이나는 그 요구에 따랐고 벤저민은 미소를 지었다.

엘리베이터 문이 열리고 제이나는 데이브와 정면으로 마주쳤다.

데이브는 상황을 파악하기 위해 잠깐이지만 열심히 눈을 굴렸다. 하지만 꽃의 의미나 벤저민이 제이나에게 너무 바짝 붙어 있는 이유를 파악하기도 전에 물러나더니 군중 속으로 섞여서 사라졌다.

제이나는 업무를 시작하자마자 내부 회선으로 연락했다.

"데이브, 지난주에 자료화했던 것들 중에 조사할 부분이 있어요. 지금 내려가서 어떤 식으로 분류해 주면 되는지 얘기할게요." 헤스터는 제이나가 빠른 걸음으로 사무실을 통과하는 것을 알아챘지만 확실하게 침착함을 유지했다. 그녀는 제이나가 에너지 보고서를 마무리하는 임무 때문에 그러는 거라고 생각하는 것이 분명했다.

◆

데이브가 벌떡 일어섰다. "그 꽃은 다 뭐예요?"

"바보 같은 꽃은 신경 쓰지 말아요."

"벤저민이 그걸?"

"벤저민도 신경 쓰지 말아요." 제이나는 고개를 오른쪽으로 꺾고 기둥 뒤로 걸어갔다. 복도 쪽에서 자신을 볼 수 없게 만들려는 이유도 있었다. "마음을 정했어요. 당신을 다시 만나고 싶어요. 일요일에 갈게요. 그래도 된다면요." 그녀는 귓속말을 하려는 것처럼 데이브를 잡아당겼다. 하지만 생각을 바꾸고 그의 윗입술에 키스했다. '입에 하면 어때서?' 그녀는 데이브를 찾아온 목적을 떠올리고 몸을 떼어냈다. 하지만 더이상 원하는 대로 상황을 통제하지는 못했다. 데이브가 그녀

계산된 삶

를 잡아당기더니 문에서 더 멀리 떨어진 안쪽 공간으로 데려갔다. 복도 쪽에서 들여다볼 수 없는 곳이었다. "회사에서 대화하면 안 되는 줄 알았는데요." 그가 산만하게 말했다.

"데이브, 상황이 완전히 바뀌었어요. 할 말이 있어요." 제이나는 애써 그와 거리를 두었다. "나한테 계획이 있는데… 당신이 도와줘야 해요."

"그럼 자료 정리 때문에 온 게 아니군요?" 그가 웃었다.

"그것 때문에 왔어요." 제이나가 다시 데이브를 밀어냈다. "수소 관련 자료가 주 보관소에 도착하면 '석관'이라는 하위 폴더를 찾아서 숨기세요."

"예?"

"질문하지 말고 그냥 하라고요."

데이브는 제이나의 말을 완전히 잘못 이해한 것처럼 침착하게 문으로 다가갔다. 그리고 문을 닫은 다음 잠갔다. 그 순간부터 모든 일이 두 배 빠른 속도로 진행되는 것 같았다. 제이나는 선반의 아랫면을 올려다보면서, 잠깐이지만 니콜과 청소도구함을 떠올렸다.

◆

　그 뒤로 사흘 동안 제이나는 성실하게 일했고 자신의 비밀
주식 거래와 관련된 모든 정보를 석관 폴더에 집어넣었다. 그
녀는 목요일 오후까지 자신의 도전을 어떻게든 마무리 지었
다. 그리고 더 이상 지연시킬 수 없었기 때문에 보고서 초안을
벤저민에게 보냈다. 그녀는 사무실을 떠나기 전에 자그마한
석관 폴더를 자료 깊은 곳에 심고, 분류가 끝난 자료를 중앙
보관소에 업로드했다. 그 안에는 길고 짧은 일련의 숫자와 무
의미한 문장들이 들어 있었다. 성^姓 몇 개와 몇 사람의 이름도
있었지만 대문자 알파벳의 짧은 조합이 대부분이었다. 암호해
독 프로그램을 돌리지 않아도 일반적인 의미를 알아낼 수 있
는 정보들이었다. 재무 경험이 있는 사람이라면 그 뜻을 알 수
있었다.

　데이브는 파일을 열어보고는 크레이그가 쓸데없이 연루되
지 않도록 지루하고 힘이 빠진 듯한 태도를 꾸며냈다. 크레이
그는 아주 오래된 관리 계좌를 샅샅이 뒤져보고 있었다. 데이
브는 자료를 자세히 살펴보고는 제이나가 3분의 2쯤 미친 건
지도 모르겠다고 생각했다.

　데이브는 석관을 어둡고 깊은 곳에 매장했다.

　　　　　　　　　　　　계산된 삶

11장

금요일이 되었다. 간부진 회의의 결과에 따라 제이나는 예상했던 대로 위층 모임에 참석하라는 정중한 제안을 받았다. 그녀는 올리비아가 그런 식으로, 최종 보고서가 완성되기 전에 미리 개별적인 축하연을 벌일 거라는 점을 예견하고 있었다. 그녀는 이사진 회의실 문을 열기 전에 폭소가 터지는 소리를 들었다. 정말로 쾌활한 분위기였다. 이사들은 보고서 수입이 이미 입금되고 보너스가 지급된 것처럼 샴페인 잔을 부딪치고 있었다. 제이나는 머릿속에서 그 광경을 설명하는 제목을 붙여보았다. '오늘은 여기지만 내일은 더 나은 곳에서.' 그녀는 이사진 중에 과거 사람들이 선호했던 특정 칵테일을(즉 탐욕과 기회와 유혹을 똑같은 비율로 섞은 칵테일을) 들이켜겠다고 생각하는 사람이 있는지 궁금했다. 그럴 가능성은 없어 보였다.

벤저민은 제이나의 성공에 취해서 잔을 치켜들고 건배사를 했다. "수소와 미래를 위하여."

"제이나, 이다음은 뭐죠? 우리한테 무슨 요리를 만들어 줄 거예요?" 올리비아가 물었다.

"아, 모르겠어요. 조금 더 현실적인 주제를 고를 것 같아요." 제이나는 분위기를 진정시키고 싶었다. "재정적인 영향도 이번보다는 적을 테고요."

"힌트도 없어요?"

제이나는 현재 상태를 조금 더 연장시켜도 손해될 건 없다고 생각했다. "소규모 거주지 운영에 관한 경제 자료를 모으고 있어요. 소득이 없을지도 모르지만 며칠 할애해서 정보를 고른 다음에 제대로 파볼 가치가 있는지 판단하려고요. 지금이 얘기하기 좋은 시점이겠네요." 그녀는 〈누워 있는 이새〉를 곁눈질했다.

"지금 보기에는 느낌이 어때요?"

"전 정말로 그런 예감 능력은 없어요. 지금 말할 수 있는 거라고는… 자료 속에 동기를 부여하는 요소가 있긴 해요." 많은 사람이 눈을 크게 떴다. 제이나는 그들이 관심을 가질 거라고 예상하고 있었다. "그래서 해당 지역에 간섭주의자들의 역할이 더 필요할 수도 있다고 생각했죠."

"소비와 치안을 더 엄격하게 단속해야 한다는 얘기군요." 벤저민이 말했다.

"아직은 잘 모르겠어요. 사실 그 반대가 사실일 수도 있고요. 지출을 늘리는 게 답일지도 몰라요. 아니면 적어도 호응을 더 많이 얻는 방법일 수도 있고요."

계산된 삶

"그중에서 더 특별히 관심을 둘 만한 문제가 있나요?" 올리비아가 물었다. "정부에서 현 정책 이상으로 더 할 것이 있나요? 최저 임금도 꽤 높은 편이고, 거주비용도 지원하고, 무상 의료보험도 펼치고, 교통비도 무료인데… 그것 말고 더 있나요?"

"그런데 올리비아, 정부가 소규모 거주지의 불만 사항을 무시하고 있다고 볼 만한 자료를 제가 발견했거든요. 주택 분배 결과가 발표될 때마다 주기적으로 폭동이 일어나고 있어요."

"그건 그냥 지역 경찰이 처리할 문제잖아요." 벤저민이 말했다.

"그래도 공공 정책은 원칙적으로 불필요한 상태 악화를 야기하면 안 돼요. 불만이 끓어오르지 못하도록 조정돼야 하죠. 분노가 소규모 거주지 바깥을 위협할 경우에는 특히 더 그렇고요."

"음, 공동구역 행정에 영향을 주는 건 언제나 회사 이미지에 도움이 되죠." 올리비아가 말했다. "내 조언이 필요하면 바로 찾아와요."

제이나는 더 밀어붙여 보기로 했다. 올리비아와 미리 약속을 잡는 것보다 일상적으로 대화하다가 갑자기 생각난 듯 무언가를 제의하는 편이 더 쉬웠다. 자리를 따로 마련하면 무엇을 제시하든 공식적인 제안으로 비칠 테고, 무엇보다도 사전에 계획한 것처럼 보일 수 있었다. 제이나는 사람들에게 제공된 쟁반에서 샌드위치를 집으려고 이리저리 서성이다가 몸을 돌리면서 말했다. "올리비아, 어쩌면 소규모 거주지를 직접 체험한 기록이 필요할지도 모르겠어요. 아, 직접 방문해서 사실을 확인하면 제일 좋고요."

"뭐라고요?" 벤저민이 말했다. "제이나, 내 생각은 달라요. 난 소규모 거주지를 전혀 모르지만 어떻게…"

"여기서 나만큼 소규모 거주지를 잘 아는 사람은 없어요." 올리비아가 끼어들었다. "초기 수송망 그룹에서 일을 했거든요. 소규모 거주지에 사는 우리 회사 직원하고 같이 가봐요. 지리를 잘 아는 사람과 함께 가면 전혀 위험하지 않을 거예요. 소문은 내지 말고요."

벤저민이 재빨리 태도를 바꿨다. "데이브 머독하고 가요. 믿을 만한 사람이고 아카이브실에서도 꽤 일을 잘하죠."

"올리비아 생각은 어때요? 따로 준비할 일이 있을까요?"

"일정표만 기록해 둔다면 난 괜찮아요."

"이번 주말에 약속을 잡고 곧바로 상황을 평가할 수 있어요."

"내 생각에는 그 계획을 포기하게 될 걸요. 그러니까 빨리

계산된 삶

결정할수록 좋겠죠."

"부대비용을 청구해도 될까요?"

"그래요. 벤저민, 처리해 줄 거죠?"

"물론이죠."

제이나는 이사진 회의실에서 뛰쳐나가 데이브에게 상황이 갑자기 바뀌었다는 사실을 전하고 싶었다. 이제 두 사람은 공식적으로 만날 수 있었다. 비밀 유지에 신경 쓸 필요가 없었다. 그녀의 생각은 빠르게 앞으로 치고 나아갔다. '다음 주에 올리비아에게… 장기 조사를 제안하고… 소규모 거주지 문제를 주말에 수행할 개인 프로젝트로 정하고… 데이브를 안내역으로 지정하자. 월요일이 되면 데이브가 급히 통보를 받고 자신의 사적인 일정을 취소했다는 점을 명시한 피드백 보고서를 제출하고. 향후를 위해서 데이브의 협조가 필요하다는 점도 빼놓지 말고. 그러면 적당한 보수를 할당하고…' 하지만 제이나는 데이브에게 그 사실을 전하려고 급하게 달려가지는 않았다. 두 사람 사이의 모든 통신에 있어서 감사 추적이 아주 중요했다. '곧바로 내부 통신문을 보내야겠어. 제안의 윤곽을 잡아두고 오후에 직접 만나서 얘기해야지. 세부 일정표를 벤저민과 올리비아에게 보내고, 데이브와 공식적인 내부 통신을 통해서 방문을 확정하고, 마지막으로 선급비용을 수

령해야지.'

◆

　그날 오후 제이나는 매이휴 맥클라인을 나서면서 자유낙
하의 백일몽에 빠져들었다. 정거장에서 데이브가 인사하는 이
미지가 반복적으로 떠올랐다. 제이나는 벌거벗은 데이브를 계
속 곁눈질하면서, 실체가 없는 손으로 숟가락을 쥐고 웍 안에
있는 채소를 휘젓고 있었다. 데이브가 소리 내어 책을 읽으면
서, 정확하게 강세를 주어 좋아하는 구절을 읽어주는 모습은
더욱 좋았다.

　제이나는 자동도로를 이용해서 첫 번째 교차로를 지났다.
그녀의 시선이 대여섯 걸음 앞에서 걷는 여성에게 고정되었다.
제이나는 아주 행복한 상상에서 빠져나와 그 여성의 독특한
걸음걸이를 관찰했다. 발이 조금 바깥쪽으로 돌아가 있다 보
니 걸음이 어색하게 뒤틀려 있었다. 그처럼 사소한 기이함이
제이나의 평균적이고 단정하고 정확한 세계와 그 여성 사이에
차이를 만들었다. 제이나는 수집품을 하나 더 추가하듯 바깥
쪽으로 비틀린 여성의 걸음을 정확히 따라 했다. 그리고 연기
를 더 추가했다. 그녀는 여성의 얼굴을 상상해 보았다. '분명

히 연약한 얼굴이겠지. 입 끝은 확실히 아래로 내려갔을 테고. 불필요한 것들은 완전히 무시할 것처럼 눈꺼풀이 거의 닫힌 모습일 거야. 신호등 색깔과 보도의 경계선만 보고 걸어 다니겠지.' 제이나는 그 모든 것을 상상하고 연기했다.

그녀는 몸을 흔들며 성큼성큼 걸었고 새로 맡은 공허한 배역을 기꺼이 받아들였다. 그때 선진이 아주 가까운 곳에서 모습을 드러냈다. 거리는 채 몇 걸음도 되지 않았다. 그녀는 급하게 뒤로 물러섰다. 선진이 그녀를 본 게 분명했다. 그리고 정말로 그가 손을 들었다.

"선진이구나! 잠깐 다른 생각에 빠져 있었어. 여기는 무슨 일로 왔어?"

설사 선진이 제이나의 보행자 연기에 빠져 있었다 한들 겉으로는 그런 내색이 보이지 않았다. "너랑 얘기할 게 있어서. 네가 퇴근할 때 만나려고 일부러 이쪽 끄트머리까지 올 만한 핑계를 만들었어." 선진은 한 가지 생각에 사로잡혀 있는 게 분명해 보였다.

"무슨 일이야? 뭐가 그렇게 급한데?"

선진은 주변을 돌아보았다. "C7 구역까지 좀 걷자. 돌아서 가는 길이 있을까?"

"그래. 쭉 직진하다가 경치가 좋은 길로 가면… 저기, 너

오늘 아주 이상한데?"

"제이나, 잘 들어." 선진은 예의성 인사를 포함해 평상시의 섬세함을 모조리 어딘가에 두고 온 것 같았다. 제이나는 그 모습이 경찰의 직업적인 전형일지도 모르겠다고 생각했다. "베로니카 일 때문에 왔어." 그가 말했다.

제이나는 갑자기 정수리가 뜨거워지는 것 같았다. "베로니카가 왜?"

"사라졌어. 오늘 아침에 데려갔어. 컨스트럭터 쪽에서."

제이나는 배수구에 주저앉고 싶었다. 위가 당장이라도 경련을 일으킬 것 같았다. 하지만 그런 충격을 억눌러야만 했다. 그녀는 힘들게 말했다. "그럴 리가 없어."

"확실해."

두 사람은 보조를 맞추지 못하고 조용히 걸었다. 제이나의 사고가 재빨리 움직였다. '베로니카가 무슨 얘기를 했더라?' "분명히 리콜은 아니야. 우리와 마찬가지로 제 일에 헌신적이었잖아." 그녀가 말했다.

"너무 헌신적이었나 봐. 내가 여기저기 알아봤거든. 그래서 널 보러 온 거야. 우리 모두 아주 조심해야해."

"뭐?"

"방심하면 안 된다고."

"그게 무슨 소리야?"

"그 사람들은 실수를 하지 않아. 그러니까 말 한마디라도 조심해."

"음, 이런 식으로 나한테 경고하면 안 돼. 너도 알잖아."

"하고 싶으면 보고해. 하지만 난 너도 같은 생각이라고 봐. 재배치되고 싶은 사람은 아무도 없잖아."

"우리는 선택의 여지가 없어. 아무것도 할 수가 없다고. 그런데 베로니카가 너무 헌신적이었다는 건 무슨 뜻이야?"

"상사가 자신의 조언을 들어주지 않는 게 싫었나 봐. 관리 능력이 너무 부족하다고 통렬하게 비판하는 메모를 써서 최고 경영자한테 보냈어."

두 사람은 억지로 미소를 지었다. 충분히 있음직한 일이었다. 의견을 무시당한 베로니카가 얼마나 실망했는지 상상하기는 어렵지 않았다. 그런 감정은 분명히 분노에 가까운 무언가로 변했을 것 같았다. 제이나와 선진은 당연하게도 베로니카의 좌절에 공감할 수 있었다. 관리 부실에 대해서라면 두 사람 모두 적당히 책 한 권 정도는 쓸 수 있었기 때문이다. 보도가 혼잡해졌기 때문에 두 사람은 중앙 지하철역 부근의 넓은 공간에 도착하기 전까지 대화를 멈췄다.

"아직도 받아들이기가 어려워. 베로니카는 전 직장에 못 돌아가겠지?" 제이나가 물었다.

"당연히 못 돌아가지."

"최고경영자에게 직접 보고하는 컨설턴트였으면 상황이 달랐을 거야. 내부 사람이 되면 적응해야 하는 건데."

"지금부터는 우리 모두 서로를 조심해야 해, 제이나."

"베로니카를 도와줄 수 있는 사람은 아무도 없었겠지."

"그랬을 거야. 하지만 우리한테 그런 문제를 상담했다면 직장 동료에게 신랄한 공격을 퍼붓기 전에 한 번 더 생각해 볼 기회가 있었겠지."

"무슨 말인지 알겠어. 하지만 우리 문제를 의논하는 것도 사실 위험해. 베로니카가 그랬다면 우리 가운데 누군가가 보고했을 거야. 네가 나를 감시하지 않는다고 장담할 수도 없잖아."

"난 안 해! 큰 위험을 무릅쓰고 여기까지 왔잖아. 최소한 우리 둘만이라도 서로 도울 수는 없을까? 최소한 정보라도 같이 모으자. 계획도 좀 짜보고."

"계획? 무슨 뜻이야?"

"우리를 잡으러 올 경우에 대비해서. 위기 상황을 감지할 경우에 대비해서."

"우린 아무것도 계획할 수 없어. 무의미하니까."

선진이 걸음을 멈추고 제이나를 바라보았다. "중요한 건이거야. 난 잡아갈 때까지 가만히 있지 않을 거야."

"하지만 임대되지 않으면 미래도 없잖아."

"그 사람들에게 손해지. 나한테는 아니야. 난 어떻게든 해 나갈 거야."

"오, 그래? 정확히 어디서 살 건데? 돈은 어떻게 벌고?"

"난 경찰서에서 일하잖아. 잠적하는 방법을 안다고. 너도 도울 수 있어."

두 사람은 케네디 거리 쪽으로 방향을 바꿨다. 제이나는 폐소공포증이 밀려오는 것을 느꼈다. 베네치아풍 고딕 창문들이 두 사람의 머리 위로 높이 솟아 있었다. 선진은 가까이 다가서서 어깨를 나란히 하더니 머리를 제이나 쪽으로 기울였다. 그는 W8 소규모 거주지의 주소를 하나 속삭였다. "거긴 안전해." 그가 중얼거렸다. "한동안은."

그리고 다시 침묵이 흘렀다. 제이나는 선진이 대가로 무언가를 바란다는 사실을 확신했다. 하지만 기다리면서 생각했다. '내가 돈을 훔치는 이유는 뭐지? 그래, 난 이미 마음속으로 결단을 내렸어. 난 도망칠 거야. 안 그러면 왜 그런 계획을 세웠을까? 그냥 무언가를 증명하고 싶어서?' 그녀는 선진을 바라보았지만 입은 열지 않았다. '안전한 장소가 필요하긴 할 거야. 데이브는 도움이 안 되고. 하지만 선진과 내가 힘을 합치면… 가능해. 도망자 두 사람이 계획을 짤 거라고는 생각하지 못할 테니까. 게다가 난 선진에게 필요한 게 뭔지 정확히 알아. 나한테 뭘 원하는지도 알고.' 그녀는 조용한 강 후미의 가장자리에 도달할 때까지 기다렸다. "자금을 조달할 방법이 있어. 꽤 복잡하지만." 그녀가 시험 삼아 말했다.

"넌 할 수 있다는 얘기지?" 선진이 엉겁결에 물었다.

"흠, 네가 도와주면 훨씬 더 쉬워져. 시간을 아낄 수 있으니까. 가짜 신분에 이력을 추가할 수 있어?"

"재활용 가능한 신분을 알아볼 수 있어. 아니면 문제없는 신분을 가져다가…"

제이나는 토하고 싶은 욕구가 사라지지 않자 막아보려는 생각에 입을 꾹 다물었다. 두 사람은 아무 말 없이 한 블록을 온전히 걸었다.

"사용할 이름은 벌써 준비해 놨어." 그녀가 말했다.

"뭐?"

"자금이 있긴 한데 대부분 가명으로 등록한 주식이야."

"벌써 그것까지 해놨다고?" 선진이 웃었다. "그런데 왜 번거롭게 주식이야?"

"주식을 좋아하거든. 어쨌든 거기까지는 돼 있으니까… 그걸 이용하자. 잘 들어." 제이나는 완전 리콜과 관련된 이름들을 알려주었다. 선진은 주의 깊게 듣고 순서를 정확히 기억했다.

"대단해. 넌 나보다 훨씬 앞섰어." 제이나가 말을 끝내자 선진이 말했다. "이제부터 나한테 맡겨줘. 주말에 본부에 가야겠어. 아침 시간에는 사람이 없거든. 분명히 해결할 수 있을 거야."

"아무도 믿으면 안 돼." 제이나는 말하고 난 뒤 너무 당연한 사실이라고 생각했다. 선진 역시 그 말에는 대답하지 않았다.

"리콜에 대해서 더 아는 건 없어?" 선진이 물었다.

"있어. 재무법무협회에서 일하던 니콜 있지? 니콜은 다른 직원과 성적으로 접촉했다가 리콜됐어. 그 직원은 당연히 유기체였고." 선진은 움찔하면서 제이나를 바라보았다. "놀랐어? 그럴 줄 알았어. 어쨌든 그동안 조사를 했어. 우리 세대만 리콜되고 있어. 그러니까 우리한테 추가된 능력과 관련이 있겠지. 내가 알기로 우리보다 먼저 나온 시뮬런트는 성욕을 억제하기 위해서 유전적으로 후각 능력을 제거했어. 하지만 우리는 유전자 조작으로 후각이 어느 정도는 복원돼 있어. 그걸로 리버풀에서 일어난 양고기 비르야니 건도 설명이 돼." 선진은 꼼짝도 하지 않았다. "선진, 너도 알겠지만 후각은 감정 및 우리가 가진 공감 능력과 밀접하게 연관되어 있어. 컨스트럭터는 우리가 노동자로 변하길 바란 거지."

"천천히 얘기해. 못 따라잡겠어."

"내가 보기에는 감정 쪽을 건드리다가 문제가 생겼어. 우리가 최초 의도된 바만큼 순종적이지 않았다는 뜻이야. 최소한 우리 중 일부는 그래. 수정한 결과가 불안정한가 봐."

"그런 걸 다 어떻게 알았어?"

"직감이야."

"확실히 그럴듯한 얘기이긴 해. 하지만 완전히 틀렸을 수도 있어."

"흠, 근본적인 이유가 뭐든지 간에 컨스트럭터는 예외적인 행동을 전혀 예상하지 못했어."

두 사람은 로치데일 운하를 통과했다. 제이나는 선진이 곧 떠나야 한다고 생각했다.

"참, 그라피티를 그린 범인이 오늘 아침에 체포됐어." 선진이 말했다. "취조실로 끌려가는 걸 봤어."

"그런데?"

"미국인이었어. 믿어져? 미국인 보수주의자였어."

"미국에는 시뮬런트가 없잖아. 왜 여기까지 와서 우리를 괴롭히지?"

"그 단어를 퍼뜨리고 싶었겠지. 아니면 미국 일자리를 지키고 싶었든지."

"후자가 더 그럴듯하네. 기업들이 점점 더 이주하고 있으

계산된 삶

니까."

두 사람이 각자 다른 길로 여행할 때가 다가왔다.

"하나 더 있어." 선진이 말했다. "줄리가 오늘 아주 이상한 통신을 보냈어. 직장에서. 이번 주말에 레퍼토리 돔에 갈 건지 물어보더라. 나랑 통신을 주고받을 이유가 전혀 없는데."

"그거 재밌네. 어젯밤에 우리가 무슨 얘기를 했냐 하면… 아, 그건 중요한 게 아니고… 너만 괜찮다면 내가 줄리한테 얘기해 볼게."

"바로 얘기하지는 마. 그러면 너랑 내가 얘기했다는 걸 알게 되니까."

"알았어. 저기, 일요일 오후 늦은 시간에 돔으로 널 만나러 가볼게. 하지만 못 가더라도 걱정하지는 말고."

"난 내일 신원 정보 쪽을 작업해 둘게."

"그걸 하면서 줄리가 보낸 메시지도 삭제해." 제이나는 깊이 한숨을 쉬었다. "너랑 이런 얘기를 한다는 게 믿기 어렵네."

"음, 우리한테 닥칠 일을 그냥 받아들일 수도 있고 그러지 않을 수도 있지. 리콜보다 더 나쁜 일이 벌어질 수도 있을까? 내 말은, 그 사람들은 도대체 우리를 뭐라고 생각하는 거야?"

12장

◆
◆
◆

제이나가 C7 구역의 주 입구에서 매이휴 맥클라인 사 소속 운전사를 기다리는 동안 뜨거운 남풍이 도시를 관통했다. 그녀는 일주일 내내 지하철을 타고 벤저민의 집에 갈 거라 생각했다. 그런데 벤저민이 출발 시각 직전에 자신이 사는 교외 중심부까지 데려갈 회사용 리무진을 예약해 주었다. 그런 이유로 제이나가 아침 식사 시간을 바꾸겠다고 말하자 친구들 사이에 작은 소동이 있었다. 그런 특권을 예상한 사람은 아무도 없었다. 제이나는 기업 직원의 삶에도 좋은 점이 있다는 사실을 인정했다. 이사진 회의실에서 카나페를 먹을 수 있고, 새로운 계약이 체결되거나 누군가가 결혼을 하거나 신입이 도착하면 사무실에서 샴페인을 터뜨리고 축하할 수도 있었다. 심지어 제이나가 처음 도착했을 때 매이휴 맥클라인 사는 요란하지 않은 축하연까지 열어주었다. 샴페인은 없었지만 올리비아가 축사를 했고 약식 뷔페가 열렸다. 그들은 스스로 주체를 못하는 것 같았다. 그것뿐 아니라 하루 종일 고위 간부와 함께하는 브레인스토밍 모임이 있었다. 제이나의 부서에는 좋아하는 영화, 책, 게임을 두고 발표하는 과정도 있었다. 팀워크 활동도 있었다. 경기가 좋았을 때는 최고 운영자들이 시간과 돈을 물 쓰듯 쓰기도 했다. 그들은 주주의 속성을 아주 잘 알았다. 주주들은 기초가 튼튼해 보이는 한 사소한 간섭을 자제했다. 언제나 그랬다. 반면 제이나의 친구들은 봉급을 주는 사람들, 그러니까 영국 납세자들이 공공 부분의 낭비를 용인하지 않는다는 사실을 알게 되었다.

그런데 제이나는 전용 운전사가 있는 리무진을 이용했다. 그녀는 친구들보다 조금 더 비현실적으로 행복한 세계에 속하게 되었다. 친구들은 만져볼 수 없는 이국적인 제안이었다. 그들 모두는 종종 제이나가 지상보다 높은 곳으로 비상할 거라고 생각하곤 했다. 하지만 그녀를 질투하지는 않았다. 제이나가 그런 존재라는 것은 그저 사실이고 관찰의 결과일 뿐이었다. 어쨌든 제이나는 집으로 돌아가서 저녁 식사 시간에 모조리 얘기해 줄 생각이었다. 친구들이 벤저민의 집을 방문했던 이야기를 낱낱이 듣고 싶을 테니까. 세상 모든 경험에는 분별력을 상실하게 만드는 탐욕스러운 흥미로움이 있었다.

제이나는 바비큐 파티에 어떤 옷을 입으면 좋을지 몰랐다. 줄리는 자신이 대신 참가하기라도 하는 듯 야외 연회 장면이 나오는 영화 10여 편을 조사했다. 그녀가 가장 좋아하는 장면은 라이브로 연주되는 바이올린 곡에 맞춰 모든 사람이 춤을

계산된 삶

추는 2D영화의 마지막 장면이었다. 춤을 추는 사람들은 모두 청바지와 체크무늬 셔츠를 입고 있었다. 그녀는 영화가 제작된 뒤로 세월이 얼마나 흘렀는지 설명하면서도 과하게 화려한 것보다는 간소한 옷차림이 훨씬 안전하다고 조언했다.

그래서 제이나는 수수하고 몸에 달라붙지 않는 흰색 민소매 티셔츠에, 무릎길이의 반바지를 입고 샌들을 신었다. 액세서리가 많지 않았기 때문에 복장과 딱 맞는 것을 고르기가 어려웠다. 격식을 차리지 않고 평범한 복장이라고는 하나 손에 아무것도 들지 않았다는 점이 마음에 걸렸다. 그렇다고 반드시 무언가를 손에 들어야 하는지도 알 수 없었다.

리무진이 그랜비 거리로 들어섰다. 제이나는 운전사가 입구로 들어오지 말고 지나친 다음 도로를 따라 30미터쯤 떨어져 있는 주차 공간에 조용히 진입하기를 바랐다. 하지만 차는 입구에서 멈췄다. 제이나가 바라는 바와 정반대였다. 운전사는 차에서 내려 왼쪽 뒷좌석 옆으로 간 다음 문을 활짝 열었다. 제이나는 휴게소 계단을 내려가서 보도를 걷고는 계단과 수직을 이루는 경로에서 조금도 벗어나지 않고 차에 탔다. 그 광경을 휴게소에 있는 누군가가 목격하고 점심 식사 시간에 자세히 중계할 것은 불을 보듯 뻔했다. 제이나는 그런 식으로 벤저민을 방문하겠다는 계획 자체를 벌써 후회하고 있었다.

그녀가 현명하다면 다른 사람의 입에 중요 화제로 오르기보다는 주의를 끌지 않고, 조용하고 재빠르게 다녀와야 했다.

그녀는 넓은 하늘색 가죽 좌석에서 아주 좁은 공간을 차지하고 있었다. 존재감을 드러내려면 무슨 말이든 꺼내야 한다는 압박감이 그녀를 조여 왔다. 하지만 일부러 그러고 싶지는 않았다. 운전사는(제이나는 그의 이름이 존이라는 사실을 알고 있었다) 백미러를 흘끗 들여다보고 그녀가 차창 밖 풍경에 집중한다는 점을 눈치챘다. 그는 승객을 방해하지 말아야 한다고 생각했다. 그 결과 차가 단 두 사람을 태우고 도시 중심부를 지나는 동안 들리는 소리라고는 자동차의 내부 기계에서 들리는 부웅 소리와, 타이어와 도로포장 사이에서 발생하는 마찰음과, 차가 달리느라 발생해서 실내로 가끔씩 침투하는 소음밖에 없었다. 존은 그 상황이 너무 신경 쓰였는지 결국 입을 열었다.

"음악이라도 들으시겠습니까?" 그가 말했다. 제이나는 고개를 저었다. 비공식적인 침묵 서약이 깨지자 존은 그 뒤를 잇는 말이 필요하다고 생각했는지 두 사람 사이의 관계를 재정립했다. "벤저민 씨 댁에는 가보셨나요? 실내가 참 아름답죠?"

"아뇨, 안 가봤어요. 가는 데에 얼마나 걸리나요?" 제이나는 답을 알고 있었지만 그렇게 묻는 편이 여러모로 편했다.

계산된 삶

"15분을 넘지 않습니다. 가면서 윌리엄 왕자 운동장을 지납니다. 그분 댁도 거기서 멀지 않고요. 두 채를 연결한 집이…" 제이나는 잠시 귀 기울여 듣지 않았다. "내려다보입니다. 한때 완전히 철거했다가…" 그녀는 또 주의를 돌렸다. "일부를 빼고 복원한 건물이죠. 재미있는 건 그 집을 좋아하는 사람이 아무도 없다는 겁니다."

"어디 사세요?" 그녀가 애써 물었다.

"저는 왕실 소속 회사를 운영합니다. 24시간 대기하기 때문에 사무실 근처에 있는 구역에 작은 단칸방을 배정받았고요."

"거기가 마음에 드세요?"

"어느 정도는요. 그냥 침대가 하나 있는 방입니다. 결혼하면 거기서 살 순 없겠죠. 하지만 제 생각으로는, 어차피 하루 종일 이 차를 몰기 때문에 급할 게 없습니다. 소규모 거주지에서 살 생각은 없고요." 제이나는 더 이상 대화에 끌려가고 싶지 않았다. 그녀는 꼭 필요한 최소한의 예의를 보였고, 대화하는 사람은 적을수록 좋았다. 따라서 다시 창밖을 바라보기 시작했다.

존은 예전에 프린세스 공원 도로라고 불렸던 남부 고속 간선도로에서 급하게 우회전을 했다. '어떤 위원회가 담당하는지는 모르겠지만, 왜 이름은 생략하고 도로명에 프린세스라는 단어만 갖다 붙일까? 왜 그렇게 총칭적 호칭을 붙일까? 애국자 공원 도로나 왕실 공원 도로라고 부르면 안 될까? 그게 너무 국가주의적이라면 민주주의 공원 도로나 민중 대로도 괜찮잖아. 그게 너무 포괄적이라면 다른 단어가…' 이름은 얼마든지 있었다. 제이나는 주요 도시의 행정부가 대형 도로의 이름을 더 효율성 위주로 바꿔야 한다고 늘 생각했다. 듣기만 해도 기능을 알 수 있는 이름을 쓰는 게 당연했다. '어쩌면 이제부터는 명백하거나 가장 편리한 설명을 찾는 건 피하는 게 맞는지도 모르겠어. 이름을 바꾸면 과거를 찾아보기가 더 어려워지지. 특히 사람 이름과 특정 장소를 연결 짓는 경우에 그래. 궤도 도시로 옮겨 갔던 대이주 때도 이름 변경이 분명히 큰 역할을 했지. 급진적인 재고에는 그만한 힘이 있는 거야. 그 사람들은 모든 면을 다 고려했을 거야.' 제이나는 여러 선택지를 고려했던, 단임 연립장관들을 떠올려보았다. '네 번째 공황만은 절대 안 된다! 대규모 공황의 재연을 막기 위해선 그런 말을 할 수밖에 없었을 거야. 때마침 인지 임플란트 사업에 대한 로비가 벌어졌던 건 전적으로 우연이었어. 그게 좋은 일인지 아닌지는 모르겠지만. 그게 옳은 일이었을까? 바닥 없는 구멍이나 다를 바 없던 곳에 돈을 쏟아붓다니. 모든 거대 도시에 완전고용과 값싼 노동력 제공을 보장하는 두 세대짜리 장기

계산된 삶

계획이라니. 계층 분리는 어쩔 수 없었던 결과일까? 아니면 그 편이 더 쉬워서 선택했을까? 그리고 도대체 정확히 언제부터 궤도 도시를 소규모 거주지라고 부르게 됐을까?'

'어쨌든 이게 그 결과야.' 제이나는 존이 차를 세우려고 속도를 늦추는 동안 생각했다. 오직 벤저민 같은 사람만 교외 중심부에 살 만한 여유가 있었다. 그리고 진짜 성공한 사람만 거주하는 아름다운 마을에는 최고소득층만이 살 수 있었다.

"다 왔습니다, 제이나 양." 존은 말을 끝내자마자 차에서 내렸다. 제이나가 차에서 해방되려고 조금이라도 움직이기 전에 먼저 뒷문에 도달할 생각이었기 때문이다. 그녀는 손수 문을 여는 편이 더 좋았지만 운전사 임무의 대단원을 거부하는 것도 비열한 일이라는 생각이 들었다. 분명한 걸음으로 리무진 앞쪽을 돌아서, 정해진 위치에서, 90도 단위로 딱딱하게 몸을 굽히는 것 전부가 그의 직업적 전문성을 측정하는 기준이었다. 제이나는 그야말로 성급하고 보기에 추한 동작이라고 생각했다. 문이 활짝 열렸을 때 제이나는 움찔거리지 않았다. 그 대신 속으로 한숨을 쉬었다. 그녀는 두 다리를 차 밖으로 꺼냈다. 존은 그녀가 완전히 일어서는 바로 그 순간에 맞춰 말했다. "좋은 저녁 되십시오, 제이나 양. 다른 지시 사항이 없으면 2시간 뒤에 모시러 오겠습니다."

12장   **249**

제이나는 바로 그럴 때 자신에게 성^姓이 없다는 점을 자각했다. 그녀는 35도 각도로 고개를 돌려서 존을 바라보았다. 정면으로 쳐다보지 않으면서도 그의 존재를 인정하기에 충분한 각도였다. 그야말로 적절한 동작인 동시에 존도 알아챌 수 있는 동작이었다. "고맙습니다."

제이나는 앞마당에 있는 임대형 소농장을 지나가면서 벤저민의 집을 평가했다. 집은 좌우대칭형이었고 인형의 집 같았다. 존이 도로로 나가 차를 선회했다. 그처럼 불필요하고 극적인 행위를 통해 이 젊은 여성이 일류운전사가 모는 최고급 차만 골라서 탈 자격이 있으며, 자신이 그 여성과 연관된 존재라는 사실을 구경꾼에게 강조하는 효과를 거두고 있었다. 제이나는 정말 바보 같은 일이라고 생각했다.

검고 높은 유리판으로 구성된 주택의 정면은 좌우로 나뉘어 있었고, 원호 모양으로 결합되어 있었다. 옛 정문은 흔적도 찾아볼 수 없었다. 본래 정문이 딱 붙어 있고 통로도 나란히 배치되었던 모양이었다. 이제는 두 건물이 새로 지은 하나의 입구를 공유하고 있었다. 커다란 유리 상자 형태의 현관이 정원 쪽으로 돌출되어 있었고, 아마도 건물 안쪽 공간까지 침투한 것 같았다. 제이나는 어두운 유리에 비친 제 모습을 보고 몸이 굳었다. 유리 너머로 집 내부의 모습을 들여다볼 수는

계산된 삶

없었지만, 그녀는 벤저민의 가족이 자신을 지켜보고 있을 거라 생각했다. 그녀가 보기에 그런 행위는 상대에 대한 배려가 없는 건축구조를 이용한, 특별한 형태의 천박함이었다. 그녀는 별도로 연습하지 않고 자연스럽게 주고받는 말소리나, 서로 편한 가족 사이에 오가는 대화나, 아주 가까워서 본능적으로 행동하고 상대를 웃게 만들거나, 경우에 맞게 밀어내는 방법까지 아는 사람들의 소리가 들릴까 싶어서 잔뜩 귀를 기울였다. 그녀는 어쩔 수 없이 앞으로 조금 걸어 나아갔다. 그리고 실내에 있는 벤저민의 가족이 그녀의 도착 사실을 알자마자 태도를 바꿀 거라고 생각했다.

제이나는 지금쯤이면 초인종이 작동했을 거라고 생각했다. 그 순간 안쪽 미닫이문이 열렸고, 실내조명인지 반대편 쪽 정원에서 온 빛인지 알 수 없는, 숨 막힐 듯한 밝음이 그녀에게 도달했다. 무언가가 움직이더니 밝은 빛을 부분적으로 차단했다. 익숙한 벤저민의 모습이었다.

"아, 제이나. 제일 먼저 왔군요. 잘됐어요. 바빠지기 전에 우리 가족하고 만나서 얘기나 좀 나누죠."

"벤저민, 또 누가 오나요?" 그런 가능성은 예상하지 못했기 때문에 제이나는 깜짝 놀랐다. '다른 사람이 온다는 얘기는 왜 안 했지? 아내와 딸 외에 다른 사람도 만날 거라는 암시는

전혀 없었잖아.'

"그냥 이웃 사람과 그 집 애들이 올 거예요. 사람이 많아야 바비큐 파티를 하는 의미가 있죠."

"제 생각에는." 제이나는 말을 멈췄다. '벤저민은 날 속였어. 저 사람 아내가 이번 모임을 주도했을까?' 집 뒤쪽에서 목소리가 들렸다. 벤저민의 아내와 딸이 웃으면서 복도에 나타났다. 어린아이는 나무 바닥 위를 반쯤 미끄러지면서 걷고 있었다. 제이나는 벤저민의 가족이 손님 때문에 잠시 접어둔 애정을 순간적으로 감지했다. 미묘한 변화였다. 벤저민 아내의 얼굴 주름에 새겨져 있던 웃음이 희미하게 사라지고 더 부드러운 표정이 그 자리를 대체했다. 그 표정만으로도 제이나는 마음의 무장을 해제했다. 벤저민과 관련해 신경 쓰이던 일들은 전부 증발해 버리고 말았다.

"이쪽이 에벌린이고 얘는 우리 딸 앨리스예요."

"제이나, 얘기 정말 많이 들었어요." 에벌린이 말했다. 하지만 화이트테리어 다섯 마리가 엎치락뒤치락하면서 복도로 뛰어들고 요란한 소리를 내는 바람에 인사가 중단되었다. 앨리스가 자지러지듯 웃었다.

"쟤들은 무시하렴, 앨리스." 벤저민이 말했다. 앨리스는 인상을 쓰고 어깨를 축 늘어뜨렸다. "규칙 알지? 손님이 왔을 때는 안 돼." 앨리스가 무릎을 꿇자 개들이 주위를 뛰어다녔다. "가서 자." 앨리스가 말하자 개들이 자취를 감췄다.

에벌린은 제이나의 몸에 가볍게 손을 대고 활짝 열린 문을 통해 집 뒤쪽으로 이끌었다. 예외 없는 간소함의 미학이 실내를 지배하고 있었다. 제이나가 광고에서 본 적이 있는 스타일이었다. 그녀는 그곳에서 이상적으로 구현된 간소함을 목격했다. 실용성 이외에 아무것도 없는 자신의 숙소와 정반대 편 위치에 도달한 공간이었다. 복도는 텅 빈 거나 마찬가지였다. 눈을 고정할 만한 곳이 하나도 없었기 때문에 제이나는 꿈속을 걷는 기분이었다. 그녀가 인지할 수 있는 것은 공간기하와 가구의 특성과 위에서 아래로 내려오는 빛을 각자 다르게 반사하는 크림색과 흰색의 표면들뿐이었다. 그녀가 보기에 그처럼 미묘한 배색 차는 우연이 아니었다. 역사 속 자료를 신중하게 고려하고 적용한 결과였다. 개조하기 전의 내부장식이 하나도 남아 있지 않았기 때문에 본모습을 상상하기는 어려웠다. 제이나는 그래도 벤저민과 에벌린이 옛 관습과 자신들의 개인적 취향에 따라 집을 꾸민 방식을 이해할 수 있다면 재미있을 것 같았다.

"이리 와요. 마실 걸 좀 드릴게요. 벤저민은 정원 차양을 정돈해야 하는데 저는 샐러드를 거의 다 만들었거든요. 와서 이리 앉으세요."

제이나는 생각을 수정했다. 그녀의 상사는 물건을 고치고 잡일을 하는 사람이었다. 그녀는 주방 식탁 옆에 있는 의자에 앉으려고 손을 뻗었다. 에벌린이 음료를 준비하는 동안 그녀는 벤저민이 정원을 오가면서 머리 위에 있는 검은색 천을 팽팽하게 당기려고 손잡이를 돌리는 모습을 지켜보았다. 앨리스가 아버지를 돕겠다고 고집을 부리고 있었다. 제이나는 아이가 없으면 그 작업이 더 빨리 끝날 거라고 생각했다. "앨리스는 일을 돕는 게 좋은가 봐요." 제이나가 말했다.

에벌린이 제이나에게 음료를 내놓았다. 장식이 있는 크리스털 잔 안에 탄산수가 들어 있고 라임 조각이 곁들여져 있었다. "쟤는 항상 저렇게 붙어서 떨어지질 않아요. 움직이는 걸 아주 좋아해서 뭐든지 같이하려 들죠. 이 샐러드도 그래서 다 못 만들었어요. 애가 재료를 직접 썰겠다고 해서요."

"앨리스는 장난감 갖고 노는 것도 좋아하겠어요."

"우리 애야말로 장난감 좋아하는 시기를 건너뛰었어요."

"아이들은 전부 장난감을 좋아하는 줄 알았는데요."

"음, 앨리스는 안 그래요. 거의 안 갖고 놀아요. 실뭉치를 더 좋아하죠."

"그걸로 뭘 해요?"

계산된 삶

"집 여기저기를 다 묶고 다녀요." 에벌린이 웃었다. "전에도 그랬고요."

"아이에 대해서는 잘 모르거든요. 만나본 아이는 헤스터의 아들인 존조뿐이에요."

"그럴 기회가 많지 않았겠죠." 에벌린이 말했다. 그리고 잠시 뒤 덧붙였다. "제이나, 당신은 모르겠지만요. 당신 때문에 우리 가족생활이 크게 달라졌어요. 벤저민과 보내는 시간이 더 많아졌고, 그러다 보니 그이가 옛날 모습으로 돌아왔어요. 나랑 처음 만났던 시절로요. 여유도 훨씬 많아졌고요."

"좋은 소식이네요. 가족과 함께 보내는 시간이 사라지면 슬프죠."

"우리 직장에도 당신 같은 사람이 있으면 좋겠어요."

"그게 어디죠, 에벌린?"

"도심에 있는 법률사무소예요. 하지만 우리 회사는 제이나를… 제이나 같은 전문가를 고용할 만큼 크지 않아요."

제이나가 미소를 지었다. 에벌린은 '임대'라는 말을 쓰려던 모양이었다. 화제를 바꿔야 할 순간이었다. "그 샐러드는 이름이 있나요?" 반려동물에 대해 묻는 식으로 질문했기 때문에 에벌린은 재미있는 표현이라고 생각하는 듯했다. 그녀는 거의 키득거릴 정도로 크게 웃었다. "지중해식 샐러드예요."

"그거 아마 부정확한 명칭이죠?"

"정답이에요. 재료는 전부 정원에서 수확했으니까… 나 대신 드레싱 좀 섞어줄래요?" 에벌린은 온갖 병과 소금과 후추 빻는 기구와 빈 그릇을 제이나에게 내어주었다.

제이나가 눈을 크게 뜨고 웃었다. "전 요리 못해요. 아시잖아요."

"음, 이건 요리라고 부르긴 어려워요. 그냥 여러 가지를 한데 섞으면 돼요. 솔직히 내가 보기에는 그거야말로 최고의 요리법이에요. 좋은 재료를 잘게 썰잖아요." 제이나는 잉글리시 머스타드가 든 그릇을 집었지만 뭘 해야 할지 몰랐다. "그냥 이것저것 집어넣고 흔들어요. 오일보다 식초를 더 많이 넣고요. 그다음에 식초를 찍어서 맛을 보세요. 양은 직접 결정하고요."

"아주 쉬울 것 같네요." 제이나는 병 뚜껑을 열고 오일을 부었다. '한 방울 더. 하나 더. 한 번만 더. 식초는? 식초와 오일의 비율은?' 그녀는 임계점을 초과하지 않으려고 적정滴定하는 화학자와 같았다.

"계속하세요." 에벌린이 친절하게 용기를 북돋워 주었다. "이제 소금하고 후추하고 허브를…" 제이나는 검은 후추 열매를 갈아서 그릇에 뿌렸다. 그녀는 후추를 가는 소리를 듣자마자 데이브와 자신의 완벽한 커피 잔을 떠올렸다. '데이브는 지금 뭘 하고 있을까?' 그녀는 소금을 한 번 갈고, 뒤섞인 허브를 조금 많이 넣었다. 그리고 그릇에 든 재료를 썻었다.

"뚜껑을 닫고 세게 흔드세요."

"네. 그런데 오일이 안 섞이는데요. 따로 놀 거예요."

"드레싱을 접시에 담을 때 작은 거품기를 같이 놓을 거예요. 저거예요." 에벌린은 조리도구가 완벽하게 정렬되고 조화를 이루고 있는 조리도구 선반을 가리켰다. "병은 그냥 흔들어요." 제이나는 그녀가 시키는 대로 했다. "제이나, 금세 배우네요."

"그래야죠. 손님들이 곧 오잖아요."

그 순간 벤저민이 정원을 지나 부엌에 들어왔다. "앨리스가 친구와 차양을 갖고 놀았나 봐. 온갖 잡동사니를 전부 올려 놨더라고." 세 사람은 자연스럽게 정원 쪽을 바라보았다. 앨리스가 어린 나뭇가지를 최대한 높이 집어던지고 있었다.

"저 밑에 있으면 시원하고 기분이 좋겠어요." 제이나가 말했다.

"저거 없인 못 살아요. 덕분에 정원을 1년 내내 쓸 수 있죠."

"음, 이 얘기는 꼭 해야겠어요. 집 전체가 너무 좋아요."

벤저민이 미소를 짓고 아내를 바라보았다. 미소가 에벌린에게 번졌다. 그때 앨리스가 정원에서 부엌으로 돌진하더니 아무 이유 없이 부모에게 몸을 던지고 두 사람의 허리에 팔을 둘렀다. "난 파티가 정말 좋아요. 다른 사람들은 언제 와요? 다들… 너무 늦잖아요."

딸이 조급하게 굴자 부모가 함께 웃었다. 세 사람은 눈을 깜빡이면서, 아버지가 딸에게, 딸이 어머니에게, 어머니가 남편에게 시선을 보냈다. 어른의 커다란 손이 작은 어깨에 손을 얹고 머리카락을 다독거렸다. 앨리스는 어머니의 배에 머리를 기대고, 올려다보면서 어색한 자세로 손을 어머니의 얼굴 앞으로 올렸다. "더 이상 못 기다리겠어요."

제이나는 과연 배우가 그런 광경을 흉내 낼 수 있는지 궁금했다. 아이를 보는 부모의 눈에 담긴 과도한 찬사는 다른 어디에서도 볼 수 없었다. 벤저민은 아이를 들어 올려서 입을 맞췄다. "늦어서 다행이지. 덕분에 아빠가 정원에 있는 물건을 전부 치울 수 있었잖니."

"따분한 얘기 하지 마세요, 아빠. 내려주세요."

제이나는 앨리스가 아주 특별한 아이라고 생각했다. 하지만 바로 그 순간, 그런 생각이 제이나의 머릿속으로 흐르면서, 앨리스가 아니라 다른 아이가 그 자리에 존재할 수도 있다는 점이 떠올랐다. 벤저민과 에벌린이 단 몇 분만 일찍, 혹은 늦게 아이를 가졌다면 앨리스가 아니라 어떤 남자아이가 존재할 수

계산된 삶

도 있었다. 제이나는 그 두 성인이 이불을 덮고 있는 장면을 머리에서 지울 수가 없었다. '어쩌면 저 두 사람은 앨리스가 부모의 유전자를 표현하는 일면에 지나지 않는다는 사실을 알지도 몰라. 수많은 다른 아이가 존재할 가능성이 있었다는 사실도. 세상 모든 부모가 다 알고 있겠지.'

제이나는 태어나지 않은 앨리스의 형제로 가득한 방을 상상했다. 그리고 각 얼굴에서 성격상 특성을 읽어내려고 애쓰면서 유사점을 찾았다. 그중에는 뛰어난 아이가 있었고 유난히 다른 아이도 있었고 오래전에 잊힌 선조 수준으로 거슬러 올라간 것으로 보이는 아이도 있었다. '이 중에서 한 명을 선택해야 한다면?' 그녀는 다른 사람이 아니라 벤저민과 에벌린이 그처럼 놀라운 생물을 낳았다는 사실을 믿을 수 없는 지경에 이르렀다. 그녀는 아버지의 품에서 조금씩 버둥거리면서 빠져나오는 앨리스를 지켜보았다. '이 가족의 행복은 공포로 단련됐을까? 우연과 경솔함은 보석을 발견하게 해주기보다는 잃게 만드는 법인데. 저 가족은 그런 약점에 어떻게 대응하는 걸까?'

제이나의 심장이 거세게 두근거렸다. 그녀는 그와 같은 광경과 조금이라도 비슷한 것조차 목격한 적이 없었다. 열광하는 아이와 기뻐하는 부모는 단순하고 무구했다. 그녀는 얼마

되지 않는 인생에서 단 한 번도 그런 행복과 같은 방에 머물러 본 적이 없었다. 이 집에 사는 사람들은 공간의 순수함과 한 몸인 것 같았다. 그녀는 축축해진 눈으로 다시 소스를 바라보았다. "기름이 너무 많은가 봐요."

"물 탄 레드와인을 추가해요. 여기 있어요." 에벌린이 말했다. 제이나는 양을 가늠하면서 병을 천천히, 적당히 기울였다. 그리고 제 팔이 소심하고 딱딱하게 움직이는 모습을 지켜보았다. 그녀가 몸을 떨다 보니 근육조직들이 이완되는 동시에 수축하는 모순적인 움직임을 보였다. 그런 움직임은 의식적으로 모든 힘줄과 근육에 각기 지시를 내리지 않았건만 발생했다. 그것과 매우 흡사하게도 그녀의 모든 생각이 편집되지 않은 상태에서 지속적으로 정신을 관통했다. 하지만 근육의 움직임이 변화하는 피부의 외양을 통해 드러나는 데에 반해 마음속 생각은 표출되지 않은 채 숨어 있었다. 그녀는 겉으로 보기에 평온했다.

"어때요, 에벌린?"

에벌린은 과장된 동작으로 상추 조각을 담갔다. "완벽해요. 정말 완벽해요. 그것 봐요. 어려울 거 하나도 없잖아요." 그녀는 말하면서 턱에 묻은 방울을 닦았다.

벤저민과 앨리스가 정원으로 돌아가서 바비큐를 가열했

다. 제이나는 함께 가고 싶었지만 에벌린이 칼끝으로 도마를 두드리면서 그녀의 주의를 끌었다. "저기, 다른 사람들이 도착하기 전에… 뭘 좀 물어봐도 괜찮을까요? 어젯밤에 벤저민하고 의논해 봤는데요. 못 물어보겠다고 하더라고요. 선을 넘는 질문이라서요." 그녀는 칼질을 멈추지 않았다. "사실 오늘… 당신이 방문하기 때문에 그런 얘기를 했는데요." 그녀가 입술 끝을 깨물었다. 제이나는 그런 행동이 채소 썰기 때문인지 지금 하려는 질문 때문인지 분간할 수가 없었다. 에벌린이 말을 이었다. "당신한테 유년 시절이 없다는 건 알아요. 왜냐하면 완전한… 상태로 깨어났으니까…" 그녀가 그런 행동을 한 건 도마질 때문이 아니었다.

"우리를 양식했다거나 배양했다고 표현하는 사람도 있어요."

두 용어 모두 사람을 불편하게 만드는 의미의 오류가 있었다. 에벌린은 잠시 궁지에 몰린 것 같았다. "네… 음, 뭐라고 해야 할까요. 벤저민은 당신이 하는 일만 칭송했어요. 극찬을 받아야 하는 건 당신인데요. 당사자가 배제됐다는 건 느끼죠? 내가 무례했나요? 진짜로 하려는 말은 뭐냐 하면요. 당신은 부모님이 없으니까… 우리는 앨리스 얘기를 하다가 어떡하면 그 애의 근원을 추적할 수 있는지도 얘기했어요. 우리 두 사람은 물론이고 고모나 조부모님까지 거슬러 올라가서요. 미안해요. 혹시 이런 질문을 하는 게 싫은가요?" 그녀는 제 말 때문에 부끄러워하면서 얼굴을 구겼다.

"아니에요, 에벌린. 괜찮아요. 지금까지 그런 걸 묻는 사람이 없었어요. 하지만 세상에는 호기심이 없는 사람도 있는 법이니까요."

"무례한 일일까 봐 걱정돼서 그래요… 그냥 한 아이의 부모로서 궁금해서 그래요. 게다가 나도 명색이 변호사니까… 그 경계가 어딘지 궁금하고요."

"생물학적 부모와 함께 살지 않는 자연 태생 인간이 있다는 점을 잊지 마세요. 근원을 모른다는 점에서는 저도 그 사람들과 똑같아요. 제 입장에서 가장 큰 차이점은 제 유전적 구성이 아주 많은 근원의 조합으로 이뤄져서 부모가 수백 명이라는 점이에요. 에벌린, 나한테는 마스터 타입이 있어요. 굳이 얘기한다면 마스터 타입이 그나마 부모와 가장 유사하죠. 내 마스터 타입은 분석능력이 뛰어난 사람이겠죠. 그걸 기반으로 해서 코드를 엄청나게 수정해요. 하지만 내 마스터 타입이 남성인지 여성인지는 몰라요. 이론적으로는 나 같은 사람이 일반적인 부모에게서 태어나는 것도 불가능하지는 않아요. 당신과 나는 똑같이 임플란트를 쓰고 있지만 나는 그걸 더 잘 활용

계산된 삶

하거든요."

"난 그냥…"

제이나는 에벌린의 대답을 짧게 요약했다. "변호사에게는 매력적인 질문이죠. 그건 알아요. 하지만 내 입장에서는 그게 중요하지 않고요."

"맞아요. 난 상상도…"

초인종이 울리자 정원에 있던 앨리스가 아버지보다 더 빨리, 미끄러지며 달리기를 반복하면서 빠르게 달려 나왔다.

"아이가 사랑스러워요." 제이나가 말했다. 에벌린은 질문을 하듯 그녀를 바라보았다. "오늘 오는 사람들도 제가 누군지 아나요?" 이제 제이나가 에벌린과 단둘이 얘기할 수 있는 시간은 없을 것 같았다.

"걱정 말아요. 당신이 벤저민의 직장 동료라는 것만 알아요. 당신이 화제의 중심이 되는 건 부당하다고 생각했거든요."

"맞는 말씀이에요. 오늘 모임은 그것과 아무 관계가 없으니까요."

"나중에 얘기해 주면 돼요."

"제가 아직도 신기한 존재로 보이죠?"

"솔직히 말하자면 그래요. 그리고 언제 오더라도 환영할게요." 에벌린도 앨리스와 마찬가지로 매력을 발산할 수 있는 사람이었다.

　시끌벅적한 소리가 부엌까지 흘러들어 왔다. 4인 이상의 인원이 동시에 대화하고 있었다. 하나같이 청중이 정원 끝에 있기라도 한 양 목청을 높이고 있었다. 여성의 목소리는 점점 높아지는 고음이었고 남성의 목소리는 점점 낮아지면서 울렸다. 아이 셋이 앨리스와 함께 부엌을 통과해 정원으로 달려갔고 곧이어 두 명이 더 뒤를 따랐다. 달리는 속도로 보건대 오후에 할 놀이를 벌써 정한 것 같았다. 빨리 결정할수록 더 많이 놀 수 있을 터였다. 에벌린은 주방의 작업 공간에서 벗어나 손님들에게 빠르게 키스하면서 인사를 치렀다. 그다음은 벤저민과 에벌린이 함께 와인과 작은 선물을 받을 차례였다.

　제이나가 에벌린과 나누던 친밀함은 갑자기 중단되었다. 제이나는 그 자리에 없는 사람에 대한 대화가 동시에 병행되는 공간 안에 서 있었다. 집에서 멀리 떠나 살고 있는 성장한 아이들이나 오늘 참석하지 못한 친구들이 대화의 주제였다. 다음으로는 최근 휴일에 떠났던 여행과 집으로 돌아온 날짜에 대해 파편적인 이야기가 이어졌다. 그와 동시에 마실 것이 준비되었고 사람들은 원하는 음료를 부탁했다. 그 한가운데에 벤저민이 있었다. 제이나는 무리로부터 조금 떨어진 곳에 앉아서 직장 상사를 평가했다. 직장에서 벤저민은 경계를 늦

　　　　　　　　　　　계산된 삶

추지 않고, 전 직원이 수행하는 프로젝트를 일일이 감시하고, 늘 재촉하고, 장애물을 제거하고, 대금 청구에 목을 매고, 고된 작업이 곧장 높은 수익으로 이어진다는 사실을 절대로 잊지 않는 사람이었다. 그는 '바보라도 바쁘게 일할 수는 있습니다'라고 여러 차례 말하곤 했다. 하지만 제 집에 있는 벤저민은 사교적이고, 상냥하고, 친구들 어깨에 팔을 두르고, 여성들과 애정을 담은 키스를 두 번씩 주고받았다. '이게 벤저민 슬레이터의 사생활이구나. 하나같이 육체적이야.' 제이나가 생각했다. 그녀는 지난주에 벤저민이 자신의 팔을 건드렸던 사건도 재평가했다. 순간적으로 사무실용 인격이 사라졌던 모양이었다.

"자, 여러분." 에벌린이 목소리를 높였다. "이쪽은 벤저민네 사무실에 있는 제이나예요." 모든 사람이 제이나를 향해 미소를 짓고 인사했다. 제이나는 활짝 웃고 너무 티가 나지 않게 술잔을 어깨 높이로 들었다. 에벌린이 손짓으로 그녀를 부르고 악수가 시작되었다. 모든 사람이 (a) 처음 만나는 사람을, (b) 친구의 동료를, (c) 나이가 많지 않은 성인을 그렇게 대해야 적절하다는 사실을 알고 있었다.

"제이나, 이제 험담을 할 시간이에요. 벤저민은 어떤 상사예요?" 머리를 짧게 깎은 여성이 물었다.

"사실 제이나가 내 상사나 마찬가지예요." 벤저민이 말했다.

"음, 그건 아니고요." 제이나는 긴장을 풀고 조금 더 일상적인 어조로 얘기해도 되는지 궁금했다.

"그럼 어떤 사람이에요?" 여성이 끈질기게 물었다.

제이나는 웃으면서 턱을 들어 올렸다. "솔직히 말하면 하루 종일 일만 하시는 편은 아니에요."

"내 그럴 줄 알았지." 에벌린이 말했다.

"완벽하게 설득력 있는 얘기예요. 게으른 사람 같으니라고. 일은 제이나가 다 하겠죠." 여성이 말했다.

"가끔 그런 기분이 들긴 해요." 제이나가 말을 얹었다.

"다 들통났어, 여보." 에벌린이 말했다.

"직원이 나를 비판할 때는 내가 아주 좋은 사람이라는 걸 증명해야죠. 그러니까…" 벤저민이 부하 직원을 바라보았다. "제이나는 오늘부로 해고예요." 그의 말에 친구들이 킬킬 웃었다. 마침 초인종이 울렸기 때문에 제이나는 그 틈을 타서 눈에 띄지 않으면서도 단호하게 무리에서 이탈하기 시작했다. 그녀의 주된 관심사는 다른 곳에 있었다. 그 어떤 것보다 아이들이 정원에서 무엇을 하는지를 가장 알고 싶었다. 새 손님이 방으로 들어왔을 때 그럴 기회가 생겼다. 사람들은 얼굴을 마주하고 기대감과… 행복을 서로 확인하고 맞췄다(벤저민과 에벌린의 손님들은 정말로 행복을 공유했다). 제이나는 안뜰로 걸어가서 몸을 떨면서 작은 사람들에게 조금씩 다가갔다. 그들은 안쪽으로 무너져 내릴 정도로 자신에게 몰두하고 있었기 때문에 제이나가 접근했다가 활동을 방해할 위험은 거의 없었다. 하지만 놀랍게도 그들은 꽤 평화로웠다. 정원 끝에서 끝으로 뛰어다니면서 서로 그다지 소통하지도 않았고, 미리 정해진 것처럼 보이는 임무와 탐색과 수집을 수행했다. 하나같이 반쯤 날뛰어 가며 개인적인 목표를 추구하느라 여념이 없었다. 성인과 그 자손은 확실히 다른 궤도에서 움직이고 있었다.

제이나는 조용히 접근해서 안뜰과 아이들이 활동하는 중심부의 사이에 있는 덩굴식물에 관심이 있는 척 연기를 했다. 남자아이가 그녀의 발치에 있는 화분에서 자갈을 한 움큼 꺼내는 바람에 철망의 그림자와 집 울타리 사이로 들어온 강렬한 햇빛에 흙이 노출되었다. 아이는 자갈을 하나씩 집어서 땅에 원을 만들었다. 그 원은 이미 정원에 만들어진 두 개의 원과 똑같았다. 각 원은 두 아이가 들어가서 무릎을 꿇을 수 있을 만한 크기였다.

제이나가 앨리스를 바라보았다. "이 원은 뭐야?"

"교역소인데 아직 시작할 준비가 안 됐어요." 앨리스는 그렇게 대답한 다음 정원의 저지대에 있는 관목 쪽으로 이동했다.

'이건 무슨 가상극일까? 아이들은 왜 저렇게 바삐 놀까? 원래 준비하느라 힘을 다 쓰고 본론은 순식간에 끝나는 놀이일까? 게임 시간 가운데 99퍼센트는 생각하는 데에 쓰고 약 1퍼센트 정도만 말을 움직이는 데에 쓰는 체스 같은 걸까? 그게 아니라면 경쟁 결과가 순간적인 심판에 좌우되는 놀이일까?' 제이나가 생각했다. '애들을 이렇게까지 몰두하게 만드는 다른 요소가 있는지도 몰라. 시간 자체가 중요할지도 모르지. 아이들이 조종할 수 없는 요소니까. 어른이라면 이렇게 과충전된 활동을 의심의 여지 없이 당장 중단할 거야. 아이들에게 허락된 자유라는 건 진짜 존재하기보다는 환상이나 마찬가지니까.' 제이나는 결론을 내렸다.

앨리스가 작은 깃털 두 개와 꽃봉오리 몇 개를 들고 자신의 원으로 돌아왔다. 그녀는 제이나를 올려다보았다. "괜찮아요. 씨앗은 가져가도 된다고 했거든요. 엄마랑 아빠가 우리들 쓰라고 남겨놨어요." 앨리스는 꽃을 나란히 늘어놓고 양쪽 끝에 부드럽게 괄호를 두르듯 깃털을 추가했다. 그녀는 자신이 모아두었던 조그마한 무더기에서 나뭇가지를 하나 집더니 손톱으로 열심히 껍질을 긁어내고 그 안에 있던, 부드럽고 하얀

계산된 삶

속을 드러냈다. 제이나는 반바지 주머니에 들어 있는 종이 수의 근처에 손을 댔다. 그녀의 몸이 무의식적으로 떨렸다. '우린 같은 게임을 하고 있어. 하지만 앨리스는 자연에 더 가깝게 사는 생물답게 눈이 확실히 예리하지. 저 애는 사지를 뻗고 기어 다니면서 개별적인 풀잎의 날 사이로 드러난 탄탄한 땅을 검지손가락으로 문지를 테고, 결국 흥미로운 무언가를 발견하게 될 거야.'

"왜 그렇게 서두르니?" 제이나가 앨리스에게 물었다.

"어른들이 나오면 우리가 놀 자리가 없어지니까요. 하지만 엄마가 약속했어요. 어른들은 안뜰 너머로 안 나올 거라고요." 앨리스는 다시 달려갔다.

다른 아이들은 제이나의 존재를 일단 망각하고 있었다. 하지만 가끔씩 그녀가 있는 방향을 흘끔거리면서 관심을 끌려는 것처럼 과장되게 행동하고 애를 썼다. 어른인 그녀가 실내에서 부모들과 잡담을 하는 대신 자신들의 행동에 관심을 보이자 기쁜 것이 분명했다. 하지만 당연하게도 그녀가 부모들처럼 나이가 많지 않았으며 복장 역시 놀이용 옷과 비슷했다는 사실이 한몫을 했다.

"심판 하고 싶으세요?" 앨리스가 물었다.

"난 규칙을 모르는데."

"음, 우리가 교환 조건에 동의하지 않을 때 결정해 주면 돼요. 그리고 교역소 양쪽에서 동시에 물건을 훔치는 팀은 막아주세요. 그리고 습격이 발생하면 자신의 물건을 가져갈 수 없어요. 전부 원 안에 남겨놔야 해요."

"습격? 아무 때나 습격할 수 있어?"

"아뇨. 물건이 다 떨어질 때만 할 수 있어요. 깃털처럼 특별한 물건 하나랑 가진 걸 왕창 크게 거래하면 그렇죠."

"알았어. 그래도 내가 잘못하면 알려줘야 해. 게임 시작하면 말해줘."

10분 뒤 앨리스가 선언을 하자 마침내 교역이 시작되었다. 앨리스네 정원이다 보니 중요한 결정도 앨리스의 몫이었다. 제이나는 하얀 조약돌 두 개와 껍질 벗긴 나뭇가지의 교환에 심판관으로 불려 갔다. "나뭇가지를 저렇게 만들려면 아주 힘들거든. 내 생각엔 예쁜 조약돌을 더 가져와야 할 것 같아."

이견은 없었다. 제이나의 말이 곧 법이었다. 그때 습격이 일어났다. 두 아이가 물물교환에 몰두하는 동안 앨리스와 팀 동료가 비어 있는 원으로 몸을 날려서 상품을 약탈했다. 협상은 그 즉시 깨졌다. 모든 아이가 자신의 원을 지키러 달려갔고 남자아이 한 명은 앨리스가 돌아가기 전에 그녀의 원에 도달했다. 남자아이는 앨리스의 보물인 깃털 하나를 붙잡았다.

계산된 삶

그 모든 행동이 공격적임에도 불구하고 분노나 불만으로 거칠게 소리를 지르는 아이는 없었다. 패배한 애들은 우울하게 한숨을 쉬었지만 모든 아이가 조용히 최종 이익과 손실을 정산했다.

"남는 장사였어?" 제이나가 물었다.

"아뇨. 이번에는 아니에요. 하지만 예쁜 말벌 시체를 손에 넣었는데 거의 멀쩡해요."

"방금 죽었구나."

"빨간 나뭇잎 위에 올려놓을 거예요. 그러면 잠깐 자는 것처럼 보일 테니까요."

제이나는 생명이 깃들지 않고 죽은 보물로 이루어진 환상 세계에 집중하고 있는 소수의 아이들을 돌아보았다. 어떤 도덕적 잣대를 들이대도 게임의 규칙은 놀라울 만큼 자유로웠다. 절도는 용인되었고 후폭풍은 전혀 없었다. 가짜 감옥에 가는 사람도 없었다. 하지만 정반대로 참가자들은 꽃봉오리와 유난히 올곧은 나뭇가지와 흥미를 끄는 돌조각의 상대적인 가치를 조용히 협상하려 들었다. 게임을 여러 차례 거치면서 결정된 가치이다 보니 아이들은 화폐의 작동 원리를 어느 정도 느끼고 있었다. '아이들은 세상이 그렇게 돌아간다고 믿을까? 그런 식으로 어른의 투기장을, 잘하는 사람과 못하는 사

람이 나뉘는 공간을 흉내 내려고 하는 걸까?'

벤저민은 벌써 바비큐를 준비하고 있었다. 그의 친구들이 안뜰로 몰려나왔다. 에벌린이 말했다. "애들 놀이를 방해하지 말아요. 놀 자리도 내버려 두고요." 제이나는 과연 어른들이 그런 주의사항을 새겨들었을지 의심스러웠다. 그녀는 다시 집 쪽으로 돌아가다가 어깨 너머로 아이들을 바라보았다.

"제이나, 스테이크하고 샐러드 괜찮죠?" 벤저민이 물었다.

"당연하죠." 그녀가 말했다. "도와드릴게요."

계산된 삶

13장

◆
◆
◆

"제이나, 네가 추천한 대로 오늘 오후에 대학 공원에 다녀왔어." 제이나가 저녁 식사에 합류하자 루카스가 말했다. 그녀는 사실 대학 공원에 발을 딛어본 적도 없었다. 그저 난간 너머로 구경한 게 전부였다. 지난 주말에 데이브와 만나기로 약속한 다음 알리바이로 삼으려고 꾸며댄 말이었다. 그녀는 적당히 살을 붙이면서 잔디밭에 누워서 느긋하게 시간을 보냈다고 설명했다. '설마 그 얘기 때문에 발목이 잡히진 않겠지?'

"우리 모두 너무 당황했어." 루카스가 말했다. "아이스크림 장수하고 손님 한 사람이 진짜 이상한 문제로 싸웠거든. 손님이 초콜렛 아이스크림을 샀는데 거기서 탄 냄새가 난다고 항의를 했어."

"초콜릿도 타나?" 제이나가 물었다.

"글쎄. 아이스크림 장수는 초콜릿 아이스크림이 직접 만든 특제품이라고 하더라. 블랙 메노르카스라는 이름을 붙여서 파는데, 먹다 보면 맛을 알게 된대."

"블랙 메노르카스라고?" 제이나가 말했다.

"돌아와서 좀 찾아봤거든. 블랙 메노르카스는 닭의 품종

이름이야." 루카스가 생각에 잠긴 얼굴로 말했다. "본래 스페인 품종이래. 왜 아이스크림 이름을 그렇게 붙였는지 이해는 못 하겠지만."

"개인적인 이유가 있겠지. 가족이 닭을 키울 수도 있고 과거에 그랬을지도 모르고." 제이나가 말했다. "그렇다고는 해도 왜 닭의 품종명을 초콜릿 아이스크림에 붙였는지는 모르겠어."

"모든 일이 논리적이지는 않으니까." 해리가 말했다.

"음, 다음 주에 다시 가서 물어봐야겠어." 루카스가 말했다.

블랙 메노르카스 얘기가 일단락되자 제이나가 화제의 중심으로 떠올랐다. 벤저민 가족을 방문한 사건에 대한 취조가 시작되었다.

"뭐가 가장 놀라웠어?" 줄리가 물었다.

"벤저민이 동네 사람 절반을 초대할 줄은 몰랐어." 정말로 동네 인구의 절반을 초대했다는 뜻은 아니었다. 하지만 제이나는 직장에서 그런 표현을 들은 뒤로, 동네 사람 전부라는 말보다 동네 사람 절반이란 표현에 더 매료되었다. 역설적이게도 동네 사람 절반이라는 표현이 뜻을 더 크게 강조했고, 그러는 편이 더 재미있기도 했다. "어쨌든 나는 네 사람이 공식적인 응접실에 있는 커다란 소파에 앉아서 바비큐 파티를 시작하기 전에 조용히 대화를 나눌 거라고 상상했거든. 그런데 실제로는 엄청나게 허물이 없었어. 벤저민의 부인인 에벌린과 부엌에서 수다를 떨면서 샐러드와 드레싱을 만들었지."

"샐러드를 만들었다고? 제이나 네가?" 줄리가 물었다.

"에벌린이 방법을 알려줬어. 나중엔 바비큐 고기를 뒤집는 것도 도왔고."

줄리가 몸을 앞으로 내밀었다. 자세히 듣고 싶은 게 분명했기 때문에 제이나는 요구에 응했다. "고기를 엄청난 고열로 익혀야 해. 꺼낼 시간을 맞추는 게 핵심이지. 1분이라도 늦게 꺼내면 육즙이 너무 안 남거든." 친구들은 이제 완전히 몰입하고 있었다. "스테이크를 레어로 해달라고 요구하는 사람도 있었어. 그건 생각하는 것보다 일찍 고기를 집어내면 돼. 그러면 고기가 너무 안 익어도 원하는 사람이 1,2분 정도 불판에 다시 올려놓으면 되니까."

"재밌었어?" 루카스가 물었다.

"나는 그랬어. 그런데 벤저민과 에벌린이 음식을 준비하고 요리를 하고 손님들 시중을 들고 치우느라고 너무 고생하더라. 사실 전체 파티의 중심은 음식이었어. 다들 샐러드에 대해서 엄청나게 자세히 얘기했어. 시민 농장에서 잘 자라는 곡물은 뭔지, 이번 계절에 수확이 안 좋은 건 뭔지, 특정 재료를 사용해도 좋은지, 고기를 어떻게 자르면 좋은지… 진짜 그게 그렇게 중요한 화제일 줄은 몰랐어."

"우리는 그냥 식당에 가서 주는 대로 먹고 나오는데." 루카스가 말했다.

"할 일이 많았을 텐데." 해리가 무덤덤하게 말했다.

"음, 손님도 조금씩 돕긴 했어. 한 사람이 음식을 다 먹은 접시를 치우기 시작하면 다른 사람들도 따라 했어. 한 남자는 마실 것을 같이 날랐고. 아이들은 모든 사람이 챙겼어. 애들이 먼저 먹었지. 덜 비싼 부위이긴 했지만."

"이유가 뭐야?" 루카스가 눈을 크게 뜨면서 물었다.

"나도 정말 모르겠어. 물어보기도 싫었고. 내가 보기에는 이중구조 경제인 것 같아. 어쨌든 아이들이 더 조금 먹잖아." 주제가 아이들로 옮겨 가자 제이나는 그들의 놀이방식을 묘사했다.

"그 게임의 기초는 아주 오래전에 시작됐을 거야." 해리가 말했다. "더 오래되고 유사한 기본 틀이 있겠지. 그걸 반복하면서 조금씩 바뀌었을 테고."

"아이들은 기본적으로 물건을 교환하는 활동을 좋아하더라. 뛰면서 돌아다니는 것도 아주 좋아하고." 줄리가 말을 거들었다.

계산된 삶

"그럼 절도는 뭐야? 그걸 이해 못 하겠어." 제이나가 물었다.

"위기 상황에서만 훔친다면 그렇게 심각한 문제는 아니야. 뉴스를 보면… 그게 끔찍할 만큼 현실적이긴 하지. 타고난 본능 수준의 문제야." 해리가 말했다.

'타고난 본능이라.' 제이나는 얼굴이 붉어졌다. 자신도 그 사실을 알고 있었다. 그녀는 또 다른 본능을 떠올렸다. 그녀는 자그마한 앨리스 슬레이터가 부러웠다. 벤저민의 집에서 나왔을 때 바로 그런 감정이 쏟아져 나왔다. 그녀는 벤저민과 에벌린에게 작별 인사를 하고 리무진으로 걸어갔다. 그때 앨리스가 집에서 뛰어나오면서 소리쳤다. "이거 가져가세요! 심판은 꼭 보상을 받아야 해요." 앨리스가 껍질을 벗긴 나뭇가지를 건넸다. "제일 좋은 거예요." 제이나는 얼마 전까지 조금 지저분한 잡동사니에 불과했던 물체를 내려다보면서 말했다. "앨리스, 하나 물어볼게. 지금도 울 때가 있니?" 앨리스는 두 사람이 같은 또래이고 이제부터 함께 거리를 뛰어다닐 것처럼 손을 잡고 말했다. "애들이 괴롭히면 집에 와서 울어요. 그럼 엄마가 그래요. 어린 여자애들은 원래 그렇고 크면 안 그런다고요. 하지만 상태가 너무 안 좋으면 애들 엄마랑 선생님을 찾아가서 얘기해요. 그럼 선생님이 우리를 전부 불러요. 그다음엔 서로 미안하다고 말하고 악수하게 만들어요. 그럼 다시 친한 친구가 돼요."

제이나는 앨리스의 머리를 쓰다듬고 또 물었다. "커서 어떤 사람이 될지 생각해 본 적 있니?"

앨리스를 부러워하도록 만든 것은 바로 그다음에 흘러나온 대답이었다. "난 이제 여덟 살밖에 안 됐는데요."

앨리스는 사랑을 많이 받은 아이였고 미래에 대해 걱정할 필요 없이 마음껏 놀 수 있었다. 하지만 제이나는 더 먼 지점까지 추측해 보았다. 앨리스의 부모는 이미 제 자식에게 천부적인 재능이 아주 조금이라도 있을 경우 육성하려고 두 눈을 부릅뜨고 지켜보고 있었고, 어린 앨리스는 그 사실을 몰랐다. 그들은 앨리스가 성인이 될 때 제 재능을 자각하도록 지원할 것이 분명했다. 그러면 적절한 시간이 지난 뒤, 떨어진 나뭇가지가 물길을 따라 넓은 바다로 흘러가듯 자연스럽게, 직업적인 성공이라는 이름의 보상이 앨리스의 품에 안겨질 터였다. 앨리스는 하얗고 크림빛이 도는 부모의 집과 비슷한 무언가를 즐기며 살 것이 분명했다. 아삭아삭한 지중해풍 샐러드, 미디엄 레어로 익힌 스테이크, 고급 와인, 방금 갈아놓은 커피까지. 제이나는 헤스터의 말을, 이제 와서 생각해 보면 유치하기 그지없는 말을 떠올렸다. '가져본 적이 없는 건 아쉬워할 수

계산된 삶

도 없지.'

루카스와 해리가 요란한 소리를 내면서 푸딩 접시를 쌓고
있었다.

"제이나, 내일 우리랑 같이 나가자. 가라오케 준결승전이
있거든."

"오후 늦게 갈 수 있을 거야. 새 과제를 맡았거든."

"일요일인데?" 해리가 물었다.

제이나는 이제 꾸며대지 않고 말할 수 있었다. "올리비아
가 소규모 거주지에 대해서 조사를 하래. W3 거주지에 사는
직원을 만나기로 약속을 해뒀어."

"소규모 거주지? 거길 진짜로 가야 해? 이미 보고서가 다
만들어져 있을 텐데." 줄리가 말했다.

"직접 가서 보라는 지시가 있었어. 보고서에 빠진 항목이
있을지도 모르고 내가 잘못 해석할 가능성도 있으니까. 안내
를 받아서 그 지역을 서너 시간 정도 돌아봐야 해. 오후가 다
지나가기 전에 돌아올 거야."

"왜 하필 일요일이야?"

"아직은 완전히 이론적인 단계의 연구거든. 수확이 있을
거라는 보장이 하나도 없어서 근무 외 시간에 들르겠다고 자
원했어."

"그렇게 할 필요가 있나." 줄리는 분개한 것처럼 말했다."

"실은 주고받는 셈이지. 어제 벤저민네 집에 가서 재미있게 보냈잖아. 사실 날 초대할 이유는 없었는데."

"그렇겠지."

해리가 끼어들었다. "나도 소규모 거주지에 갈 일정을 잡아야겠어. 네가 가볼 만한 곳이라면 나야말로 가서 살펴볼 필요가 있다는 얘기가 되니까. 소규모 거주지 정책에 대해서 의논할 게 아주 많을 거야."

제이나는 그런 정책이 데이브 같은 사람에게 미치는 영향에 관해 들어보고 싶었다.

"네가 어떻게 정보를 모으는지도 궁금하고." 해리가 덧붙였다.

제이나의 친구들은 여느 토요일 저녁과 마찬가지로 다시 모여서 특별할 것 없는 커피를 받아 특별할 것 없는 공동 공간으로 이동했다. 오늘 저녁의 잡담 주제는 가라오케였다. 그 주제를 이끄는 사람은 항상 줄리였기 때문에 제이나는 안심할 수 있었다. 줄리는 사람들이 가장 선호하는 노래에 관한 통계치를 알았을 뿐 아니라 성공률에 관해 연구한 적도 있었다. 그녀는 영국에서 가장 큰 오락지구의 대결 결과를 토대로, 참가자의 성별과 지역에 따른 각 노래의 통계상 성공율을 알려줄

계산된 삶

수 있었다(줄리의 말에 따르면 특정 노래에 맞지 않는 말투도 있었다). 그녀는 인기가 많지 않은 노래로 우승할 확률이 20퍼센트 미만이라는 사실을 알고 있었다. 그녀는 그 사실을 전제로 행운만 바라는 참가자와 음치가 이미 전부 탈락했다는 가정하에 준준결승과 준결승의 결과를 계산했다.

"줄리, 너는 왜 포함… 너 자신이 어디까지 올라갈 수 있는지 계산해 봐." 루카스가 말했다. "너 실력 있잖아."

"그건 좋은 생각이 아니라고 봐."

"왜?" 루카스가 물었다.

"불공정하잖아."

"그게 왜 불공정한지 모르겠는데. 넌 좋은 목소리를 겸비하도록 기획되지 않았을 텐데."

"그렇겠지. 그냥 우연이라고 생각해."

"절대 음감은 우연일 수 없다고 봐." 제이나가 말했다. "그렇게 말하니까 꼭 안 좋은 특성 같잖아."

"흠, 우리가 퀴즈 프로그램에 절대 출전할 수 없는 건 다 알지? 내 말은, 다른 휴게소와 노래로 대결하는 건 나도 신경 안 써. 하지만 레퍼토리 돔은 얘기가 달라. 우리는 뭐든지 그 누구보다 잘해내는 방법을 알아낼 수 있으니까… 어쨌든, 그럴 경우에 승리가 무의미하잖아?"

그 말을 끝으로 대화는 더 이상 이어지지 않았다.

◆

제이나는 한쪽 신발만 신은 채 다시 옥상에 올라가 있었다. 그녀는 일주일 동안 기회만 있으면 저녁 식사 시간을 피했다. 실패한 적도 있었다. 그녀는 혼자 있고 싶어서 그런 거라고 되뇌었지만 실은 건너편에 있는 아파트를 관찰하고 싶었다. 그녀는 개인적인 공간에서 움직이는 사람들의 흐름을 몇 시간이고 바라보았다. 말싸움이 들리면 귀를 기울였고, 누가 진짜 가족인지 찾아보기도 했다. 하지만 그 아파트는 도심에 있었기 때문에 수입이 높은 1인 가구나 공간을 공유하는 거주자가 대부분이었다. 게다가 오늘 밤은 제이나가 벤저민 네 집에서 보았던 것처럼 모든 사람이 편안하게 움직이고 있었다. 마치 에벌린이 제 집 안에서 익숙하게 움직이고, 부엌 찬장의 내용물을 전부 알고 있는 것처럼(그리고 앨리스가 정원 바닥의 잡초를 전부 파악하는 것처럼). 제이나는 각 거주자가 방에서 방으로, 부엌에서 거실로, 침실로, 욕실로, 공용 복도를 쓰지 않고 걸어 다닌다는 점을 알아챘다. 휴게소와는 전혀 달랐다. 그들은 개인 공간을 여러 개 사용했다. 얼룩덜룩한 반점으로 뒤덮인 무

계산된 삶

화과나무가 있는 개인 발코니는 말할 필요도 없었다.

더운 밤이었다. 아파트 구역의 미닫이문들은 열려 있었고 방충망이 드리워져 있었다. '이젠 어쩔 수 없는 걸까?' 제이나는 무릎에 앉은 모기를 때려잡았다. '난 이미 길을 나섰어. 그 길 끝에는 커다란 구덩이가 있지. 분명히 떨어질 거야. 하지만 어쩌면 다른 시각으로 볼 수도 있겠지. 나는 산으로 가는 길을 따르는 거야. 절벽일 수도 있고. 추락하러 가는 게 아니라, 모든 규정과 제약을 뒤로하고… 올라가는 거야. 산허리 높은 곳에 튀어나온, 수풀로 뒤덮인 장소에 내가 다리를 꼬고 앉아 있는 모습이 보여. 생기가 넘치는 풀에는 이슬이 맺혀 있고, 난 그 자리에서 남겨두고 왔던 모든 것들을 내려다보고 있겠지.'

그녀는 발코니를 떠나는 두 사람의 모습을 바라보았다. 그들은 침실로 가서 전등을 켰다. 그리고 곧 불빛이 약해졌다. 한 사람이 창문으로 다가서더니 블라인드를 쳤다.

제이나는 위험을 신경 쓰지 않았다. 그리 멀지 않은 곳에서 구급차의 사이렌 소리가 크게 울렸다. 그녀는 옥상 통로로 되돌아가서 신발을 신고, 나흘 전에 식당에서 빼돌렸던 싸구려 금속 티스푼을 주머니에서 꺼냈다. 그녀는 숟가락의 머리 부분을 쥐고, 엄지손가락을 힘주어 끄트머리에 대고, 계단을 내려가면서 거칠게 벽을 긁었다. 그리고 세 걸음마다 멈춰 서서 벽에 작은 구멍을 만들었다. 페인트 부스러기와 회반죽 가루가 계단에 떨어졌다. 그녀는 벽에서 오래전에 부서진 곳을 발견할 때마다 긁어내고 구멍을 더 크게 만들어서 균열을 훨씬 더 벌려놓았다. 아주 만족스러웠다. 그녀는 세심하게 계산해서 파괴를 일삼았다. 크림빛 페인트와 안쪽 회색 회반죽의 색조가 비슷하다 보니 손상된 규모를 어느 정도 숨길 수 있었다. 그녀는 그 사실에 힘입어 더 많이 부숴나갔다. 높이에도 차이를 두었다. 높은 자국은 옷장을 옮기다가 벽에 부딪친 것처럼, 낮은 흠집은 사람이 의자를 부주의하게 다룬 탓에 만들어진 것처럼, 허벅지 높이의 자국은 가방의 금속 장식 때문에 생긴 것처럼.

제이나는 세 층을 내려간 다음 계단에 앉아서 벽에 기대고 계단통 위쪽을 올려다보았다. 조명이 어두워도 벽의 흠집들은 여전히 눈에 띄었다. '색을 칠하면 잘 숨길 수 있을 텐데.' 그녀는 몇 분 뒤 일어서 양팔을 벌리고 손을 벽에 붙이고는 손바닥과 손가락 끝으로 흠집을 느껴보았다. 그리고 차가운 벽면에 뺨을 갖다 대었다.

계산된 삶

◆

    방의 조명은 어두운 상태로 바뀐 뒤였다. 제이나는 옷을 벗어 바닥에 떨어뜨리고 잠옷을 입지 않은 채 침대에 기어 들어갔다. 그녀는 얕은 잠에 빠지려고 애써봤지만 세면대 수도 꼭지에서 4초 간격으로 떨어지는 물방울 때문에 그럴 수 없었다.

14장

토스트, 스크램블드에그, 소시지, 오렌지 주스. 제이나가 주중 식단 가운데 가장 좋아하는 일요일 조식이었다. 식당 직원이 제이나의 식판을 올려놓고 바라보았다. "계란 더 줄까요?"

"아뇨, 괜찮아요."

직원이 식판을 내주지 않고 말했다. "제대로 기름에 굽지 않은 거예요. 아시겠지만."

"그게 무슨 뜻이죠?"

"원래 베이컨에 블랙 푸딩에 구운 빵도 있어야 해요. 하지만 윗사람들은 그러면 건강에 해롭다고 하거든요." 직원이 식판을 건넸다. "베이컨이 너무 비싸기도 하고요."

"한 번에 그걸 다 먹을 자신은 없는데요."

"살면서 제대로 기름에 구운 걸 한 번은 먹어봐야죠."

"별로 그러고 싶지 않아요."

아침 식사 시간보다 빨리 도착했기 때문에 다른 사람은 없었다. 제이나는 식탁에 팔꿈치를 올리고 뒷목 근육을 주물렀다. 친구들을 의도적으로 피하는 것도 어느 정도 사실이었기 때문에 긴장이 사라지지 않았다. 하지만 다른 방법이 없었다.

그녀는 망설임을 없애려는 듯이 아침 식사를 구성하고 있는 음식의 위치를 재조정했다. 나이프는 식판 오른쪽에 2센티미터 간격으로 내려놓고, 포크는 왼쪽에 두고, 물컵은 나이프 끝에서 4센티미터 떨어진 곳에 놓고, 물컵 바닥의 중심점을 나이프의 세로축과 맞췄다. 빵 접시는 포크 왼쪽에 놓았고, 각 접시의 중심점을 나란히 배열했다. 그러고 나니 식사를 시작할 수 있었다. 그녀는 나이프로 버터를 세 번 떠서 토스트에 발랐고, 빵의 안쪽 부드러운 곳에 나이프를 집어넣어서 금속 면을 깨끗하게 만들었다.

사람들이 식사의 삼위일체에 대해(빵과 치즈와 레드 와인을 말하는 게 분명했다) 얘기하는 소리가 들렸다. 하지만 제이나는 버터를 바른 따끈한 빵과 차갑지 않은 오렌지 주스의 조합이 제일 좋았다. 그 두 음식은 함께 존재할 때 의미가 있었다. 제이나는 아주 집중해서 생각할 때면 그처럼 개인적인 몽상에 푹 빠졌다. '데이브는 어떻게 하지?' 그녀는 나이프 끝으로 식탁을 두드렸다. '몇 가지 문제는 꼭 해결해야겠어.'

◆

제이나는 골동품점의 문을 열고 들어가면서 자신이 지나

계산된 삶

쳤던 보물이 최소 하나는 있다고 생각했다.

"안녕하세요. 무엇을 도와드릴까요?" 검은 머리를 빗어넘기고 빨간 옷을 입은 호리호리한 여성이 물었다.

"자그마한 생일 선물 하나 사려고요." 상황이 아주 좋았다. 상주하는 프레다가 보이지 않았다. 기업 형태로 운영되지 않는 아주 작은 점포였기 때문이다. 그렇다면 실제 가치보다 가격이 싼 물건이 반드시 있을 터였다. 이런 가게는 그렇기 마련이었다. 골동품은 이리저리, 바자회에서 고물상으로, 일반적인 골동품 거래상을 거쳐 전문 딜러의 손에 이르기까지 옮겨 다니다가 경매소에 도달하는 법이었다. 몸집이 더 크고 식욕이 더 왕성하며 적재적소에 자리잡은 짐승들이 순차적으로 모든 물건을 야금야금 집어삼키는 식품 유통망과 똑같았다. 하지만 고집과 수완이 있는 사람이라면 이런 가게를 탐색해서 돈을 만질 수 있었다.

"선물 받을 분이 특별히 수집하시는 거라도 있나요?"

"그렇지는 않아요. 제가 보기에 끌리는 물건으로 골라주려고요."

제이나는 그럴듯한 물건이 튀어나올 거라고 예감하며 점포 전체를 단숨에 훑어보았다. 그녀는 무작위적인 수집품인 동시에 수평면 위에 놓을 수 있는 작은 물건을 사고 싶었다.

14장

'일반적인 가정에도 그런 물건이 놓여 있을까?' 제이나는 점원 옆에 있는 작은 대나무 탁자에서 항아리를 발견했다. 항아리는 단순하고 광택이 없었으며 색은 납빛에 가까웠다. 전체적으로는 끝부분을 잘라낸 원뿔 모양이었고, 높이는 12센티미터에 불과했고, 테두리와 중간쯤에 모난 손잡이가 하나씩 붙어 있었다. 그 항아리는 21세기에 〈업처치 아트 앤 크래프트〉에서 만든 수제품이었고, 본래 데이브의 한 달 급여와 맞먹는 가치가 있었다. 제이나는 항아리의 아래쪽을 살펴보았다. 업처치 제품이 확실했고, 유감스럽게도 정확한 가격이 매겨져 있었다.

그녀는 점포 안을 돌아다니면서 골동품을 살펴보았고, 제 가격 그대로인 물건이나 지나치게 비싼 것을 고려 대상에서 차례대로 제외했다. 가능성 있는 골동품 가운데 다섯 개는 제쳐놓을 수밖에 없었다. 너무 거추장스럽거나 깨지기 쉽거나 되팔기 어려운 것들이었다. 물건 고르기는 처음 생각했던 만큼 쉽지 않았다. '금방 찾을 수 있다고 생각한 게 오산이었나?' 그녀는 점포 입구와 가장 멀리 떨어진 구석에서 뒤엉킨 보석 뭉치를 발견했다. 가게 주인이 특별한 매력이 없다고 판단한 보석들을 한데 모은 것 같았다. 그녀는 들러붙어 있는 부속물 사이를 쿡쿡 찔러보았다.

계산된 삶

"단골손님 중에는 꼭 그쪽에 진열된 상품을 구매하는 분들이 계세요. 거기서 선물할 만한 물건을 찾을 수 있을 거예요. 전부 모조품이긴 해도 재미있는 것들이죠."

"이거 마음에 들어요." 제이나가 말했다. 가슴이 뛰었다. 그녀가 고른 장식 핀은 수십 년 된 손때 때문에 옆에 놓인 싸구려 물건들과 크게 구별되지 않았다. 하지만 그녀의 눈은 틀리지 않았다. 장식 핀은 사각형이었고, 모서리가 잘 마무리되어 있었고, 네 구석에 코발트색과 흰색 에나멜 줄무늬로 좁다랗게 체스판 경계선이 그려져 있었다. 그리고 뒷면에는 인상적인 모노그램이 새겨져 있었다. 겨우 알아볼 수 있었지만 '빈 공방*'을 뜻하는 WW였다. 에나멜이나 구리 몸체는 그 자체만으로는 아무 가치가 없었다. 하지만 제이나는 아주 하찮은 물질도 탐나는 물건으로 변신할 수 있다는 점을 알고 있었다. 그녀는 디자이너의 손길을 상상할 수 있었다(장식 핀을 디자인한 사람은 분명 요제프 호프먼이었다). 그가 장식 핀을 검사하고, 만져보고, 뒤집고, 자신의 의도대로 만들어졌음을 확신하는 모습이 눈에 선했다. 데이브의 3개월 생활비와 맞먹을 만한 가치가 있는 물건이었다. 제이나는 계산대로 걸어갔다. "이걸로 할게요."

---

* 20세기 초 건축가 요제프 호프먼과 디자이너 콜로먼 모저가 설립한 공방. _옮긴이

14장

"저희 가게에서 처음 구매하시는 물건이니 조금 깎아드릴게요." 점원이 장식 핀을 작은 종이봉투에 집어넣었다.

"고마워요. 또 올게요." 제이나는 작은 꾸러미를 옷 주머니에 넣었다. 완벽했다. 빈 공방에서 제작한 물건이라면 가치를 알아볼 사람이 많지 않으면서도 팔기가 아주 쉬웠다.

셔틀이 도착할 때까지 15분이나 남았지만 제이나는 정거장 광장의 끄트머리에 도달했다. 그녀는 아침 햇빛 때문에 이미 뜨겁게 달궈진 벤치 끝에 살짝 걸터앉았다. 그리고 더 이상 참을 수가 없었기 때문에 주머니에서 장식 핀을 꺼내어 거세게, 반복해서 입으로 불었다. 주변에서는 사람들이 스쳐 지나갔다. 행인들은 주중에 입지 않았던 자유로운 복장으로 여유 있게 걷고 있었다. 제이나는 햇살 때문에 어지러운 가운데 광장 한복판에서 어색하게 서 있는 노인을 주시했다. 노인은 가느다란 세로줄 무늬 양복을 입고 있었다. 과거 한때 자신이 소유한 것 가운데 가장 비싼 옷이었던 듯했다. 재킷의 중심이 약간 어긋나 있다 보니 양 어깨가 이상해 보였다. 제이나는 그 모습을 보면서 20년 전이었다면 정장의 크기와 우아함이 체격 및 단단한 근육과 어울렸을 거라 짐작했다. 머리 모양이 더 깔끔하고 구두가 더 깨끗했다면 노인은 자신감이 넘치고 자만심까지 뿜어져 나오는 기업 간부처럼 보일 수도 있었다.

계산된 삶

그는 바지 주머니에서 봉투를 꺼내서 발 밑에 씨앗을 뿌렸다. 참새와 비둘기 떼가 그 신호를 감지하고 그의 주변으로 모여들었다. 그는 새들이 미친 듯이 움직이느라 발 위로 올라가도 꿈쩍하지 않고 서 있었다. 씨앗을 몇 미터 떨어진 곳이 아니라 발밑에 떨어뜨렸다는 점 때문에 그가 달리 보였다. 그는 새들이 신발 위로 기어 다니고 정장에 깃털이 달라붙도록 내버려 두었다. 그에게서 정신 이상의 징후를 느끼는 것은 어렵지 않았다. 제이나는 마음이 불안해졌다. 그리고 몇 초 동안 자신의 눈앞에 펼쳐진 광경을 다른 식으로 해석해 보았다. 노인은 불쌍한 새들에게 친절함을 베푸는 게 아니었다. 새들은 광장 위에서 느긋하게 날아다니다가 그저 충동적으로 움직였을 뿐이었다. 배도 고프지 않을 터였다. 새들에게 노인이 필요했던 것이 아니라 외로운 남자의 모습이 새들을 불러들였던 것이다. 어느 쪽이든 인식하기 나름이었다. 행인들이 노인을 쳐다보았다. 청년 무리가 그를 비웃었다. 하지만 그다음 순간 노인은 모든 사람의 머릿속에서 사라져 버렸다.

셔틀이 출발하는 시간이 5분 앞으로 다가왔기 때문에 제이나는 정거장으로 가기 위해 일어서고, 광장을 가로지르고, 빠른 걸음으로 승강장에 접근했다. 그녀는 데이브를 정말로 한 번 더 만나고 싶었고, 그에 못지않게 셔틀 여행을 하고 싶었다. 사실 그녀는 이번 여행을 통해 데이브를 만날 마음의 준비를 완전히 끝마칠 생각이었다. '탁 트인 공간과 거대한 지평선이라. 그렇게 다양한 하늘을 목격한 사람이라면 분명히 그만한 경험을… 정말로 자유롭다고 느끼고, 육체적으로 살아 있다고 느껴야 해.' 그녀는 바로 지금 그런 느낌이었다. 그야말로 자극적이고 밝은 감각이었다. 하지만 그와 같은 감각의 태동은 더러운 객실 좌석에 앉으면서 금세 방해를 받았다. '지평선이 길게 펼쳐졌다는 생각은 착각이었어.' 그녀가 생각했다. '인생이 평범한 생활의 총합보다 더 거대하다는 생각은 감정의 속임수야.' 그녀의 생각은 낡은 양복을 입은 노인에게로 되돌아갔다. 망상이야말로 가장 뛰어난 방어기제였다.

셔틀이 교외 중심부를 통과하면서 속도를 높였다. 제이나는 빠르게 스쳐 지나간 각 가정의 내부 광경을 상상해 보았다. 그중에는 벤저민네 집보다 더 아름다운 곳도 분명히 있을 터였다. 그녀는 서로 다른 생활 공간의 테마를 상상하고 그 상상의 결과물을 허공에 떠 있는 아주 얇은 유리 선반에 흩어 놓았다. 그녀가 눈으로 보고 손으로 만졌던 수많은 골동품을 배치하면서 완벽한 가정에 대해 다양한 환상을 만들어 보았다. '내가 가장 좋아하는 테마는 뭐지?' 그녀의 생각은 구태의 연함을 벗어나지 못했고, 다시 한번 커피를 만드는 도구로 이

계산된 삶

끌렸다. 출발점은 전통적인 분쇄기들이었다. '주말에 갈 때마다 커피잔을 모아야지. 데이브가 특별한 조합으로 내어주는 흥미로운 커피 잔을 사진으로 남기고, 그 사람이 커피를 마시는 모습도 찍을 거야. 완벽한 우유 거품을 올린 커피잔을 위에서 내려다본 사진은 당연히 시간대별로 찍어야 해. 그 옆에는 희미하게 얼룩이 남은 채 물기가 마른 컵도 놓아야지. 그러면 아주 차분해 보일 거야. 사진은 밝지 않은 회색 벽에 걸어놔야지. 그런데 그것만으론… 너무 한 가지에 집중한 것처럼 보이겠지. 주 테마를 돋보이게 만들 보조 테마가 필요해. 완전히 대조적이면 안 돼. 커피와 관련된 이미지 가운데 한 가지를 골라서 어떤 식으로든 반전시켜야지. 지나치게 반짝거리는 도기류의 표면과 대조되는 뭔가가 필요해. 질감이 도드라지고 세월의 흔적이 보이는… 유목이나 오래된 가구처럼. 그게 아니라면 대량으로 생산된 도기의 특질을 손으로 직접 빚은 토기류로 상쇄할 수 있을 거야. 색이 바래고 헐렁한 초록색 바지와 낡은 흰색 티셔츠를 입은 나 자신이 방 안에 앉아서 사진에 담긴 뚜렷한 미학과 대조되는 역할을 맡을 수도 있겠지. 그러면 돼.'

제이나는 셔틀이 교외 지역과 농장 지대를 지나가며 풍경이 급격하게 바뀌기를 기다렸다가 입을 크게 벌렸다. 그리고 셔틀이 첫 번째 소규모 거주지를 통과하는 동안에도 입을 다물지 못했다. 작고 특색 없는 도시 풍경이 주는 충격은 지난번 방문할 때보다 덜했다. 감귤나무 숲이 서쪽으로 뻗어 나가 웨일스 산악지대까지 이어진다는 사실을 알았기 때문에 숲의 등장을 더 확실히 인식할 수 있었다. 그녀는 여러 품종을 가려내고 싶었지만 셔틀의 속도가 빨랐기 때문에 어렴풋이 추측하는 것이 전부였다. '저 멀리 중국에서 탄생한 감귤이 여기를 고향으로 삼을 줄 누가 알았을까?' 그리고 두 문장으로 이루어진, 수천 년 전에 쓰인 산문이 그녀의 머릿속에 떠올랐다. '광주리에는 장식용 비단이 가득 담겨 있었다. 공물에는 작은 귤과 유자도 있었다.'

키트러스 메디카(감귤), 칵시디아 그란디스나 큐커벗 막시마(유자), 카멜리아 레티큘라타(만다린/탠저린), 키트러스 아우린티폴리아(라임). 중국과 동남아시아에서 지구 전역으로 퍼진 감귤류 전체의 유전적 조상에 해당하는 종은 그렇게 넷뿐이었다. 감귤류는 변종 간에 교배 장벽이 낮다 보니 야생종과 양식된 교배종이 무수하게 많았다.

제이나는 교배종 가운데 몇 가지를 꼽아보았다. 감귤과 라임을 교배시켜 레몬이 만들어졌다. 유자와 만다린 귤에서 신 오렌지와 단 오렌지가 탄생했다(그녀는 그 사실이 신기했다). 그

계산된 삶

리고 단 오렌지를 조상인 유자가 결합시킨 것이 그레이프프루트였고, 또 다른 조상인 만다린과 결합시킨 것이 탄골이었다. 그레이프푸르트와 만다린을 교배해 탄젤로가 탄생했고(자메이카 탄젤로에는 심술궂게도 못난이 과일이라는 별명이 붙었다), 만다린과 라임에서 중국 레몬이…

'그야말로 거대하고 친근한 가족이거나 혼돈 그 자체인 품종개량이군.' 그녀가 생각했다.

◆

데이브는 두 팔을 들고 두 손을 활짝 펴서 환영인사를 했다. 주시하는 사람이 있을지도 모른다는 생각에 흥분한 나머지 따끔거리는 감각이 제이나의 목에서 팔과 손을 지나 손가락 끝까지 전달되었다. 그녀는 데이브가 다가오자 손을 내밀어 악수하면서 하선 중인 다른 승객들 쪽으로 고갯짓을 했다. "혹시 모르니까 공식적인 방문인 것처럼 행동해요."

"알았어요. 그런데 제이나, 도대체 무슨 일이에요? 그 파일 안에 들어 있던 거 전부 은행 계좌죠?"

제이나는 데이브의 질문을 무시했다. "내 친구 베로니카가 금요일에 소환됐어요."

"베로니카가 누구죠? 혹시… 당신하고 같은?"

그녀가 고개를 끄덕였다. "우선 시장으로 가요. 그러면 당신네 집으로 가도 별일 없을 거예요."

데이브가 그녀의 손을 쓰다듬었다. "제이나, 무슨 일이 생겼어요?"

제이나는 인적이 거의 없는 넓은 자동차 주차장 너머로 거주지 쪽을 바라보았다. 그녀는 혼잡한 거리에 도달하기 전에 모든 걸 설명할 생각이었다. "상황이 좋지 않아요. 곧 완전 리콜이 시행될 수도 있어요. 컨스트럭터 쪽에서 촉각을 곤두세우고 있는 건 분명하고… 적어도 불시검사가 시작될 거예요. 그러면 나도 금세 눈에 띌 테고요."

"왜요?"

"이상하게 들리겠지만 내가 대벌레를 키우는 것도 조금 비정상적인 행동이거든요. 그리고 우리 식당 직원이 분명히 뭔가 보고할 거예요."

"무슨 보고인데요?"

"내가 다른 거주자보다 음식에 관심이 많다는 얘기죠."

"그건 이상하지 않잖아요."

"나도 알아요. 하지만 그걸로 충분할 수도 있어요. 그리고 요전번 주말에 친구들에게 거짓말을 했어요. 컨스트럭터가

계산된 삶

제대로 조사하면 들통날 거예요." 그녀는 말을 이었다. "그래서… 은행 계좌 몇 개를 이용해서 돈을 뽑아내고, 주식을 사고 있어요. 세부사항이 석관 파일에 다 들어 있고요."

"세상에!" 데이브가 웃음을 터뜨렸다. "얼마나 되는데요?"

"아주 많아요."

그는 돌멩이를 집어서 있는 힘을 다해 하늘 높이 던졌다.

"데이브, 사람들 주의를 끌 만한 행동은 하지 말아요."

"안 들킬 수 있어요?"

"데이브, 잘 들어요. 말도 안 된다고 생각하겠지만 난 도시에서 멀리 떨어진 곳으로 사라져야 해요. 소규모 거주지에 숨고 싶어요. 영원히."

"예? 나랑 같이 있고 싶다고요? 사람들이 연관성을 찾아내지 않을까요? 오늘도 찾아왔고…"

"아뇨. 이 일에 당신은 절대 연루시키지 않을 거예요. 어디 다른 곳에 잠적했다가 안전해지면, 당신이 원한다면, 연락할 수 있겠죠."

"제이나, 그럼 어디로 가려고요? 이 동네를 잘 알지도 못하잖아요."

"도와줄 사람이 있어요… 그 남자가 벌써 안전 가옥을 준비해 놨대요."

데이브가 걸음을 멈추고 제이나를 바라보았다. "남자라고요? 그게 누군데요?"

"선진이라고 C6 구역에 있는 시뮬런트예요. 메트로폴리탄 경찰서에서 일하는데 빠져나올 생각이에요. 베로니카 얘기도 그 사람이 해줬어요. 토요일에 날 찾아왔는데 크게 흥분했더라고요. 엄청난 위험을 무릅쓰고 나한테 접근해 왔어요." 제이나는 그 말을 듣고 데이브가 마음을 가라앉히길 바랐다. "자신이 준비한 안전 가옥의 주소까지 나한테 알려줬고요. 데이브, 그 사람이 날 알아낼 수 있다면 다른 사람도 마찬가지라는 걸 알겠죠?"

데이브는 말없이 돌멩이를 위쪽으로 걸어찼다. 사실 찼다기보다는 돌에 발이 걸린 쪽에 가까웠다. 돌은 높이 솟아오르더니 버려진 타이어 가운데로 떨어졌다. "더럽게 복잡해지네요. 그 사람 믿을 수 있어요?"

"그렇다고 생각해요. 이제 그럴 수밖에 없고요."

"저기, 제이나. 나도 매이휴 맥클라인은 지긋지긋해요. 알고 있겠죠. 만약 당신이 그… 돈 문제를 해결할 수 있다면…"

"선진이 은행 계좌에 관한 인적 자료를 줄 거예요. 그런데 그건 왜…"

"그건 이제 괜찮아요. 내가 매이휴 맥클라인에서 석관 파일을 없애버렸으니까요. 타워에서 파일을 삭제했어요. 그걸 집에 두고 싶진 않아서 안전한 곳을 찾아내고…"

"지금 그 얘기는 하지 말아요."

"알았어요."

"모든 일이 예상보다 빠르게 진행되고 있어요."

"그럼 당신은 언제…"

"믿기 어려운 일이지만… 얼마 안 남았어요. 미뤄두기에는 상황이 너무 다급해요. 선진과 나는 동시에 사라져야 하고요. 그래서 토요일로 계획하고 있어요. 그다음에는, 시간이 조금 지나고 나면 당신도 합류할 수 있어요. 당신이 원한다면요. 아니면 우리가 당신을 찾아갈 수도 있고요."

"그럼 난 그냥 매이휴 맥클라인을 그만두면 될까요?"

"그것도 생각을 해봤는데요. 시간 엄수를 안 해서 해고당하는 게 좋겠어요. 아니면 헤스터 같은 사람하고 말싸움을 하세요. 헤스터는 전에도 당신을 해고하라고 했으니까요."

"그래요. 그게 통하겠네요. 그런 다음에는 나라는 사람을 잊어버리겠죠."

"하지만 그러면 어떻게 될지 확실히 알아야 해요. 일자리가 없어질 테고 다른 회사도…"

데이브가 갑자기 몸을 움직여 방어적인 자세를 취했다. 주택가 쪽에서 개 세 마리가 두 사람을 향해 쏜살같이 달려왔다. 데이브는 데이나를 자신의 뒤쪽으로 끌어당겼다. 그리고 몸을 숙여서 자갈을 한 줌 쥐었다. 개들은 귀를 접고 빠르게 다가왔다. 데이브가 두 다리를 벌리고 두 팔을 웅크리고, 공격적으로 속도를 내는 개에 맞설 준비를 했다. 하지만 개들은 방향을 휙 바꿨다. 새로 대결하기보다는 자신을 괴롭히는 존재로부터 도망칠 생각인 것 같았다. 데이브는 돌을 버리고 바지에 손바닥을 문질렀다.

"자, 어서 가요." 제이나가 말했다.

두 사람은 소규모 거주지에 완전히 진입했다.

"알고 있겠지만 안전 가옥에서 영원히 살 수는 없으니 그 다음 계획도 필요해요." 데이브가 말했다.

"거기 머무는 기간은 선진이 결정할 거예요."

"이 지역에서 사는 방법은 내가 잘 알아요. 당신과 선진은 농장의 이주노동자들 속에서 거의 원하는 만큼 숨어 살 수 있어요. 잠잠해질 때까지 그렇게 살 수 있다고요. 나는 자유롭게 움직일 수 있으니까 이것저것 꾸며볼 수도 있고요. 물론 돈이 조금 필요하겠지만요." 데이브는 중요한 문제가 생각났다는 듯 잠시 말을 멈췄다. "선진이랑 정확히 어떤 거래를 했어요?"

"그 사람은 당신에 대해서 아무것도 몰라요. 아직은요. 먼저 당신에게 말을 하고 알릴 생각이었어요." 제이나가 계속 걸어갔지만 데이브는 얘기를 끝내지 않았다. "그럼 그 사람은 당신과 함께 도망친다고 생각하겠군요. 단둘이서?"

"그런 거 아니에요. 선진은 그냥 빠져나오고 싶대요."

어느새 두 사람은 덜 번잡한 일요 시장 주변을 서성대는 거주지 주민들과 섞이기 시작했다. 그들은 각자 마음을 불편하게 만드는 생각을 마음속에 담아두었다. 그리고 이따가 만날 사람이나 머물 장소를 더 이상 생각하지 않고 노점을 살펴보는 것 외에는 달리 할 일이 없어 보이는 흔한 친구 사이처럼 굴었다.

"데이브, 난 정말 여기 살고 싶어요."

데이브는 제이나를 보면서 웃고 싶은 생각이 없었지만 웃고 말았다. "여기서 산다는 게 뭔지 몰라서 그래요. 안 그래요? 내가 장담하는데 48시간만 살아보면 생각이 바뀔 거예요."

"분명히 그렇겠죠. 지금은 매이휴 맥클라인에서 사전 조사를 하러 나온 것처럼 연기하는 게 싫증 나서 그렇게 생각할 테고요."

"그래도 난 상관없어요. 옷가게 거리로 반쯤 들어가면 지름길이 나와요." 데이브가 걸음을 재촉하고 다른 구매자를 이리저리 피했지만 두 사람이 전진하는 속도는 별로 높아지지 않았다. 쓰레기 수거인이 왼쪽 골목에서 땀을 흘리고 페달을 밟으며 두 사람의 눈앞에 나타났다. 그는 연약한 몸으로 산더미 같은 짐을 간신히 밀고 있었다. 그가 두 사람 쪽으로 방향을 잡자 제이나는 악취를 떠올리고 입과 코를 가렸다. 수거인은 땀을 흘리고 앞으로 몸을 기울인 채 고개를 들어 제이나를 마주 보았다.

찰나의 순간 군중이 얼어붙었다. 골목 안에서 남성의 고함 소리가 흘러나오더니 키가 작고 체구가 단단한 사람이 옷가게 거리를 빠르게 가로질렀다. 그가 쓰레기 수거인에게 몸을 날렸다. 두 남자는 사지를 벌리고, 멈춰선 구매자들 속으로 날아오더니 제이나의 발 앞에 나동그라졌다. 데이브는 다른 사람들을 밀치면서 제이나를 뒤로 끌어당겼다. 부모들은 아이를 붙들었다. 모든 사람이 주먹싸움에 휘말리지 않으려고 서로 밀쳐댔다. 그 와중에 남자 한 사람과 여자 한 사람이 재빠르게 골목 밖으로 빠져나가더니 앞으로 내달았다. 다른 사람들이 무질서하게 뒤를 따랐다.

"비켜요." 데이브가 소리를 질렀다. 그는 제이나를 골목 쪽으로 밀었다. 하지만 제이나는 억지로 고개를 돌려 그의 어깨 너머를 바라보았다. 그녀의 눈에 피 묻은 주먹이 보였다.

"칼을 들었어요!" 한 여성이 비명을 질렀다. 데이브가 제

　　　　　　　　　계산된 삶

이나의 팔을 붙들었다. 두 사람이 골목 안쪽으로 방향을 바꾸는데 또 다른 남성이 빠르게 지나갔다. 그는 싸움판으로 뛰어들더니 제대로 맞히지도 못하는 주먹을 휘둘렀다. 호루라기 소리가 한 번, 두 번, 세 번 공기를 갈랐다.

"제이나, 제발 좀 서둘러요. 조금 있으면 사방에 경찰이 깔린다고요."

두 사람은 비틀거리면서 골목을 달렸다. 제이나가 흥분으로 몸을 떨었다. "저게 진짜 싸움이군요!"

30미터쯤 떨어진 앞쪽에서 남자 한 명이 출입구 밖으로 고개를 내밀었다. 그가 데이브에게 소리를 질렀다. "그쪽에 무슨 일 있어?"

데이브도 소리 높여 대답했다. "저기 가지 마. 얼어죽을 쓰레기 때문에 또 싸움이 났어." 두 사람은 남자에게 다가갔다. 데이브가 그의 어깨에 손을 얹었다. "장난 아니고 진짜 심각해."

"경찰은 안 왔어?"

"제 엉덩이나 긁고 있겠지." 데이브가 말했다. 두 사람은 함께 웃었다.

"제이나, 들어가죠." 데이브는 제이나의 손을 잡고 입구로 걸어 들어갔다. 두 사람이 들어갈 수 있도록 남자가 물러섰지만 제이나는 주저했다. "괜찮아요?" 남자가 물었다. 제이나는 고개를 끄덕였다.

"너무 놀라서 그래." 데이브가 말했다. "코앞에서 싸움이 났거든. 칼에 찔린 사람이라도 있으면 목격자를 찾아다닐 거야." 데이브는 제 친구가 길을 안내하는 동안 제이나의 손을 꼭 움켜쥐었다. "한동안 길거리에 돌아다니지 마."

건물 안은 데이브가 사는 아파트보다 어두웠고 통로도 더 좁았다. 그의 친구는 건물 뒤쪽 1층에 살았다. 불쾌한 냄새가 났다. 동물병원에서 나는 냄새와 비슷했다. 친구가 혼잣말을 중얼거리면서 방해물을 치우고 길을 내는 동안 데이브가 제이나에게 작은 소리로 말했다. "멀리 돌아가는 길이긴 해요. 하지만 시간도 많고… 레오가 사는 곳도 재밌을 거예요." 그가 제이나의 뺨에 입을 맞췄다. "저 녀석도 작은 사업체를 운영하거든요."

일행은 네오의 지저분한 아파트로 걸어 들어갔다. 데이브가 두 사람을 소개하는 동안 제이나는 눈앞에 펼쳐진 광경을 이해하려고 애쓰면서 인상을 찡그렸다. "이게 도대체…" 그녀가 중얼거렸다. 낮은 천장에 매달린 채 파란 빛을 내뿜는 파리잡이가 불편하게도 사람 눈높이에 있었다. 파리잡이는 금속 상자 위에 떠 있는 상태에서 물이 거품을 내고 있는 거대한 탱크로 곧장 물건을 보내는 역할을 하고 있었다. 제이나가 보기

계산된 삶

에 물탱크의 용적은 2세제곱미터쯤이었다. 그리고 파이프가 연결된 것으로 보아 산소가 공급되고 있었다.

파지직! 파리 한 마리가 물탱크로 떨어졌다. 제이나는 앞으로 걸어가서 안을 들여다보았다. 물고기가 있었다. 그녀는 그 모습에 매료되어 웃었다.

"좋아할 줄 알았다니까요." 데이브가 말했다. 제이나는 설명해 주기를 기대하면서 레오를 바라보았다.

"당연한 얘기지만 이걸로 내 몫을 챙기려면 1층에 살아야 하죠."

"당연하죠. 그런데 허가는 받았어요?"

"따로 물어보지는 않았어요. 얘기하면 좋은 소리는 못 듣겠죠."

데이브가 앞으로 걸어 나왔다. "레오는 양어장 주임이에요. 그 왜, 발전소 옆에 양어장이 있잖아요." 제이나는 데이브가 말하는 곳이 어디인지 알았다. 소규모 거주지는 다들 운영 방식이 똑같았다. 쓰레기에서 전력을 얻고, 발전소는 양어장과 붙어 있었다. 같은 채무 노동자들이 그 두 곳에서 함께 일했고, 해당 사업 전체가 소규모 거주지의 운영비를 낮추는 데에 일조하고 있었다.

"전에는 발전소에서 잡일을 감독했죠. 재를 퍼내거나 벽돌 만드는 일 같은 거였어요. 하지만 지금은 양어장을 관리하느라 하루 종일 물탱크에서 일해요."

"폭행은 안 일어나나요?" 제이나는 방금 거리에서 목격했던 싸움을 떠올리면서 물었다.

"그런 거 없어요. 다들 그냥 체류권을 유지하려고 일하는 난민들이에요. 편한 직장이죠. 물고기와 관련된 일은 특히 더 편하고요."

"레오는 잉어 양식에 대해 모르는 게 없어요." 데이브는 레오와 친하다는 사실을 자랑스러워했다.

"가서 차 좀 끓여 올게요."

제이나는 레오에게 자그마한 수입을 제공하는 물탱크 주변을 거닐었다. '고정 지출은 얼마 안 되겠지. 임대료는 거의 없고, 전기도 공짜로 쓰고, 인건비도 없으니까.' "물고기 먹이는 벌레로 충분한가요?" 제이나는 부족할 거라고 짐작하면서 물었다.

"아뇨. 벌레는 보충 식량 같은 거예요." 레오가 씩 웃었다. "직장에서 사료랑 항생제를 가져와요. 상대적으로 아주 조금밖에 안 되는 양이라서 아무도 몰라요."

"냄새 문제는 어떡해요? 불평하는 사람은 없어요?"

"모든 사람에게 물고기를 잘 공급해 주면 괜찮아요. 이 건물에 사는 아이들은 아주 건강하게 자라죠."

제이나는 데이브를 바라보았다. "지난번 토요일에 물고기 요리에 대해서 얘기했죠? 그게 이 물고기였어요?" 데이브가 고개를 끄덕였다.

"그럼 이번이 두 번째 데이트구먼." 레오가 민트 찻잎을 짓 이기면서 말했다.

두 사람은 그의 말을 무시했다. "차 향기가 좋군요." 제이 나가 말했다.

"이 더위에 이만한 게 없죠. 냄새도 좋고요. 진짜로 맛도 조금 나니까요." 레오가 작은 유리잔을 나눠주었다.

"후루룩거리면서 마셔요. 뜨거우니까요." 데이브가 말하 자 레오가 방법을 보여주었다. 제이나는 아이들처럼 웃음을 터뜨렸다. 레오가 만화의 등장인물처럼 과장한다고 착각했기 때문이었다. 세 사람은 물탱크 주위에 서서 이리저리 부대끼 는 잉어들을 지켜보았다. 제이나는 그러면서 최선을 다해 레 오의 독특한 행동 방식을 흉내 냈다.

◆

"아까 그 싸움 얘기 좀 해봐요." 제이나는 레오의 아파트에서 나오자마자 말했다. "도대체 무슨 일이 벌어진 거예요?"

"공격당한 사람 있죠? 그 사람이 다른 사람 담당 구역에 들어갔을 거예요."

"담당 구역이 있어요?"

"네. 여러 해 동안 구역이 점점 확실히 정해졌어요. 보통 가족으로 구성된 집단이 각 거리에서 모은 잡동사니를 모을 수 있는 권리를 돈을 주고 사죠. 각 가족은 권리를 아들이나 딸에게 물려주고요."

"처음부터 그렇게 정했어요?"

"아뇨. 폐품 수집 권리는 원래 5년마다 재설정했어요. 그런데 주택 담당 부서가 관리 비용을 이유로 손을 놨죠. 그래서 이렇게 됐어요."

"한 가족이 거리 하나를 맡아요?"

"그렇다고 볼 수 있죠. 거리 하나가 소규모 거주지를 세로로 관통하기 때문에 다른 가족의 침입만 잘 막으면 수입이 큰 구역을 점유하는 셈이에요."

"그래서 사람들이 폐품을 훔친다고요?"

"이상한 일은 아니죠. 폐품도 상품이니까요."

두 사람이 더러운 거리를 지나 데이브네 동네로 계속 이동하는 동안 제이나는 생각에 깊이 잠겼다가 말을 꺼냈다. "옛날

계산된 삶

에 포도원에서 일어났던 일과 아주 똑같아요. 보르고뉴 지역에서요.”

“예?” 데이브는 그녀가 무슨 말을 하는지 전혀 짐작할 수 없었다.

“음, 보르고뉴산 와인은 중세 때 수사들이 만들었어요. 그러다가 수도원의 힘이 약해지고 포도원 상당수가 개인 소유자에게 팔렸죠. 그다음에는 나폴레옹식 상속법에 따라 사유재산을 친족에게 공평하게 분해해야 했어요. 그때부터 엄청나게 가치가 높은 토지들이…” 그녀는 말하고자 하는 바를 데이브가 잘 따라잡는지 확인하려고 그를 바라보았다. “계속 분배됐어요. 그러다가 지난 세기가 끝날 때쯤에는 모든 집안이 포도덩굴을 한 줄기씩 소유했어요. 그 결과 각 포도 줄기마다 상표가 하나씩 생겼고요.”

“폐품에 상표가 붙진 않을 텐데요.”

제이나가 미소를 지었다. “데이브, 내 말뜻이 뭐냐 하면요. 한 가족이 폐품 수집 사업을 오래 점유할 수는 없단 거예요. 포도원을 운영하던 사람들도 결국에는 그 사실을 깨달았고요. 좋은 얘기잖아요.”

데이브가 그녀의 어깨에 팔을 올렸다. “그게 좋은 얘기라고요? 당신은 점점 낭만적인 사람이 돼가네요.”

◆

제이나는 데이브의 아파트로 통하는 계단을 오르는 동안 손가락으로 다시 한번 벽에 새겨진 역사의 흔적을 좇으면서 보르고뉴 사람들을 생각했다. '역사가 사람을 만들지.' 그녀는 2층에 도달하면서 생각했다. '그게 내 문제의 핵심이야. 난 너무 조금 살았어. 나라는 사람은 그저 지능과 결점의 조합에 불과해. 더 복잡하고 더 흥미로운 존재가 될 시간이 없었어.' 그녀는 데이브보다 앞서 아파트 안으로 들어간 다음 몸을 돌려 그를 마주 보았다. "당신이 아는지는 모르겠지만, 나한테 결점이 없으면 아주 지루한 사람일 거예요. 그건 알아줘야 해요."

데이브는 두 손으로 그녀의 얼굴을 만졌다. "멍청하기는. 모든 사람이 다 마찬가지예요."

두 사람은 1시간 7분 뒤 옷을 입었다. 그리고 데이브가 올리브와 못생긴 토마토와 발효가 하나도 안 된 빵을 올려놓은 작은 탁자를 사이에 두고 앉았다. 사랑을 나눈 뒤의 열기로 숨이 막힐 것 같았기 때문에, 데이브는 반쯤 열린 틈으로 들어오는 미풍을 쐬도록 셔터를 내린 창문 앞에 제이나를 세웠다. 그는 싱크대에서 수건을 물에 적신 다음 제이나의 몸을 닦아주었고, 그녀는 답례를 했다.

계산된 삶

데이브는 그녀가 음식을 먹는 모습을 보며 말했다. "저기요. 우리가 서로 집에 오갈 수만 있다면 난 매이휴 맥클라인하고도 싸울 거예요."

"흠, 아주 마음에 드는데요."

그는 마음에 든다는 표현이 자신의 말뿐 아니라 올리브를 가리키기도 한다고 생각했다. "음식에 조금 집착하는 편이죠?"

"지금까지 먹어본 식사 중에 이게 제일 좋아요." 제이나는 데이브에게 온전히 집중하기 위해 뒤로 물러서서 신중하게 덧붙였다. "당신이 시장에 가서 이 음식을 골랐다는 사실이 너무 좋아요. 특히 나를 위해서, 우리를 위해서 그랬다는 점이 좋아요. 올리브를 사면서 나를 생각하고 내가 좋아할지 생각했을 테니까요."

"맞아요. 아주 정확해요."

"나도 아까 이걸 살 때 당신을 생각했어요." 그녀는 탁자에 작은 꾸러미를 올려놓았다.

"이게 뭐예요?"

"선물이에요. 더 정확히 말하면 투자라고 할 수 있죠."

데이브가 내용물을 꺼냈다. "비싼 물건이에요?"

"내가 낸 가격보다 40배는 비싸요." 데이브는 장식 핀 뒤쪽에 있는 상표와 제작자 표식을 관찰했다. "비상금이 있어야

한다고 생각했거든요. 일이… 잘못될 경우에 대비해서요. 걱
정이 돼서…"

"제이나, 안 그래도 돼요. 어쨌든 고마워요. 정말 고마워요."

"그걸로 돈을 마련하면 생각할 시간을 벌 수 있을 거예요.
이 동네에서 작은 사업을 시작할 수도 있고요. 당신이 원한다
면요."

"중고 서적 판매점이라도 열까요?"

"음, 그럴 수도 있겠죠. 재밌겠네요. 하지만 이건 명심해요,
데이브. 사람이 책은 안 읽어도 살 수 있지만 음식은 꼭 먹어
야 된다고요."

데이브가 팔을 뻗어 제이나의 손을 잡았다.

"잠깐만요. 펜 좀 줘봐요." 그녀는 버렸던 종이봉투를 펴
고 데이브에게서 펜을 받았다. "이것도 필요할 거예요."

"뭐가요?"

"장식 핀 제작자와 디자이너 이름요. 그리고 안전 가옥의
주소도요."

"맞아요. 그래야… 거기에 가서 당신을 만날 수 있고… 그
러니까 당신이 사라지고 일하러 나오지 않을 때 말이에요."

"그래요. 하지만 며칠 정도 여유는 돼요."

데이브는 장식 핀을 뒤집었다. "당신과 내 관계를 회사에

계산된 삶

서 알면 난리가 나겠죠."

"데이브, 한 가지 기억해 줘요. 나는 매이휴 맥클라인 때문에 이런 일을 벌이는 게 아니에요. 회사에서는 내가 처음 나타났을 때 어떤 존재인지 몰랐거든요."

"하지만 당신이 리콜된다면 올리비아가 내주지 않고 거절할 수 있을까요?"

"시도는 해볼 거라고 생각해요."

"내 생각은 달라요, 제이나. 사업 문제니까요. 그 사람들은 그냥 이익밖에 몰라요. 대체할 사람이 오면 그냥 받아들인다고요."

"벤저민은 날 되찾고 싶을 거예요. 가족을 사랑하는 사람이거든요. 아주 자상해 보였고요."

"하지만 전부 잘못돼서 당신이 리콜됐을 때 올리비아와 벤저민이 컨스트럭터한테서 당신을 데려올 수 있을까요?"

"아뇨. 그럴 순 없을 거예요."

15장

수의를 입은 죽은 대벌레와 깃털과 껍질이 벗겨진 나뭇가지와 올리브 씨앗 세 개는 아무리 봐도 무작위적인 수집품이 아니었다. 하나같이 자연 세계의 일부이자 자연 세계 그 자체였다. 제이나는 셔틀 정거장에서 도심부로 이동하면서 주머니 안에 있는 수집품을 살그머니 쥐어보았다. '패턴이 너무 확실하잖아. 첫 수집품은… 추억을 담은 물건이라고 생각했지만 계속 비슷한 물건에 끌렸지. 같은 버튼을 누르는 물건만 선택했어.' 그녀는 일곱 걸음마다 보도에 있는 판석의 연결 부위를 밟을 수 있도록 보폭을 조금 조정했다. 그리고 코앞의 땅바닥에 놓인 작은 돌을 보자 오른발로 걷어차면서 데이브가 자동차 주차장에서 보여주었던 능숙한 동작을 흉내 냈다. 하지만 돌은 몇 미터 앞에 있는 맨홀 뚜껑을 향해 곡선을 그리면서 날아가는 대신 힘이 너무 들어간 탓에 옆으로 굴러가서 도로 한복판에 멈춰 섰다.

그녀는 지난 3개월 동안 매주 월요일 오후마다 비둘기에게 모이를 주었던 공원을 따라 걸었다. 별다른 뜻이 없는 행동이었다. 하지만 이제 와서 생각해 보면 자신의 행위를 무의식적으로 의식하면서 생긴 낙진 같은 것일 수도 있었다. 그녀는 열을 재는 것처럼 손을 이마에 얹었다. 10여 가지 생각이 앞을 다투듯 떠올랐다. 하지만 커다란 문제 하나가 다른 것들을 모조리 굴복시켰다. '탈출을 계획하는 사람이 또 있을까? 임계점이 너무나 확실하잖아. 우리 세대 가운데 한 명이라도 탈출하면 모조리 리콜될 텐데.' 대로 서너 개가 엔터테인먼트 구역에서 만나다 보니 보도는 인파로 북적거렸다. 제이나는 사람들이 자신의 생각을 읽기라도 할까 봐 시선을 낮췄다. '나와 선진이 가장 먼저 도망쳐야 해.' 그렇게 생각하자 팔과 등과 목과 얼굴 측면에 있는 신경 말단이 무의식적으로 작동하면서 명멸했고 광대뼈 부근이 꿈틀거렸다. 그녀는 커다란 걸음으로 마지막 교차로를 횡단했다. '아니야. 지금 내가 느끼는 건 공포가 아니야. 그저 미지의 상황이라 확신할 수 없어서 그래. 말하자면 이런 거야. 최종 성과를 산출할 때까지 시간은 궤적을 그리겠지. 결과가 어떨지 지금은 전혀 알 수 없어. 그저 아직 미정이기 때문이야. 생각한 대로 행동은 하겠지만 판단이 옳았는지 여부는 최종 결과를 봐야 알 수 있어.' 그녀가 중얼거렸다. "어쨌든 다 지나갈 거야."

레퍼토리 돔이 가까워지자 제이나는 크게 한숨을 쉬었다. 돔에 들어가는 사람에게는 열정이 필요했다. 그녀는 입구로 가면서 미소를 띠고 시즌 티켓을 크게 휘둘렀다. 누군가가 흥분을 억지로 억누르면 참지 않겠다는 표정을 드러내야 했다. 금요일 오후가 되면 비교적 작은 두 개의 레퍼토리 돔으로 반짝거리는 어린아이들이 빨려 들어갔다. 반면에 성인이 되기를 갈망하는 이들은 복합단지 끝에 있는 거대한 돔으로 향했다. 그녀는 광장을 우회해서 팝콘 가게에 들르고 남은 자금의 절반을 마지못해 가장 싼 상품과 교환했다. 배는 조금도 고프지 않았지만 소도구가 필요했기 때문에 살 수밖에 없었다.

돔은 전초전 삼아 열리는 행사 때문에 이미 소란스러웠다. 일반인이 참가하는 재능 도전 코너에는 꽤 많은 사람이 혼잡하게 줄을 서고 있었다. 제이나는 전체 행사 가운데 이때가 가장 좋았다. 분위기가 진지하지 않고 배경 막도 많아서 느긋하게 앉아서 대화를 나누기가 편했다. 하지만 제이나의 친구들은 다른 거주 구역 사람과 달리 한곳에 확실히 머무르지 않았다. 그들은 앉아서 무언가에 푹 빠지는 성격이 아니었고, 소파나 의자의 팔걸이를 팔과 다리로 두드리는 일도 없었다. 하지만 그와 동시에 다른 거주 구역 사람과 달리 돔의 안쪽을 에워싸는 발코니에서, 머리 위에 있는 천체투영장치 속에서 반짝거리는 별과 가까운 곳에서 운 좋게 자리를 잡은 사람들을 부러워하지도 않았다.

15장

제이나는 돔 입구 안쪽에서 걸음을 멈췄다. 그녀는 웅장한 방청석에 늘 마음이 끌렸고, 이제 그 이유를 알 것 같았다. 구조물이 청중을 왜소하게 만들고, 그들을 지배하고 있었다. 그렇다 보니 개인 간 차이가 소멸해 하찮은 것으로 변하고 말았다. 그렇기는 하지만 이곳을 다시 볼 수 없다고 해도 별 상관은 없었다. 그녀는 친구들을 발견하고 손을 흔들었다. 자연스럽게 보일 필요가 있었다. 여러 개의 손이 그녀에게 답신을 보냈다. 점원 한 사람이 친구들의 탁자에 마실 것을 내려놓고 있었다.

"제이나, 마실 것 주문해." 루카스가 말했다.

"오렌지 주스로 주세요. 얼음 빼고요." 그녀는 해리에게 팝콘을 건넸다. "많이 먹어." 해리는 한 점만 집고 팝콘 통을 옆 사람에게 넘겼다.

"여행은 어땠어?" 제이나가 소파로 가는데 해리가 물었다.

"그럭저럭 흥미로웠어. 돌아와서 정말 다행이야. 피곤해 죽겠거든."

"그러면… 나중에 얘기해 줘. 급한 건 아니니까." 팝콘 통이 한 바퀴 돈 다음 제이나에게 돌아왔다.

"여긴 무슨 일 없었어?" 그녀가 말했다.

"경연이 시작되기 전에 일어서서 노래를 부르라고 줄리를

계산된 삶

설득하는 중이야." 루카스가 말했다.

"알았어, 알았다고." 줄리가 말했다. "제이나가 왔으니까 부를 거야." 그녀는 일어서서 옷매무새를 만졌다. 제이나가 미소를 짓기 시작했지만 그녀의 입꼬리는 조금 일그러졌다. 줄리는 일찍 도착한 사람들을 뚫고 공연자 대열에 합류하기 위해 돔 중앙으로 나아갔다. 그녀는 뒤에서 손을 흔들어 응원하는 친구들을 돌아보았다.

"줄리가 노래를 부르면 사람들은 경연이 시작된 줄 알 거야." 루카스가 말했다.

하지만 제이나는 귀를 기울이지 않았다. 메스꺼움이 다시 시작되었기 때문에 손바닥을 아랫배에 대고 침을 삼켰다. 그녀는 줄을 서서 침착하게 기다리는 줄리를 바라보았다. 구역질이 나는 이유는 하나밖에 없었다. 줄리는 그녀를 소중하게 여겼지만 그녀는 그렇지 않았다. '이건 경멸과 달라.' 그녀는 자인했다. 그녀는 희미하게… 친구들의 깊은 애정에 거부감을 느꼈다. '난 타락한 걸까? 얼마 전까지는 착한 사람이었는데.'

"왔다." 루카스가 말했다. C6 구역 시뮬런트들이 돔에 들어왔다. 제이나는 그들이 베로니카의 소식을 알 거라고 생각했다. 줄리는 그 소식을 가장 늦게 접할 터였다. 선진이 일행 속에 섞여서 다가왔다. 그는 두 구역 시뮬런트가 한데 모였을 때 제이나 곁에 설 예정이었다. 해리와 루카스는 모든 사람이 낮은 탁자 두 개를 중심으로 모일 수 있도록 소파와 의자의 위치를 조정하기 시작했다. 새로 도착한 사람들과 인사를 나누느라 다들 움직임이 굼뜬 틈을 타서 제이나는 선진에게 걸어갔다. 정리가 끝나면 그와 나란히 앉을 생각이었다. 주변이 정리되자 베로니카에 관한 이야기가, 그리 다급하지는 않게, 선진이 금요일에 제이나를 만나 알려주었던 것처럼 은밀하게 흘러나오기 시작했다. 사실 다들 잡담으로 시작해서 사라진 베로니카에 관한 궁금증을 풀려는 것처럼 보였다.

"이유가 뭔지 알아낸 거라도 있어?" 해리가 말했다.

"음, 금요일에 일어난 일이잖아." 선진이 말했다. "내일 직장에 가면 뭔가 들을 수 있겠지."

"회사에 돌아올지도 몰라." 제이나가 말했다.

"성급하게 결론을 내리면 안 될 것 같은데." 해리가 말했다.

"안 되지." 제이나가 말했다. "추측해 봐야 아무 의미가 없어."

그럼에도 불구하고 막연한 추측이 오갔다. 제이나는 대화가 가장 멀리 앉은 사람들 쪽으로 옮겨 갔을 때 기회를 붙잡아 선진에게 말을 걸었다. 그녀는 다른 사람에게 입 모양을 보이지 않으려고 팝콘을 하나 집어서 얼굴을 가렸다. 그리고 데이

계산된 삶

브의 주소 및 그가 알고 있는 특정 정보를 포함한 이야기를 선진에게 전달했다. 선진은 단순한 놀라움 이상으로 충격을 받은 것 같았다. 그는 제 차례가 되자 팝콘을 집어 들고 뚝뚝 끊어가면서 말했다. 그가 이틀 동안 아침마다 경찰 본부에 들러서 인적 사항 문제를 대부분 해결했고, 안전 가옥에 가면 미리 준비해 둔 식량과 옷과 약간의 현금이 있을 거라는 얘기였다.

새소리를 성대모사 하는 사람이 무대에 올라가자 제이나와 선진을 제외한 모든 사람이 집중했다.

"본부에 그 장소를 아는 사람은 없지?" 제이나가 물었다.

"오래전부터 사람이 안 사는 곳이야. 베로니카 소식을 듣고서 가짜 철거 명령을 내려놨어. 우리 쪽 파일에서 건물에 관한 상세 정보는 없애버렸고. 아무도 모를 거야."

성대모사를 하는 사람이 쩩쩩 소리를 마치자 해리가 제이나를 바라보았다. "제이나, 넌 어떻게 생각해? 베로니카는 지난주 일요일만 해도 아주 멀쩡했잖아."

제이나는 어깨를 으쓱했다. "맞아. 나도 무슨 일인지 전혀 모르겠어. 내가 알기로 베로니카는 완벽한 직원이었거든. 하지만 그쪽 일이라는 게 결과를 평가하기가 쉽지만은 않거든."

"일리가 있어. 어쩌면 비용을 감당하기 어려웠을지도 몰라." 해리가 말했다. 해리의 말이 맞는다면, 본래 일하던 위치가 아니더라도 도시 어딘가로 새 직원이 되어 돌아올 수 있었기 때문에 베로니카에 대한 궁금증이 깔끔하게 정리되는 효과가 있었다.

그들 앞쪽에서 줄리가 중앙 무대를 차지하고 있었다. 그녀는 놀이터 한복판에서 외로이 선 어린아이처럼 체구가 작았으며, 양팔을 늘어뜨리고 있었다. 그녀에게 집중하는 사람은 거의 없었다. 음악이 시작되자 제이나는 선진에게 몸을 붙이고 그와 함께 계속해서 계획을 중얼거렸다. 줄리는 대중이 잘 아는, 시와 같은 발라드를 노래했다. 보통은 무신경하게 큰 소리로 부르는 노래였다. 줄리가 계산된 연출에 맞춰 고음을 완벽하게 소화하자 청중이 호기심을 품기 시작했다. 1절이 끝나고 순간적으로 무대 뒤쪽이 밝아지자, 돔 전체를 줄지어 두르고 있는 거대한 화면에 줄리의 얼굴이 떠올랐다. 사람들은 무대 연출가의 결정에 공감하면서 박수를 쳤다. 그녀의 노래는 그날 오후에 들을 수 있는 그 어떤 것보다 분명히 아름다웠다.

2절이 시작됐지만 줄리는 여전히 놀이터에 버림받은 아이와 같았고 거의 움직이지 않았다. 하지만 그녀의 몸이 천천히, 간신히 알아볼 수 있을 정도로 흔들리기 시작했다. 그녀는 두 번째로 후렴을 부를 때가 되자 위대한 디바들의 일그러진 얼굴을 흉내 내고 고개를 뒤로 젖혔다. 그리고 성량을 크게 키웠다. 청중이 그녀의 변신을 알아채더니 자신들이 가라오케에서 동경하던 모습을 발견하고는 환호하면서 휘파람을 불었다. 그들은 하나같이 지금 무대 위에 서 있는 무명 가수처럼 훌륭하게 노래하기를 바랐다.

　제이나조차 대화를 중단했다. "줄리는 저렇게 살아야 하는데." 그녀가 작은 소리로 말했다. 자신의 친구가 모든 사람의 마음을 그 정도로 끌 수 있다는 사실이 믿기 어려웠다. 그녀는 주변에 앉은 관객의 반응을 조사했다. 사람들은 눈을 깜빡거리면서 한 화면에서 다른 화면으로 시선을 옮겼다. '저 공연은 진짜일까? 줄리는 우리를 속이면서 감정을 펼쳐온 걸까? 그게 아니라면 연기도 감정의 일부였을까? 어쩌면 노래를 부르면서 육체적으로 무언가를 경험했는지도 몰라. 그 두 가지 요소가 하나로 합쳐진 거지.' 마지막 후렴 부분이 되자 관객들이 시끄러워졌다. 그들은 줄리의 완벽한 공연을 묻어버릴 듯이 위협적으로 소리치며 노래를 불렀다. 하지만 그녀의 풍부하고 조화로운 목소리는 따뜻하고 너그러운 관능성으로 싸구려 가수들을 압도하고 감쌌다.

　제이나는 줄리에게서 눈을 떼고 선진과 거래를 마무리 지었다. "그러면 준비는 다 된 거지?"

　선진이 고개를 끄덕였다. "남은 일은 내일 끝낼게." 관중들이 화면을 향해 박수갈채를 쏟아냈고 제이나는 친구의 얼굴에 담긴 절제된 기쁨을 보면서 감탄했다.

"분명히 토요일이지?" 선진이 물었다.

제이나는 주저하다가 대답했다. "응. 아침 식사 직후에. 그러면 저녁때까지 아무도 모를 거야."

줄리가 걸어오자 선진이 박수를 치면서 그녀를 환영했다. "마음에 들었어?" 그녀가 선진을 똑바로 바라보면서 말했다.

"최고였어." 그가 말했다. 줄리는 그에게 다가가서 두 팔을 뻗었다. 그녀는 선진의 허리를 끌어안았다. 제이나는 앞으로 뛰어나가서 줄리의 팔을 붙들었다. "너 진짜 천재적이었어." 그리고 그녀를 선진에게서 떼어내고 빈 소파 쪽으로 밀어붙였다. 다음 공연이 시작되자 사람들의 주의가 흩어졌다. "줄리, 도대체 무슨 생각으로 그런 거야?"

"무슨 말인지 모르겠…"

"뭔지는 모르겠지만 하지 마."

◆

제이나는 방에 있는 세면대에서 손을 씻으면서 저녁 식사 전에 치르는 세정 의식에 필요 이상으로 시간을 많이 들였다는 사실을 깨달았다. 하지만 그녀는 천천히, 순서대로, 한 손으로 다른 손을 쥐어짜듯 씻었다. 그러자 살갗이 서로 닿는 감각과 흐르는 물이 마음을 진정시켜 주었다. 하루 사이에 너무 많은 일이 벌어졌다. 그녀는 마음을 진정시키고 싶었다. 리듬에 따라 움직이자 생각이 정리되었다. 그녀는 스스로 마음을 가라앉히는 게 정말로 가능한지 궁금했다. 그녀는 그날 이른 시각에 데이브와 나란히 누운 채 만들어 냈던 짧은 소설을 떠올렸다. 그녀는 데이브의 몸과 하나도 맞닿지 않은 상태에서 그가 아닌 다른 곳을 바라보고 있었다. 그리고 데이브가 그녀의 머리를 쓰다듬었다. 그녀는 잠깐 동안 데이브가 아니라 다른 사람의 손이 머리에 부드러운 힘을 가하고 있다고 상상했다. 그게 누구이기를 바랐는지는 그녀 본인도 알지 못했다.

그녀는 올이 거친 작은 수건을 던지고 침대 끝에 앉아서 손가락으로 이마를 문질렀다. 마음이 진정되긴 했지만 힘은 나지 않았다. 그녀는 다른 방법을 시도했다. 치통을 가라앉히듯 왼쪽 손바닥에 뺨을 대고 오른쪽 눈썹 위를, 콧날부터 관자놀이에 이르기까지 오른손 끝으로 두드려 보았다.

그녀는 복도에서 들리는 발소리 때문에 깜짝 놀랐다. 문을 두드리는 소리가 났다.

"저녁 식사 시간 전에 얘기 좀 할 수 있을까?" 줄리였다.

그녀가 바닥에 떨어진 수건을 바라보았다. 제이나는 황급히 수건을 집어 들었다. "당연하지. 바쁜 일은 하나도 없거든."

줄리가 문에 등을 기댔다. 그녀가 얼굴을 붉혔다. "난 노래 때문에… 흥분했어. 내가 보기엔 아주 잘됐거든. 난 그냥… 잘 모르겠어. 선진이 나 때문에 너무 행복해 보이더라고."

"걱정하지 마. 네가 뭘 했는지 눈치챈 사람은 없을 거야."

"저녁 시간에 아무한테도 얘기 안 할 거지?"

"당연히 안 하지."

줄리는 그 말을 듣자 발걸음을 돌렸다. 그리고 망설이다가 되돌아와서 문에 대고 말했다. "난 이제 노래 안 할 거야. 가라오케 근처에도 안 갈 테고."

◆

"식단이 바뀌는 걸 보고 있으니까 점점 인간 기니피그가 된 기분이 들어." 루카스가 저녁을 먹으면서 말했다.

"이제는 실험에 기니피그를 안 써." 제이나가 간단명료하게 말했다. "그 표현은 남아 있지만."

"루카스, 남미 일부 지역에서는 그런 말을 하면 오해를 살 수도 있어. 거기서 기니피그는 맛있는 음식이거든. 네가 식인에 관한 얘기를 한다고 생각할 거야." 해리가 말했다. 소수의 친구가 서로 눈치를 살폈지만 기니피그에 관한 대화를 더 밀어붙일 사람은 없는 것처럼 보였다. 그들은 다시 식사를 이어갔다.

'다른 건 둘째 치고 루카스는 왜 그렇게 고풍스러운 표현을 끄집어냈지?' 제이나는 당황했다. '게다가 인간 기니피그가 아니면 도대체 자신이 뭐라고 생각하는 거야? 그냥 본인이 그 사실을 모를 뿐이지. 하지만 일련의 상황에 발이 걸려 넘어진다면, 특정 시간에 특정 장소에 있다 보면, 누군가가 특별한 얘기를 해준다면, 특별한 육체적 실험의 대상이 된다면 곧은 길에서 밀려날 수도 있지. 그런 사건의 조합 덕분에 평소답지 않고 독창적인 생각이 떠오르는 일도 가능하겠지. 친구들 모두 결국에는 자신만의 의식에 도달할 거야. 만약에 그런 일이, 계시라고 부를 만한 무언가가 나한테 더 일찍 찾아왔더라면 좋을 텐데.'

레퍼토리 돔에서 돌아오는 동안 베로니카에 대한 흥미는 사라져 버렸다. 그 문제를 다시 끄집어내고 싶은 사람은 없었다. 줄리는 내내 고개를 숙이고 있었다. 새 화제를 꺼낸 사람은 해리였다. "제이나, 소규모 거주지 얘기 좀 해봐. 그 일은 잘돼?"

제이나는 다시 정신을 차렸다. "내가 생각했던 것과 조금 차이가 있었어."

"놀랄 일이 더 있었어?"

"더 있냐니, 그게 무슨 뜻이야?"

"음, 벤저민네 집에 가서 오후 시간을 보내고 놀랐다면서."

"그랬지… 이렇게 얘기할 수 있겠네. 이번 주말에 가서 뭔가를 배웠어. 정보와 지식은 다르더라고"

"더 자세하게 설명해 줄래?"

"난 소규모 거주지를 아주 잘 안다고 생각했어. 만들어진 시기도 알고, 어떤 사람들이 사는지도 알고, 인구 통계도 알고, 주택 정책이 어떻게 바뀌었는지도 알고, 교통망도 알고, 고용 현황도 알았거든. 그런데 그것만으로는 알 수 있는 게 많지 않더라고. 차이가 있더란 말이야. 예를 들어서 셔틀 시간만으로는 객실이 불편하다는 사실을 알 수 없잖아. 그런 지식은 셔틀을 직접 타봐야만 알 수 있지."

"그게 제일 놀라운 일이었어?" 줄리가 얘기에 동참하려는 노력의 일환으로 물었다.

"아니." 제이나가 억지로 미소를 지었다. "소규모 거주지 자체가 놀라웠어. 너무 기초적이고 너무 단조로워서 도시 근교 지역이랑 비슷한 점이 하나도 없더라. 그리고… 삶으로 분

계산된 삶

주한 곳이었고."

"도시 근교보다 더 그렇다고?" 해리가 말했다.

"벤저민네 동네에서는 걸어 다니는 사람을 한 명도 못 봤어. 전부 실내나 정원에 있었겠지. 그런데 소규모 거주지에서는 각종 시설에 사람이 넘쳤어. 개인 정원이 없고, 최소한 내가 보기에는 휴식할 수 있는 공터도 없었거든. 사람들이 전부 거리로 나오는 것 같더라고. 그리고 거리가 너무 더러웠어. 한 가지 더 말하자면… 그럴듯한 가게가 하나도 없었어. 물건은 전부 시장 좌판대에서 사더라고. 그런 줄은 몰랐지. 무슨 얘기인지 알겠어? 매매업 허가 현황 덕분에 특정 사업 유형의 붕괴에 대해서는 알았지만 거리에 마련된 임시 매대에서 장사하는 줄은 몰랐던 거야. 그리고…"

"레몬 타르트를 먹고 싶으시면." 식당 직원이 카운터 뒤에서 소리쳤다. "빨리 와야 할 겁니다. 벌써 색이 조금 칙칙해졌거든요." 사람들이 서로 쳐다보더니 의자를 뒤로 밀었다. 제이나는 일어나지 않았다.

다들 식탁으로 돌아오자 줄리가 화제를 다시 이어갔다. "소규모 거주지는 아주 혼란스럽다는 얘기잖아."

"삶으로 가득 차 있는 건 분명해. 아이들이 놀면서 거리를 돌아다니거든. 하지만 환경이 조금만 더 쾌적하다면…" 제이나는 자신이 목격했던 싸움에 대해서는 이야기하지 않을 생각이었다.

"우리 부서에서는 그런 얘기를 안 믿을…"

"알아. 해리 너는 적절한 대우를 받는다고 생각하겠지. 다른 건 다 제쳐두고, 나는 그 사람들이 더 나아질 기회를 얻지 못했다는 느낌을 받았어."

"그 사람들이 나아지길 원하기는 해?" 루카스가 물었다.

제이나는 원하던 반응을 하나도 이끌어 내지 못했다. "당연하지." 그녀는 몸을 뒤로 젖혔다. "그 사람들은 바보가 아니야."

줄리와 루카스가 경계하는 표정을 지었다. "그럴지도 모르지." 해리가 끼어들었다. "하지만 바보가 아니라고 해서 무언가를 더 원한다는 뜻은 아니야. 지금 좋은 대우를 받는다는 건 그 사람들도 알거든. 너도 알잖아."

"이건 뭘 더 원한다는 문제가 아니야. 어쩌면 정부가… 조금 뒤로 물러나야 할지도 모르겠어. 모든 사람을 색안경 끼고 보진 말아야 한다는 뜻이지. 그냥 조금 숨을 쉴 수 있게 해주면 되거든."

친구들이 제이나를 멀뚱멀뚱 쳐다보았다. 그녀는 일어서서 그들에게 두 손바닥을 내밀었다. "있잖아. 나 오늘 너무 피곤했어. 그래서 내 생각을 조금도 제대로 설명하지 못했나 봐.

내일 머릿속이 정리되면 다시 얘기하자."

◆

제이나는 다시 문에 몸을 기대고 뒷머리로 문을 두드렸
다. "난 멍청이야." 그녀가 중얼거렸다. '닷새만 더 참으면 되
는데…' 그러자 근심이 자연스럽게 또 다른 근심을 낳듯 선진
이 걱정되어 그녀는 몸을 떨었다. 그는 소규모 거주지에 가본
적이 없었다. 제 생각과는 전혀 다르게 세상 물정을 하나도
몰랐다.

제이나는 내일 W3와 W8 소규모 거주지의 GPS 자료와 시
간표와 예상 이동 경로 자료를 전부 다운로드할 생각이었다.
"너희는 어떡하면 좋지?" 그녀는 그물망 우리의 꼭대기에 매
달려 있는 대벌레들을 바라보면서 물었다. "누가 너희를 돌봐
줄까?" 그녀는 채소를 물기로 적셔주고 미소를 지었다. 그녀
와 대벌레는 규칙을 어긴다는 공통점이 있었다.

돌로*의 진화 법칙에 따르면 복잡한 구조는 조상과 같은
상태로 돌아갈 수 없었다. 하지만 얌전한 대벌레가 그 가설을

* 루이스 돌로. 19세기 벨기에의 고생물학자. _옮긴이

뒤집고 있었다. 대벌레는 진화하면서 날개를 잃었지만 날개를 만들기 위해 필요한 유전자는 남아 있었다. 그리고 수천 년에 걸쳐서 날개를 얻었다가 잃기를 여러 차례 반복했다.

제이나는 작은 친구들을 위해 계획을 세웠다. '이번 주에 푸른 잎을 잔뜩 채워놓고 꽃집에서 명함을 가져다가 우리 옆에 둬야지. 그러면 줄리가 볼 거야. 그래, 너희가 줄리와 살았으면 좋겠어. 그리고… 내가 수집한 자료는 모조리 쓸모가 없어지겠구나. 전부 벵갈루루에 보내는 게 낫겠어.' 하지만 제이나는 그 생각을 포기했다. 그것 말고도 생각할 문제가 너무 많았다. 그녀는 기본 규칙을 다시 정했다. 'C7 휴게소나 직장에서 불필요한 대화는 절대로 하지 말 것. 사무실은 일반적인 경로로 통근할 것. 비둘기 모이는 일이 끝나고 줄 것. 데이브와 무슨 일이 있어도 만나지 말 것. 이번에는 진짜로 그래야 해. 소규모 거주지에 방문한 건에 대해 벤저민과 올리비아의 입맛에 맞춘 보고서를 보내자. 딱 부러지는 내용은 없이 더 이상의 연구는 불필요할 수 있다는 인상을 주는 의견을 덧붙이면 되겠지. 그러면 올리비아가 나서서 기획을 전부 취소하라고 조언할 거야. 그럼 나는 어쩔 수 없이 동의하고 향후에 있을지도 모르는 조사를 위해서 파일은 공개 상태로 유지해 달라고 부탁해야지. 그다음에 표면상으로 모든 상황이 정리되면 토요일

계산된 삶

에, 마치 내가 데이브를 만나러 간 것처럼 수월하게, 선진과 내가 각자 출발하면 돼.'

조명이 어두워졌다. 제이나는 나무 의자에 자신의 옷을 걸었다. 그녀는 수면 상태로 가라앉았다가 떠오르기를 반복하면서 기다란 수신용 테이프를 보았다. 테이프는 소용돌이 속에서 회전했다. 테이프에는 처음부터 끝까지 손으로 쓴 글자가 적혀 있었다. 그 테이프는 막대기처럼 생긴 나무에 매달린 잎사귀처럼 의자에 걸어둔 옷과 같이 생긴 나뭇가지 위에 있는 막대기처럼 생긴 나무에 걸려 있었고…… 그녀는 이윽고 표면 아래로 잠겨서 잠으로, 꿈속으로 빠져들었다. 그 꿈은 여느 때와 마찬가지로 하루 동안 있었던 일을 정화하고, 뒤섞고, 나란히 배치했다. 그리고 깨어 있는 동안에는 상상도 못 했던 열정적인 이야기를 토해냈다. 그녀는 들판에 있었다. 그녀는 제 머리에서 솟아 나온 덩굴줄기에서 지나치게 익어서 부패하고 부풀어 오른 과일들을 뜯어냈다. 그리고 전부 버렸다. 과일을 잡아당기는 동안 질척거리는 바닥에서 그녀의 두 발이 미끄러지며 뒤쪽으로 구부러졌다. 여러 시간 동안, 밤새도록 그 자세를 유지한 것 같았다. 그녀는 꿈속에서 덩굴식물의 잎을 따서 대벌레에게 주고 싶었다. 반드시 잎사귀를 손에 넣고 싶었다. 팔에는 상처가 났고 그녀는 소리를 지르려 했다. 잎이 어디 갔

지? 하나도 없잖아. 하지만 단어들은 목 안에서 맴돌 뿐, 긴장

하고 있는 입까지는 도달하지 못했다.

계산된 삶

16장

◆
◆
◆

문이 문틀에 부딪히는 건지 창문이 창틀을 때리는 건지 알 수는 없었지만 둔탁한 소리가 들렸다. 제이나는 꿈에서 깨어났다. 그녀는 입에 힘을 준 채 일어났고 자신이 비명을 지르려 했다는 사실을 깨달았다. 그녀는 꿈이 끝났다는 사실에 안도하면서 한쪽 팔꿈치에 힘을 주고 몸을 일으켰다. 아주 잠깐이지만 팔에서 찢어지는 듯한 통증이 느껴졌다. 그녀는 두 발로 바닥을 딛고 일어섰다. 그리고 빨리 얼굴을 씻어서 잠을 완전히 떨쳐내야 한다고 생각했다. 그러지 않으면 꿈의 족쇄에서 못 벗어날 것 같았다. 하지만 그녀는 세면대에 도달하기 전에 (a) 휴게소 내부에서 들려오는 희미하고 복잡한 소음과 (b) 밖에서 움직이는 껄끄러운 발소리를 인지했다. 재활용 수거원들이 활동하기에는 너무 이른 시각이었다. 게다가 월요일은 작업 일이 아니었다. 제이나는 걱정이 된다기보다는 호기심이 생겨서 창문 쪽으로 걸음을 옮겼다.

길 반대쪽 보도의 한쪽 구석에, 어둡고 말끔한 복장에 머리가 벗겨진 남자가 서 있었다. 그는 그랜비 거리를 한쪽 끝에서 반대편까지 훑어보았다. 그리고 정반대 쪽으로 돌더니 휴게소의 측면 출입구를 쏘아보기 시작했다. 그의 시선은 아래쪽에서 출발해 제이나의 창문 왼쪽에 이르렀다. '저 사람이 왜 이쪽을 보지?' 남자는 다시 몸을 돌리더니 팔을 흔들면서 빠르게 교차로로 이동했다. '차를 기다리나?' 하지만 차가 태우러 오기에는 어중간하고 이상한 위치였다. 그녀는 시각을 확인했다. 오전 6시 58분이었다. 그녀는 턱에서 통증을 느꼈다.

차량이 이동하는 소리가 희미하게 들렸다. 차는 천천히 회전하더니 측면 출입구 앞에서 멈춰 섰다. 남자가 교차로에서 달려와 차량 뒤쪽 좌석의 문을 열었다. 제이나는 자세히 보려고 창문에 얼굴을 붙였다. 익숙한 소리가 들렸다. 휴게소 옆문의 잠금쇠가 풀리고 문이 열리는 소리였다. 하지만 평상시보다 30분이 빨랐다. 몇 사람이 눈에 들어왔다. 남자가 두 사람이었고 그 사이에 체구가 작은… "줄리!" 제이나는 주먹을 들어 창틀을 쳤다. 남자들이 줄리를 뒷좌석에 태웠고 줄리는 저항하지 않았다. 차량은 조용히 가버렸다. 제이나는 인적 없는 거리를 노려보았다. '줄리가 사람 마음을 조종했던 게임 때문일까? 정말 줄리가 그런 짓을 했을까? 정말? 줄리가 나를 쳐다봤던가?'

'노래 때문일까? 그 노래가 마음에 안 들었던 걸까? 그게 아니라면… 선진에게 보낸 이메일 때문인가? 선진이 메일을

계산된 삶

안 지웠을까? 아니면 줄리에 대해 보고했을까?' 제이나는 예감으로부터 도피하고 싶어서 두 손으로 얼굴을 가렸다. '너무 늦었어. 내가 말을 너무 많이 했어. 줄리는 입을 다물지 않을 거야.'

하지만 제이나는 이미 중요한 사실을 인지했다. 옆문이 열린 상태였다. 그녀는 옷을 입기 시작했다. 앞으로 1시간 뒤면 거리와 남부 정거장이 혼잡해질 터였다. 지금은 조용했다. 지나칠 정도로. '선진이 있잖아! 선진은 어떡하지? 선진이 줄리 문제를 보고했을 리는 없어. 아니, 혹시…' 제이나는 그럴 리가 없다고 생각했다. 그녀는 셔츠를 조이면서 앞으로 정확히 어떻게 해야 할지 마음을 정했다. '건물에서 나가고 이 동네를 가로질러서 출근하는 선진을 만나자. 그다음에 혼잡한 시간대의 근로자 틈에 섞여서 도망치자. 그러면 경고가 발동되겠지. 젠장! 난 출근 시간에 늦은 적이 없잖아.'

제이나가 생각했다. '선진은 알아서 결정하겠지. 당장 도망치든지 남은 문제를 마무리하고 이따가 떠나든지.' 그녀는 근무일이 아닐 때 입는 일상복 상의를 옷장에서 꺼내고 가방에 집어넣었다. 그리고 종이를 한 장 꺼내서 자신이 이용하는 꽃집 이름과 식물의 이름을 적었다. 어리석은 행동이라고 생각하면서도 그녀는 '제이나가 소개했다고 해'라고 적었다. 그리고 종이를 우리 옆에 두었다. 그녀는 가방을 집어 들었다가 종이에 적은 목록을 다시 들여다보았다. 펜과 종이가 있으니 해리와 루카스에게 남길 마지막 말을 적을 수 있었다. 그녀는 1초, 2초, 3초, 4초간 고민하다가 그만두었다. 펜은 그녀의 고민을 반영하듯 종이 위에 희미한 점만 남겼다. 그녀는 그 옆에 비슷하게 생긴 점을 두 개 더 찍고, 설명하려다가 포기한 자신의 마음을 친구들이 알아주기 바랐다.

그녀는 방문을 조금 열고 귀를 기울였다. 잠시 후 각 방과 각 층 사이에 있는 벽 때문에 멀리서 들리는 것처럼 줄어든 덜커덕 소리가 희미하게 잦아들었다. 그럼에도 불구하고 아침 식사 준비가 진행 중이라는 사실은 알 수 있었다. 25분 뒤에 조명이 켜질 테고 45분 뒤면 아침 식사 시간이었다. 지금이라면 아무도 마주치지 않고 빠져나갈 수 있었다. 그렇다면 복도를 몇 걸음 걸은 다음 옆면 계단으로 내려가고, 1층 홀을 조금 지나 옆문 계단을 내려가기만 하면 휴게소 인생과 작별할 수 있었다. '나는 그렇게 방에서 도로까지 몇 번이나 여행했을까?' 하지만 오늘에 이르러 평상시보다 일찍 여행을 시작하고 이를 닦지 않았다는 사소한 사실만으로 그녀는 단순히 휴게소를 떠나는 게 아니라 탈출하고 있었다.

시간이 시간이다 보니 거리가 낯설었다. 그녀는 차갑고 신

계산된 삶

선한 공기 덕분에 집중하고 정신을 차릴 수 있었다. 건너편 보도를 밟으면서 조깅하는 사람의 숨소리가 들렸다. 이른 아침의 부드러운 바람 때문에 종이 한 장이 배수구를 따라 굴렀다. 그녀는 심장 박동을 진정시키는 주문을 읊었다. 거리를 걷고, 숨 쉬고, 거리를 걷고, 숨 쉬고, 거리를 걷고… 덕분에 그녀는 억지로 편한 걸음을 유지해 어느 정도 위장을 하면서 옥스퍼드 거리를 지나고 운하로 통하는 계단을 내려갔다.

선진이 숙소를 나서기까지는 시간이 있었다. 그녀는 운하 다리 밑에서 기다렸다. 주변에는 그녀가 서성이는 모습을 목격할 만한 사람이 하나도 없었다. 하지만 앞으로 30분 뒤면 운하 통로에 사람이 붐빌 터였다. 그녀는 빨간색과 초록색 페인트를 칠한 철제 골조의 아랫면을 올려다보았다. 사람들이 원했기 때문에 그런 구조물이 세워졌다는 사실은 의심의 여지가 없었다. 앞으로 거의 영원히 이 세상에 남아 있을 구조물이었다. '내가 만약 삶을 다시 시작할 수 있다면… 이렇게 아름다운 운하에서 더 많이 시간을 보내고 비둘기가 아니라 잉어에게 먹이를 주고 싶어.'

저 멀리 점처럼 작은 사람의 모습이 보였다. 제이나는 그 사람이 가까워지기를 기다렸다가 상업지구 끝에서 운하와 철교가 교차하는 지점을 향해 출발했다. 다른 사람은 하나도 보이지 않았다. 그녀는 제일 어두운 그림자 속으로 걸어 들어간 다음 거대한 강철 기둥에 몸을 기댔다. 그 기둥은 북쪽과 서쪽 에서 도심 깊이 진입하는 셔틀의 선로를 지탱하는 수많은 지 주 가운데 하나였다. 이른 시각에 운행하는 셔틀이 그녀의 머 리 위에서 천둥소리를 냈다. 더 이상 숨지 말자고 의식적으로 결정하지는 않았지만, 그녀는 더 참을 수가 없어서 기둥 뒤에 서 걸어나왔다. 불안한 마음으로 걷고 서기를 반복하다가 그 녀는 선진의 숙소에서 두 구역밖에 떨어지지 않은 운하 계단 에 도착했다.

그녀는 계단을 끝까지 올라가서 한 구역만큼 이동하고는 출근하는 사람을 기다리는 것처럼 어느 회사 입구에 자리를 잡았다. 그녀가 할 수 있는 일이라고는 기다리는 것뿐이었다. 예상보다 더 오랜 시간, 즉 16분이 지나자 선진이 숙소를 떠나 제이나가 서 있는 쪽 보도로 걸어왔다. 그녀는 몸을 돌렸다. 선진이 지나가자 그녀는 반걸음 뒤에서 따라가며 말했다. "돌 아보지 마. 나야." 그녀는 그간 있었던 일을 구구절절 늘어놓 았다. 그녀가 앞서가자 선진이 말했다. "우리 둘 다 도망쳐야 해. 하지만 따로 가야 돼. 네가 먼저 가. 행운을 빈다."

제이나는 다음 교차로에서 방향을 바꾸고 남부 정거장 쪽 으로 나아갔다. 그녀는 자신이 너무 회사원처럼 행동한다는

계산된 삶

사실을 깨달았다. 소규모 거주지에 있는 집으로 돌아가는 사무실 미화원처럼 보일 필요가 있었다. 그녀는 재킷을 벗어 팔에 걸쳤다. 하지만 그것만으로는 부족했다. 균형 잡힌 모습을 포기하고 격이 없게 보여야 했다. 그녀는 걷는 속도를 늦추고 머리를 좌우로 어수선하게 움직였다. 한 손은 주머니에 꽂아넣었다.

'해리와 루카스는 아침 식사 시간에 줄리가 안 보여서 걱정하겠지. 나는 신경 쓰지 않을 거야. 매이휴 맥클라인에서 열리는 아침 식사 회의에 참석하려고 서둘러서 나갔다고 생각할 테니까.'

큰길은 더 혼잡했지만 사람들의 걸음걸이는 그다지 분주하지 않았다. 지금 거리에 있는 이들은 일찍 일어나서 일찍 출발하고, 더 오래 걷지만 걸음이 느린 사람들이었다. 그녀는 데이브가 그 광경을 뭐라고 표현할지 알고 있었다. 불쌍한 놈들. 하지만 그 불쌍한 놈들 가운데 한 사람이 매이휴 맥클라인 직원일 가능성도 있었기 때문에 제이나는 경계를 늦출 수 없었다. '이 상황에서 어떡하면 좋을까?' 그녀는 다리에 힘이 빠졌다. '어렵지 않아. 간단해. 야간 근무를 마치고 귀가하는 소규모 거주지 노동자 대열에 합류하면 그만이야. 셔틀이 많으니까 광장 모니터를 확인하고 승강장을 찾아가자.'

16장   351

여전히 너무 단정한 차림이었기 때문에 그녀는 대학의 수학과 건물 휴게실로 들어간 뒤 가방에서 구겨진 점퍼를 꺼내고 재킷과 맞바꿨다. 그녀는 점퍼를 적당히 어깨에 걸치고 다시 출발했다. 그리고 느린 걸음으로 대학교의 공터를 지나고, 마가목류 나무 옆을 통과하고, 자갈길을 걷고, 보도 석판 위를 걸어서 정거장 광장에 도착했다. 그녀는 몸을 이리저리 돌리면서, 교외 지역과 소규모 거주지에서 출발해 정거장에 도착한 노동자의 물결 속을 통과했다. 그리고 곁눈질로 양쪽을 살펴보았다. 아무 문제도 없었다. 평상시와 다름없는 하루였다. 그녀를 주목하는 사람은 하나도 없었다. 그녀는 한 번 더 좌우를 곁눈질했다. 광장이 가까워질수록 다른 사람의 눈에 띌 거라는 두려움도 점점 줄어들었다. 그녀는 역 입구를 통과하는 인파 속에서 단 한 명의 사람에 불과했다.

그녀는 빠른 걸음으로 광장을 통과했다.

그리고 머리 위에 있는 화면을 확인하려고 걸음을 멈췄다. 그때였다. 그녀의 주변 시야 안에서 무언가가 꿈틀거렸다. 갑자기 아드레날린이 치솟았다. 그녀는 좌우를 살펴봤지만 원인을 발견할 수 없었다. 그녀는 힘겹게 고개를 들어 출발 시각과 도착 시각을 확인했다. 다리에서 힘이 빠졌다. 더 이상 주위를 살펴보진 않았지만 더 강한 징조가 보일 거라는 예감이 있

계산된 삶

었다. 예감은 맞았다. 왼쪽과 오른쪽에서 두 사람이 각각 걸어오고 있었다. 그녀는 다시 고개를 들어 화면을 보았다. 소규모 거주지 W8로 향하는 셔틀 두 대가 모두 연착이었다. 그녀가 두 남자를 두 손으로 가리킨다면 양팔이 정확히 180도를 그릴 것 같았다. 목적지와 관계없이 다음에 출발하는 셔틀은 7분 뒤에 있었다.

'소리는 지르지 않겠지.' 그녀가 생각했다. '경찰이 아니니까. 추적을 안 할지도 몰라.'

11번 승강장에 셔틀이 도착하고 있다는 메시지가 화면에 떠올랐다.

오른쪽 남자가 7미터 떨어진 곳에서 앞으로 뛰쳐나왔다. "제이나!"

제이나는 화면을 바라보았다. 셔틀이 오고 있었다.

그녀는 상상 속에서 두 남자가 이루고 있는 원호를 둘로 가르면서 뛰었다. 그녀는 민첩하게 자리를 이탈해서 100여 미터쯤 떨어져 있는 11번 승강장으로 향했다. 멀리서 헤드라이트를 반짝거리면서 승강장 끝에 다가서는 셔틀이 군중들 사이로 보였다. '너무 멀까?'

남자들은 소리를 지르지 않았다. 제이나는 어깨 너머로 뒤쪽을 보려고 했으나 현기증이 일었다. 지금까지 달린 적이 없었던 탓이었다. 그녀는 한 번 더 그 자리에서 벗어나 승강장 쪽으로 몸을 돌리고 뛰었다. 그리고 계산이 시작되었다. 승강장의 길이, 셔틀의 현재 속도, 감속 비율, 자신의 종단 속도, 그 모든 요소를 합산한 충돌 시 속도에 이르기까지.

셔틀의 불빛이 번쩍거리면서 선로를 비췄다. 제이나는 최고 속도로 달렸다. 그러자 머릿속에 단 두 단어가 떠올랐다. '여기서 끝내자.' 남자들이 소리를 질렀다. 그녀는 고개를 뒤로 젖히고 보폭을 더 늘렸다. 셔틀은 계속 달려왔다. 그녀는 충격과 종말을 예상했다. 하지만 왼쪽 발이 꺾였고 갈비뼈 속 통증이 너무 빨리 줄어들었다. 그녀는 아주 잠깐 비행했지만 두 팔을 뻗은 채 포장석이 깔린 승강장 끄트머리로 추락했다. 그리고 셔틀이 빠른 속도로 지나갔다.

두 남자는 셔틀이 정지하기 전에 제이나에게 손을 뻗었다. 승객들은 그녀의 안타까운 실패를 모른 채 셔틀에서 내렸다. 그들은 어떤 이가 그토록 불가사의한 방식으로, 여러 해 만에 처음으로 생을 마감하려 시도했다는 사실도 몰랐다. 통근자 가운데 한두 사람이 모여, 서 있는 세 사람을 잠깐 동안 주시했다. 그 가운데 한 사람은 여성이었다. 그녀는 고개를 앞으로 숙이고 있었다. 그리고 두 남자가 그녀를 받치고 있었다. 하지만 이제 근무가 시작될 시각이었다. 노동자들은 앞으로 나아갔다. 인파 속에서 살짝 들어 올려진 맨홀 뚜껑에 발이 걸린 사람은 단 한 사람뿐이었다.

사고는 남부 정거장에서 벌어지는 일상의 모습에 문자 그대로 단 한 점의 분열도 일으키지 않았다. 지연이 없었기 때문에 피해를 입은 사람은 아무도 없었다. 제이나가 추락한 뒤 16분이 지나 데이브가 광장을 통과했을 때 세상은 다시 정상적인 모습을 되찾았다.

에필로그 I

이른 아침의 햇살이 동쪽을 향하는 완만한 경사면에 흘러넘쳤다. 익은 과일들의 색깔은 햇빛 때문에 본래보다 더 따뜻해 보였다. 아침 이슬이 마르면 과일을 확인하고 가장 큰 품종을 수확할 예정이었다. 모두 계획된 일이었다. 이렇게 작은 농장에서 수입을 올리려면 완전히 숙성한 과일만 따야 했다. 당연한 전략이었지만 다수의 소규모 자작농들은 그 사실을 몰랐다. 그들은 훗날 더 큰 이득을 보기보다는 지금 당장 작은 이익을 손에 넣는 편을 택했다.

천재가 아니어도 알 수 있는 답이었다.

아주 일찍 일어날 필요는 없었지만 데이브는 단순한 두 가지 기쁨을 누리기 위해서 거의 매일 이 시각에 기상했다. 태양이 완전히 떠올랐지만 공기가 여전히 차가울 때 두꺼운 재킷을 입는 기쁨과 과수원 안을 혼자 걷는 기쁨이 그것이었다. 그는 후자가 더 즐거웠다. 홀로 과수원에 있으면 다른 사람이 모르는 것을 듣고 볼 수 있었다. 그는 그 세계의 유일한 목격자였고 유일한 소유자였다.

좁은 길은 잘 숨겨진 골짜기를 따라 구불구불하게 이어졌다. 데이브는 수요일이 되면 스쿠터 짐차에 타고 그 길을 따라 농장조합까지 가서 선별된 감귤 24상자를 배달할 계획이었다. 부유한 교외 지역 식품점에 목요일이면 진열될 과일들이었다. 그는 다음 시즌쯤에 다른 판로를 열겠다고 생각했다. 하지만 지금은 일반적인 경로를 고수하는 편이 제일 좋았다. 선진의 말대로 너무 영리해 보일 필요는 없었다. 일리가 있는 말이었다.

데이브는 농장에 도착한 지 얼마 되지 않았을 때 선진과 함께 나무조각을 두드려 만들었던 의자에 앉았다. 그리고 감귤나무들 너머로 골짜기를 내려다보았다. 짙은 녹색에 비교하면 오렌지색과 노란색은 얼마 되지 않았다.

데이브는 아직도 선진을 선진으로 생각했다. 하지만 그의 친구는 새 이름에 쉽게 적응했다. 데이브는 미소를 지었다. 선진은 그 속임수 전체를 일종의 직업적인 도전으로 생각했다. 언젠가 그가 설명한 적이 있었다. "난 위장하는 중이라고 생각하는 게 좋아. 너도 알겠지만 경찰은 여러 해 동안 위장수사를 하잖아. 그 사람들이 할 수 있으면 나도 할 수 있지. 그런 걸 잠입수사라고 불러."

데이브는 선진이 앞으로도 계속 경찰 용어를 쓰리라 생각했다. 그렇다고는 해도 그는 선진에게 깊은 인상을 받았다. 선진은 이제 농장 노동자였다. 그는 절대로 먼저 말을 꺼내는 법이 없는 사람이었고 아주 드물게 누군가가, 예를 들어 설비 기술자나 이웃 사람들이 작업 사항을 구구절절 떠들면서 시간을 보내려고 방문이라도 하는 날이면 전면에 나서는 법이 없었다. 데이브는 그런 사교적 접촉을 최대한 피했다. 그리고 어떤 일이든 조언을 받을 필요가 없었다. 그는 가끔 선진을 보면서 그가 다른 인생에 대해서는 알지도 못하고 알고 싶지도 않은 사람처럼, 깨어 있는 동안 모든 생각을 5에이

계산된 삶

커짜리 농지에 쏟아붓는 모양이라고 생각했다.

하지만 데이브는 선진처럼 과거와 결별할 수 없었다.

그는 고요한 시간대에 과수원을 내려다보면서 오래된 일을 다시 반추해 보았다. 그런다고 얻는 것은 없지만 그만둘 수 없는 습관이었다. 그는 옛 대화를 떠올리고 뒤늦게 내용을 편집했다. 당시 자신이 했던 말의 다른 부분을 강조해 보고, 그렇게 같은 말을 반복해 보고, 조금씩 수정했다. 3년이 지났지만 그는 아직도 옛말을 이리저리 바꿔보았다. '그러면 안 됐지만…… 말할 수도 있었지만……'

그리고 구불구불한 길을 보면서 눈을 깜빡거릴 때면 마음 안에서 어떤 이미지가 반복적으로 떠올랐다. 단 한 번도 머리로 문장을 만들거나 적절한 단어를 고를 수는 없었지만, 그는 한 사람이 시야 바깥에 있는 길을 따라 걷는 모습을 상상했다. '그 사람은 분명히 나타날 거야. 내가 반드시 그렇게 만들 거야.'

그는 많은 것이 마음에 들었다. 그는 체제에 승리했다. 하지만 속은 듯한 느낌이었다. 결과가 더 좋을 수 있었기 때문이다.

그는 컨스트럭터 측이 정거장에서 그녀를 붙들었다는 사실을 알고 있었다. 모든 회사 사람들도 당일에 그 사실을 알았다. "진짜 완전 난리도 아니었어." 그는 후에 선진에게 그렇게 말했다. 올리비아와 벤저민이 컨스트럭터에게 악을 쓰며 항의했다는 소식은 모르는 사람이 없었다. 하지만 그녀는 돌아올 수 없었다. 계약서 세부 항목에 정해진 그대로였다. 데이브는 과거를 회상하고 당시에 있었던 일을 기억하려고 애를 썼다. 그는 넋이 나갔고 아무 말도 할 수 없었고 마비되었다. 그에게 그 어떤 것도 질문하는 사람이 없었지만 그는 식은땀을 쏟았다. 그는 아카이브실에 숨었다. 지금 와서 돌이켜 보니 기억나는 거라고는 축축한 셔츠에서 올라오는 악취와 정체감뿐이었다.

그녀가 사라진 뒤 첫 토요일에 데이브는 W8 소규모 거주지로 여행을 갔다. 그리고 안전 가옥에 가서 선진을 만났다. 그다음 3주 동안 데이브는 일요일마다 식품을 가져갔다. 두 사람은 매번 계획을 수정했다.

처음에는 단순한 계획이었다. 선진은 몇 개월 동안 이주 노동자들 속에 숨어서 감시를 피할 생각이었다. 그는 안전 가옥 부근에 영원히 머무를 수가 없었다. 이웃들이 의심할 가능성이 있었다. 두 사람은 은행 계좌에 담긴 돈과 주식과 가짜 신분에 관한 신원 자료에 관해 의논했다. 하나같이 선진이 급하게 도망치기 전에 챙겼던 것들이었다. 하지만 선진은 아주 오랫동안 돈은 손대면 안 된다고 강력하게 주장했다.

이제는 명확히 기억할 수 없지만 안전 가옥에 두 번째인가 세 번째로 방문했을 때, 데이브는 옷가게 거리를 걸은 다음 나중에 아파트에서 그녀가 했던 말을 선진에게 알려주었다. 두 사람은 반복해서 과거로 돌아가 대화의 편린을 복기했다. "하지만 그냥 지나가면서 한 말인데." 데이브가 말했다. 선진은 그녀가 남긴 말에 따라 행동해야 한다고 확신했다. 결국 그런 문제에 있어 스승은 결국 그녀였다. 그 말에 따른 결과 데이브는 마침내 빈 공방에서 제조한 장

계산된 삶

식 핀을 구매할 사람을 찾아냈고(장식 핀을 디자인한 사람은 그녀가 종이에 적어주었던 그대로 요제프 호프먼이었다), 두 사람은 단편적인 아이디어를 한데 모았다. 결론은 매매자격증이었다. 동시에 네이브가 선택해야 할 매매의 종류도 분명해졌다. 그녀가 상용 문구에서 부분적으로 인용했던 말 덕분이었다. 책은 안 읽어도 살 수 있지만 음식은 꼭 먹어야 살 수 있었다.

마침내 데이브는 헤스터와 말싸움을 했다. 그는 그날 즉시 해고되었다.

그는 지금까지 정말 잘해왔다고 생각했다.

그는 농장 반대편에 빈 상자가 쌓이는 소리가 듣기 좋았고 만족스러웠다. 선진이 일과를 시작하고 있었다. 곧이어 관개 설비가 작동하면 선진도 아침 작업을 시작할 터였다. 그는 아침을 먹기 전에 조금이라도 이상해 보이는 노즐이 있으면 꼼꼼하게 확인했고 누수가 없는지 점검했다. 한때 형사였던 선진은 이제 농장 일꾼이었다. 데이브는 선진이 장발의 설교자로서 농장 곳곳을 바삐 뛰어다니면서 나무가 노래 부르게 만드는 모습을 상상하고 소리 죽여 웃었다. 그리고 2주 전에 선진과 나눈 대화를 떠올렸다. 두 사람은 함께 앉아서 과일 상자의 깨진 널빤지를 교체하고 있었다. "이런 일을 해도 괜찮아?"

"난 꽤 잘하고 있는데."

"그런 뜻이 아니고. 이런 일이 지루하지 않아?"

"모두 다 과정의 일부잖아."

"즐겁기는 해?"

"응. 난 이 과정이 좋아."

"뭐?"

선진은 참을성 있게 설명했다. "전체 사업에서 잡일이 무슨 역할을 하는지 아니까 좋아. 세부 사항에 집중해야 과정이 전반적으로 문제없이 돌아가잖아. 만약에 부서진 상자를 들고 간다면 조합에서 데이브 너를 어떻게 생각하겠어? 내가 말해주지. 한심한 놈으로 볼 거야. 이렇게 공들여서 농장을 운영해 봐야 튀어나온 못 때문에 과일 한 알에 상처가 나면 무슨 의미가 있겠어. 우리가 쓰는 상자 가운데, 어디 보자, 30퍼센트에 튀어나온 못이 있으면 총이익이 심각하게 감소할 거야. 언제나 사소한 게 중요해. 우리는 순이익률이 너무 낮아서 철저하게 관리해야 빠져나가는 돈을 막을 수 있어."

"네 말이 맞겠지."

"내 말이 맞아. 두 눈으로 분명히 확인했으니까."

선진은 그 말 그대로 직접 확인했다.

데이브가 과일을 매매할 수 있는 자격을 획득했을 때 선진은 떠돌이 노동자가 되어 소규모 거주지 서쪽에 있는 대규모 감귤 숲과 소규모 자작농가를 오가면서 일했다. 그는 농장에서 농장으로 옮겨 다니면서 농장주가 관대하게 제공하는 장소라면 헛간이나 천막도 마다하지 않고 잠을 잤다. 데이브가 판매법을 익히는 동안 선진은 농사짓는 법을 배웠다. 배우고, 관찰하고, 다양한 품종과 경작 계획과 뿌리줄기와 접붙이기와 전지법과 삭감 시기와 관개법과 물을 주

계산된 삶

는 시기와 물을 주면 안 되는 시기와 수확기와 수확하면 안 되는 시기에 관한 모든 지식을 흡수하는 것이 그의 임무였다. 그는 한 곳에서 어떤 아이디어를, 다른 곳에서는 또 다른 아이디어를 얻는 식으로 착상과 훌륭한 연습을 수집하는 존재가 되었다. 그는 실력이 없는 농부와 좋은 농부에게서 동시에 교훈을 얻었다. 후일 경영할 때를 대비해 항상 근거도 함께 수집했다. 계획에 따라 18개월 뒤 두 사람이 만났을 때 데이브는 수염에 뒤덮이고 근육이 탄탄하고 피부가 검게 탄 선진을 알아보기 힘들었다.

데이브는 아침 근무를 끝내고 움직여서 순회를 마무리하기 위해 비탈길을 올라갔다. '이렇게 될 줄 누가……' 그런 의문은 풍경風磬이 되어 모든 나무에 매달려 있었다. 그는 그 소리를 밤낮으로 들었다.

선진은 데이브와 만난 뒤에도 6개월 동안 노동을 계속했다. 그때 두 사람은 많지는 않아도 어느 정도 저축을 해둔 상태였다. 하지만 그보다 더 중요한 일이 있었다. 데이브가 노점을 오래 운영한 끝에 바깥세상에서도 그의 상황이 나아졌다는 사실에 의심을 품지 않았다. 그는 대출을 받았고, 둥지에 숨겨둔 수많은 부정한 알 가운데 하나를 깨고 적절한 금액을 인출해서 저축을 증액했다. 그는 선진의 조언에 따라 감귤과 아보카도를 경작하다가 망한 소규모 농지를 구입했다. 그리고 두 사람은 새 역할을 수행했다. 데이브는 꽤 성공한 기업가가 되었고 그에게는 실패한 사업을 호전시킬 줄 아는 농장 노동자가 있었다.

농장은 최소한 출처가 불분명한 수입을 정당화해 줄 가림막이 될 터였다.

데이브는 자신이 돌아보는 관개 수로 가운데 가장 높은 구역에 도달해서 잘린 아보카도 나무의 꼭대기를 두들겼다. 두 사람이 처음 이 농장으로 이주했을 때 선진은 그 자리에서 아보카도의 절반을 1미터 높이만 남겨두고 베어내야 한다는 결론을 내렸다. "너무 밀집해 있어. 너무 높아서 효율적으로 수확할 수도 없고." 이제는 데이브도 그 말이 옳다는 사실을 알았다. 두 사람은 4, 5년이 지난 뒤부터 수확을 할 생각이었고, 그때 나머지 아보카도도 잘라낼 계획이었다. 그처럼 외과적인 접근법이 언젠가는 결실을 맺겠지만, 그렇다고 해도 야만적이라는 사실은 달라지지 않았다.

농장 입구 옆에는 자메이카 탄젤로 한 그루가 서 있었다. 탄젤로의 큰 가지는 주방 앞마당까지 드리워 있었다. 데이브가 보기에 그 나무에 열리는 못난이 과일과 비슷한 맛을 내는 열매는 없었다. 그 열매는 괴상한 생김새와 어울리지 않게 풍미가 강하고 달았다. 데이브는 저녁때만 되면 자주 밖에 나와 앉아서 덮개 속을 노려보았다. 못생긴 과일이 자라는 모습을 볼 수 있을 거라는 생각 때문이었다.

탄젤로야말로 그들의 나무였다. 두 사람은 가장 좋은 수확물을 자신들의 식탁에 올렸다. 그것만이 유일한 사치였다. 데이브는 오늘 아침처럼 완벽하게 익은 과일이 주방 문에서 손만 뻗으면 닿을 만한 곳에 매달려 있을 때, 탄젤로 나무를 그 무엇보다 사랑했다.

그는 더 높은 경사로 쪽을 바라보았다. 선진이 더 멀리 있는 과

계산된 삶

수원으로 이동하고 있었다. 데이브가 소리쳤다. "20분 뒤에 아침 먹을 거야!" 그는 열매를 땄다. 선진은 돌아보지도 않고 손을 들었다.

에필로그 Ⅱ

◆
◆
◆

"대단히 죄송한데요, 비어트리스 씨. 지난 6개월 동안 이 책들과 돈을 연관 지어서 얘기한 사람이 몇 명이나 있었어요?"

"그건 상관없어요."

"작년에는요? 재작년에는요? 제가 여기서 거의 4년을 일했는데 기억나는 건 여덟 번뿐이라고요."

"그것도 상관없어요."

"하지만 제 생각에는 중요한 문제인데요." 해나는 이 고집 센 80대 노인과 정면으로 대결해야 한다고 생각했다. "알고 계시겠지만요. 고문서나 초판본처럼 가치 있는 물건을 경매하고 남은 걸 원하시는 대로 변호사협회나 법학협회 도서관에 기부하면 돈을 엄청나게 벌어서 더 방대한 디지털 자료에 투자할 수 있어요. 우리에게 수수료를 받는 사람들은 최고의 자료를 사용해야 한다고요. 그리고 지금 창고에서 망가지고 있는 더 중요한 문서를 전시할 선반 공간도 생길 테고요." 해나는 말하고 나서 실수를 깨달았다. 이유는 두 가지가 아니라 한 가지만 내놓아야 했다. 한 이유가 다른 이유의 정당성을 깎아먹을 게 분명했다.

"선반 공간을 끌어들이다니 어이가 없군요."

해나 스스로 자처한 일이었다. 그녀는 평상시보다 조금 실력이 떨어진 상태임을 알고 있었다. 피로 때문은 아니었다. 그녀는 밤마다 힘든 꿈에 시달리고 있었다. '얼마나 됐지? 4, 5주 정도? 최소한 그 정도일 거야.' 제대로 생각해 보니 첫 악몽을 꾼 때는 7주 전이었다. 그리고 2주가 지난 뒤 두 번째가 찾아왔다. 그때부터는 훨씬 더 자주 악몽을 꾸었고 이제는 매일 밤이 그랬다. 밤마다 한바탕 시달리다 보니 그녀는 살짝 혼란한 상태였고 중심을 못 잡고 있었다. 마치 꿈의 색깔이 깨어 있는 시간을 물들이는 느낌이었다. 그녀는 괴로운 대화를 나눈 탓에 의식의 밑바닥에서 아직 그 영향이 꿈틀거리는 건 아닌지 의심했다. 지금 그녀의 기분이 딱 그랬다. 완수하지 못한 일이 있는데 보류 상태로 남겨둔 것만 같았다.

"비어트리스 씨, 이렇게 말하면 제가 서고에 애정이 없는 것처럼 보이겠지만요……"

"당신 제안은 아주 모욕적이에요. 분명히 알면서 하는 말이겠죠." 사장이 그녀의 말허리를 잘랐다. 해나가 해당 문제를 너무 무신경하게 취급한다는 사실에 화가 난 게 분명했다.

"이 법률사무소의 지식처리시스템이 제대로 작동하도록 하는 게 제 최우선 업무라고요. 우리가 확실히 우위에 서려면 속도를 보장해야 하고요."

"하지만 해나, 이것도 생각해 봐요. 우리는 이 도시에서 가장 초기에 설립된 법률사무소예요. 그거야말로 중요한 차이점이라고요. 그래서 핵심 고객과 미팅을 할 때 이 방을 쓰고 있고요." 그녀는 지팡이로 완벽하게 진열되고 완벽하게 분류된 책들을 가리켰다. "이

계산된 삶

고서들은 고객에게 말을 걸어요. '우리는 여기 아주 오래 있었다. 우리는 모든 상황을 다 보아왔다. 우리가 해결하지 못할 일은 없다.' 혹시 수집한 서적을 전부 팔고 저 자리에 가짜를 놓자는 말인가요?"

"당연히 그건 아니죠."

"고객들은 이 방을 사랑해요. 그분들은 선반 공간 문제 따위에 개뿔 신경도 안 쓴다고요."

해나의 몸이 뻣뻣하게 굳었다. 그녀는 거친 표현을 대하기가 조금 불편했다. 사무소 사람이 욕을 하면 반사적으로 몸이 따끔거렸다. 그녀는 휴게소 친구들에게 직장 동료가 비속어를 쓰는지 물어본 적이 있었다. 그녀처럼 표현 문제에 신경 쓰는 사람은 없었다. 그녀는 그런 형태의 언어를 싫어하지 않았다. 그저 비정상적으로 반응하고 느끼는 것뿐이었다.

"비어트리스 씨, 우리 고객들은 무엇보다 빠른 결과를 원해요. 그러면 장서를 팔고 안 팔고를 떠나서 제가 쓸 수 있는 예산을 지금 이 자리에서 올려주실 수 있나요?"

"해나, 서고는 아예 논의 대상이 아니에요." 그럼에도 불구하고 비어트리스는 패배한 것처럼 축 처졌다. "그냥 당신도 알았으면 좋겠는데……" 대화 때문에 진이 빠진 것처럼 그녀의 목소리가 잦아들었다.

"뭘 알면 되죠?" 해나가 작은 소리로 물었다.

"이 물건들의 역사요."

해나는 상대의 말에 반응해 눈을 크게 떴다.

"여기 있는 책 중에 하나라도 들여다본 적은 있나요?"

"음, 아뇨. 바로 그게 문제의 본질인데요. 그럴 이유가 없었거든요."

"하지만 해나, 당신도 알잖아요. 다른 주임들은 여기 가끔 들어와서 고서를 뒤져본다고요."

"알아요. 하지만 그러는 분들은 대개…… 연장자 주임들이시잖아요."

"그 사람들이 여기 왜 오는지 궁금하진 않나요?"

"궁금하죠. 하지만 그냥 제가 이해할 수 없는 이유 때문이라고 생각해요. 제 능력 밖의 일이죠."

비어트리스가 해나를 노려보았다. 그녀는 해나가 자신의 거절을 우아하게 받아들이리라 생각했다. 하지만 그녀가 이해하도록 도와주고 싶은 마음이 있었다. "그러니까 해나…… 이건 말하자면…… 계시에 도달하는 또 다른 길이에요. 뭐라고 표현하면 좋을까요? 더 직접적인, 빠르지는 않지만 더 직접적인 길이에요. 말하자면 중재를 덜 거친 길이죠. 단순하게 구식이라는 얘기가 아니고, 향수 얘기를 하는 것도 아니에요."

"그럼 뭐죠?"

"음, 예를 들어서…… 판례집 속 사건을 기억하거나, 학회에서 언급된 문제를 기억하거나, 동료가 오래전에 만든 참고문헌을 떠올리거나, 디지털 목록에서 판결을 찾아내면 더 만족스럽잖아요? 내

374   계산된 삶

말은……" 그녀는 강조하는 의미로 고개를 끄덕였다. "그러니까 요지는…… 이 서고에 판례 원본이 있다는 사실 자체로 가슴이 설렌다는 거예요. 특정 장정본을 찾아서, 신반에서 꺼내어 펼치고, 책장을 넘기잖아요. 그러다가 눈으로 이름을 발견하게 되죠. 그러면 그 자리에서, 당신 손으로 그걸 습득하는 거예요."

"하지만 다 똑같은 정보잖아요. 접근하는 데에 더 긴 시간이 필요하고요."

"그렇죠." 비어트리스는 광택이 나는 나무바닥을 지팡이로 찍었다. "하지만……" 그녀는 한 번 더 지팡이를 내리찍었다. "책을 찾는 과정이 특별한 거라고요."

해나는 궁금증이 생겼다. '늙으면 저렇게 되나? 생각을 전달하기에 적절한 단어를 못 찾잖아. 머릿속에 떠오른 생각을 언어로 변환할 수 없는 거지. 지금 이 순간 비어트리스의 생각을 들여다보고 직접 찾을 수만 있다면 좋을 텐데.' 그녀는 친근하게 미소를 지었지만 그렇다고 물러서지는 않았다. "비어트리스 씨, 뭔가 혼동하신 것 같아요. 그건 전적으로 향수라고요. 저와 의견이 다르다는 점은 아시겠죠?"

비어트리스는 의자를 밀고 일어섰다. 더 나이가 어린 해나는 앞으로 걸어 나아가서 그녀의 팔을 부축했다. "예산은 올려줄게요. 하지만 장서는 팔 수 없어요."

"알겠습니다. 고맙습니다."

"조건이 한 가지 있어요. 해나, 오늘은 일이 끝날 때까지 여기 있으세요. 저 책을 봤으면 좋겠어요. 직접 만져보세요. 폭 빠져보면 내 생각을 이해할 수 있을 거예요. 다른 사람이 방해하지 않도록 조치를 취해둘게요."

"11시 23분에 미팅이 있는데요."

"사내 미팅인가요?"

"예."

"취소하세요."

해나는 고개를 옆으로 기울였다. "그러죠, 뭐. 그렇게 할게요." 그녀는 동료들에게 가려고 높다란 서고 문을 열었다.

"잊지 말아요." 비어트리스가 문턱에서 걸음을 멈췄다. "이 서고에는 우리 관습법을 형성한 아주 많은, 수천 가지 판결이 있어요. 그리고 관습법은 끝없이 진화하죠. 법은 살아 있는 과정이고 여기서 그걸 직접 만져볼 수 있어요. 증거 문서도 열람할 수 있고 수십 년 동안 누적된 법조 해설 개론도 읽을 수 있어요. 그중에는 수 세기 동안 기록된 자료도 있고요." 그녀는 해나를 포기할 생각이 없었기 때문에 다시 힘을 회복했다. "판례집과 초판본을 보세요. 그 시절 법정과 아주 가깝고 유사하니까요." 그녀는 몸을 앞으로 내밀었다. "판사와 법정 변호사의 목소리를 들을 수 있을 정도라고요. 책에서 흘러나오는 숨결을 느껴보세요." 하지만 그녀는 자신의 느낌을 아직도 전달하지 못했다는 사실을 알았다. 그 지점까지는 도무지 도달할 수가 없었다.

"약속할게요, 비어트리스 씨. 해볼게요."

계산된 삶

해나는 비어트리스가 앉았던 가죽 안락의자 옆에 서서 서고를 살펴보았다. 그녀는 가구 배치 때문에 방문객이 어쩔 수 없이 혼자 앉아서 심사숙고할 수밖에 없다는 점을 깨달았다. 그곳은 나이 많은 동료들의 제단에 더 가까웠다. 그녀는 두 손을 머리카락 속에 파묻었다. 오늘은 다른 할 일이 많았다. 하지만 비어트리스가 지시한 일이다 보니 거절할 수가 없었다. 게다가 어떤 책을 보든 그건 그녀의 자유였다. 무슨 책을 본들 차이가 있을 리도 없었다.

그녀는 서고 내부를 천천히 걸으면서 검지손가락으로 어깨높이에 있는 선반을 훑었다. 그 책들이 특별한 기쁨을 선사할 거라는 비어트리스의 망상을 떠올리고 한숨을 쉬었다. 책 안에 들어 있는 정보는 너무나 정적이었고 아무 쓸모가 없었다. '대충 하는 척만 해볼까?' 그녀는 그 표현이 좋았다. 실용적이거나 지적인 목적 없이, 반사적으로 생각 없이 육체적인 동작만 실행한다는 뜻이었다. 그 표현에서도 속임수의 냄새가 났지만 정확히 어느 지점이 문제인지 확신할 수가 없었다. '여기서 조용히 몇 시간을 보내고 그 시간 동안 분석하면 머릿속을 정리하는 데에 도움이 될 수도 있지. 잘못된 걸 바로잡을 수도 있고. 뭔지는 모르겠지만 해결 못 한 일이 남았다는 느낌을 콕 집어내고 싶어.' 그녀는 책을 집었지만 번거로워서 책등은 쳐다보지 않았다. 그리고 안락의자로 돌아갔다. '컨스트럭터 쪽에 악몽에 관해 보고해야 할까? 아니면 그냥 기다려 볼까?'

책은 그녀의 무릎에 놓여 있었다.

꿈은 시작하던 때와 마찬가지로 결국 어느 순간 사라질 것 같았다. 그녀는 손가락을 모으고 손을 얼굴로 가져가서 검지손가락으로 턱을 문질렀다. 그리고 고요 속에 앉아서 크게 굽은 아치 모양의 서고 창문을 통해 근처에 있는 유리벽 고층건물과 그 안쪽 사무실에서 조금씩 이동하는 사람들을 지켜보았다. 그들은 하나같이 그녀가 지켜본다는 사실을 모른 채 맡은 일을 하고 있었다. 그녀는 수도의 상업지구 한복판에서 실제로 맡은 일 하나 없이 완벽하게 놀고 있는 자신의 존재가 조화를 깨뜨린다고 생각했다. 혹은 최소한 고서를 쳐다보는 행위가 하루를 꽤 느긋하게 보내는 방법이긴 하다고 생각했다.

그리고 악몽 문제가 남아 있었다. 그녀가 가장 크게 신경 쓰는 부분은 문제의 꿈을 특정할 수 없다는 점이었다. 그 꿈은 눈에 보이지도 않고 특정한 생각도 아니었고 이야기도 존재하지 않았다. 그녀는 이제 거의 매일 아침마다 똑같이, 쿵쾅대는 가슴을 안고 땀을 온통 뒤집어쓴 채 깨어났다. 다시 말하면 공포에 쫓겨 눈을 떴다. 그녀는 그토록 강렬한 감정이 낯설었지만 자신의 문제를 여기저기 알리고 싶은 마음은 없었다. 그래서 정해진 순서에 따르는 그녀의 일상에 새로운 대응 방법이 추가되었다. 그녀는 밤이 되면 수건을 침대에 올려두었다가 악몽 때문에 깜짝 놀라 지극히 현실적인 방 안의 모습을 확인하고 나면 일어나 앉아서 수건으로 땀을 닦았다. 그리고 아침이 되면 침대 시트를 걷어서 출근하기 전에, 휴게소를 관리하는 직원들이 일을 하기 전에 말렸다.

이틀 전 그녀는 새로운 단계를 경험했다. 그녀는 잠에 빠지다가

계산된 삶

아래팔 근육이 팽팽해지는 느낌을 받았다. 그리고 그 감각이 악몽이 시작된다는 전조임을 거의 분명하게 확신했다. 그녀는 수면 상태로 접어들기 직전에 억지로 눈을 뜨고 침대에서 벗어나 작은 방 안을 거닐었다. 그리고 젖은 수건으로 몸을 닦아 잠이 완전히 달아났음을 확인하고 나서야 겨우 취침에 재도전할 수 있었다.

그녀는 자유 시간에 개인적인 연구를 하다가, 즉 수면 장애에 관해 조사하다가 두 번째로 당황했다. 급히 컨스트럭터에게 보고하지 않은 진짜 이유는 바로 그것이었다. 의학 논문에 따르면, 더 정확히 말해 정신의학 논문, 악몽을 꾸는 빈도와 자살 경향 사이에 연관성이 있는 듯했다. 두 현상 사이에 인과관계가 있다는 결론이 도출된 적은 없었지만 통계상 수치는 놀라울 정도였다. 그리고 악몽의 연관성은 현재 자살 성향이 있는 사람뿐 아니라 자살을 시도한 전력이 있는 사람에게도 적용되었다. 해나의 환경을 고려해 보면 전혀 해당되지 않는다는 뜻이었다. 아무래도 그녀와는 상관없는 사실인 듯했다.

'어쩌면 문제는 더 단순할지도 몰라. 스트레스를 받는데 내가 원인을 인식하지 못하나 보지. 아주 심각하지는 않아도 내 특이한 심리상태의 균형을 깨뜨리기에는 충분한 무언가가 있을 거야. 벌써 알려진 현상일 수도 있고. 그렇다면 컨스트럭터가 손쉽게 치료할 수 있겠지.'

그녀는 사무실 직원들을 노려보았다. '저 사람들도 일과 중에 스트레스를 받지만 그에 따른 신체 증상은 인지하지 못하는 게 아닐까? 그럴 가능성이 높아. 저 사람들은 스트레스 허용 한계치가 더 낮지 않을까? 나는 내 능력을 벗어나지 않는 일을 하지만 저 사람들은 가끔씩 제 한계를 벗어난다 해도 이상한 일은 아니지.'

그녀는 의식적으로 읽어야겠다고 마음을 먹지 않고 그냥 무릎에 놓인 책을 탐색했다. 손으로 만져보고 싶은 충동이 생긴 것은 책 표면의 감촉이 궁금하기 때문이었다. 가죽 장정은 질감이 살아 있었고, 글자는 양각이었고, 책장 모서리는 부드러웠다. 그녀는 손가락으로 모서리를 더듬다가 버건디 색의 가름끈을 찾았다. 그녀는 본능적으로 가름끈을 잡아 올리고 그 자리에 엄지손가락을 밀어 넣었다. 하지만 그녀의 시선은 여전히 앞쪽에 고정되어 있었다. 사무실 직원 한 사람이 손을 흔들었다. 그녀가 보기에는 동료의 주의를 끌려는 듯했다. 그녀는 상대가 누구인지 훑어보았다. 하지만 손짓의 대상을 발견하기 전에 그녀는…… 무언가가 이마 한가운데를 두드리는 것과 비슷한 느낌 때문에 신경이 쓰였다. 그리고 처음으로 이 서고가 퀴퀴하다는 생각이 들어 정신을 집중하지 못했다. 그와 같은 깨달음은 오로지 무릎에 올려놓은 책이 증폭기 역할을 했기 때문에 찾아왔다. 그녀는 출간 기록을 찾아보았다. 그 책은 100년이 넘도록 닫힌 상태였다. 공간을 어이없을 정도로 낭비한 셈이었다. 책을 펼치자 곧 부러질 것처럼 삐걱 소리가 났다. 그녀는 변화를 강하게 거부하는 법률 보고서의 옛 양식을 기억에 새겼다. 볼드체 대문자로 적힌 판사의 성과 이름이 있었고, 마침표와 콜론이 있었다. 제목과 개요, 사실, 판결 등의 항목 밑에는 H1, H2, H3과 같은 여백

계산된 삶

번호가 있었고, 선고 항목 밑에는 1, 2, 3, 4 등의 여백 번호가 있었다. 그녀는 페이지를 넘기다가 펼쳐진 책을 두 손으로 얼굴 높이에 들었다. 책 자체만큼이나 예스러운 동작이었다. 그녀는 숨을 들이켰다. 아주 구체적이고, 정체를 거의 알아낼 수 있을 듯한 냄새가 났다. 그녀는 냄새 때문에 급히 가름끈을 끼워두었다.

그녀는 생각하고, 무언가를 느꼈지만 정체를 알 수 없었다. 그녀는 책을 더 가까이 끌어당겼다. 코끝이 잉크와 맞닿았다. 냄새가 그녀를 강렬하게 때렸다. 그녀는 안락의자에 못 박혔다. 그렇게 몇 분이 흘렀다. 그녀는 침착하게 호흡하면서 어떤 단어나 생각이나 이미지가 불꽃처럼 반짝이기를 기다렸다. 그녀는 간신히 형태를 이뤄가는 느낌을 쫓고 관련성을 더듬어 근원을 추적했다. 그리고 어딘지 아주 먼 곳으로 자신을 데려가려고 노력했다. 마침내 그녀는 무언가를 보았다.

맑은 하늘과 느긋하게 펄럭거리는 천이었다. 천은 분홍색이었다.

그녀는 일어서서 들고 있던 책을 바닥에 떨어뜨렸다. 그리고 가장 가까운 선반으로 걸어가서 『계약 법 전서』의 책등 꼭대기를 붙잡고 잡아당겼다. 책이 꽉 끼어 있던 탓에 책등이 뜯어졌다. 그녀는 아무렇게나 책을 열었다. 1095페이지에 있는 23장, '목적 미달로 인한 계약 해지' 부분이 펼쳐졌다. 그녀는 깊이 숨을 들이켜고 나서 같은 위치에, 연속으로 발행된 서적들 위에 책을 올려놓았다. 그녀는 다른 책을 잡아당기고, 펼치고, 들이마시고, 떨어뜨리고, 다른 책을 가져다가 또 시험했다. 그리고 또다시, 책의 낱장들을 움켜쥐고,

더 많은 책을 떨어뜨리면서 서고를 반 바퀴 돌았다.

'품고 있던 향기와 조화를 방이 이렇게 쉽게 내어주다니.'

그녀는 찢어낸 낱장을 한 움큼 손에 쥔 채 창문으로 걸어가서, 특별히 찾는 것 없이 밖으로 시선을 던졌다. '나는 뭘 캐내고 싶었던 거지? 생각? 착상? 친숙하지만 제자리에 놓지 않아서 찾을 수 없었던 것?' 그게 아닌 것만은 분명했다. 그녀는 그 어떤 것도 잊는 법이 없었다. 그녀는 매일같이 증가하는 추가 사항을 포함해 제 인생의 총합을 알고 있었다.

23층 아래에서 경보음이 들려왔다. 그녀는 경찰차의 호위를 받으며 블랙프라이어 다리를 건너는 구급차를 보았다. 요즘은 경찰의 일거리가 그리 많지 않았다. 경광등을 번쩍이는 차량 두 대가 재활용품 수거 트럭 주위에서 급하게 방향을 바꾸는 광경을 바라보면서, 그녀는(도저히 참을 수 없었기 때문에) 다리 남쪽 끝에 있는 일방통행 체제와 가이 병원에 이르는 최단 경로를 머릿속에 그렸다. 하지만 그녀의 무의식 속에서는 다른 생각들이 거대한 규모로 원을 그리면서 흘러다녔다. 그녀는 최선을 다해 아주 열심히 일하는 맞은편 건물의 사무실 노동자들을 지켜보았다.

'구급차는 저기에 도착하겠군.' 그녀는 만나본 적도 없는 사람을 생각하면서 안심했다. 한편 깊은 곳에서 흘러다니던 생각들은 절벽에 도달했다. 그리고 자유롭게 낙하했다. 그녀는 명징의 순간을 얻고 꽉 움켜쥐었다. '기억해 내려고 노력하지 않을 거야. 그건 오히려 돌아가는 길이니까. 기억이 나를 찾으려고 애쓰고 있잖아.'

　　　　　　　　　　　계산된 삶

그녀는 찢어진 책장을 얼굴로 들어 올렸다. '파란 하늘과 분홍색 천. 난 그게 뭔지 알아낼 수 있어.'

계산된 삶

초판 1쇄 찍은날 2022년 10월 18일
초판 1쇄 펴낸날 2022년 10월 26일
지은이 앤 차녹
옮긴이 김창규
펴낸이 한성봉
편집 김학제·신소윤·권지연·전소연·문정민
콘텐츠제작 안상준
디자인 정명희
마케팅 박신용·오주형·강은혜·박민지
경영지원 국지연·강지선
펴낸곳 허블
등록 2017년 4월 24일 제2017-000050호
주소 서울시 중구 퇴계로30길 15-8 [필동1가 26]
페이스북 www.facebook.com/dongasiabooks
트위터 twitter.com/in_hubble
전자우편 dongasiabook@naver.com
블로그 blog.naver.com/dongasiabook
홈페이지 hubble.page
전화 02) 757-9724, 5
팩스 02) 757-9726

ISBN 979-11-90090-73-5 03840

※ 허블은 동아시아 출판사의 SF 브랜드입니다.
※ 잘못된 책은 구입하신 서점에서 바꿔드립니다

만든 사람들

책임편집 권지연
크로스교열 안상준
디자인 정명희
본문조판 최세정